有爱的青春陪伴者

Zhi Ming Mi Ren De Ta

洛艺湘 著

致命迷人的他

花山文艺出版社
河北·石家庄

图书在版编目（CIP）数据

致命迷人的他 / 洛艺湘著. — 石家庄：花山文艺出版社，2020.03
ISBN 978-7-5511-1206-2

Ⅰ.①致… Ⅱ.①洛… Ⅲ.①长篇小说—中国—当代Ⅳ.①I247.5

中国版本图书馆CIP数据核字(2019)第278996号

书　　名：	致命迷人的他
著　　者：	洛艺湘
统筹策划：	张采鑫
责任编辑：	卢水淹
特约编辑：	周丽萍
美术编辑：	胡彤亮
责任校对：	董　舸
装帧设计：	颜小曼
出版发行：	花山文艺出版社（邮政编码：050061）
	（河北省石家庄市友谊北大街330号）
销售热线：	0311-88643221/29/35/26
传　　真：	0311-88643225
印　　刷：	长沙鸿发印务实业有限公司
经　　销：	新华书店
开　　本：	880×1230　1/32
印　　张：	9.5
字　　数：	226千字
版　　次：	2020年3月第1版
	2020年3月第1次印刷
书　　号：	ISBN 978-7-5511-1206-2
定　　价：	36.80元

（版权所有　翻印必究·印装有误　负责调换）

001	—•—	【楔子】
003/	—•—	第一章 你的名字
029/	—•—	第二章 是小糖果啊
048/	—•—	第三章 小绵羊与大灰狼
062/	—•—	第四章 他的田螺姑娘
083/	—•—	第五章 为"终身大事"而战
109/	—•—	第六章 绿野寻踪
128/	—•—	第七章 真心话大冒险

Contents /**目录**/

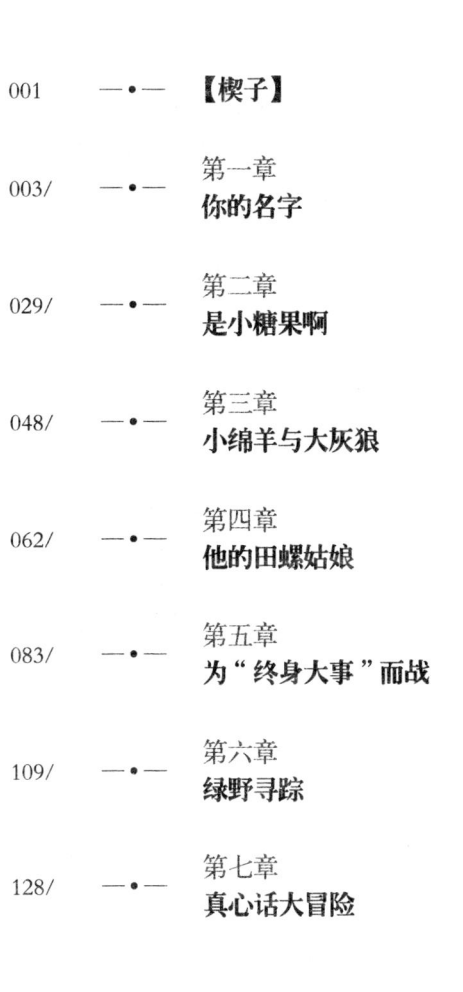

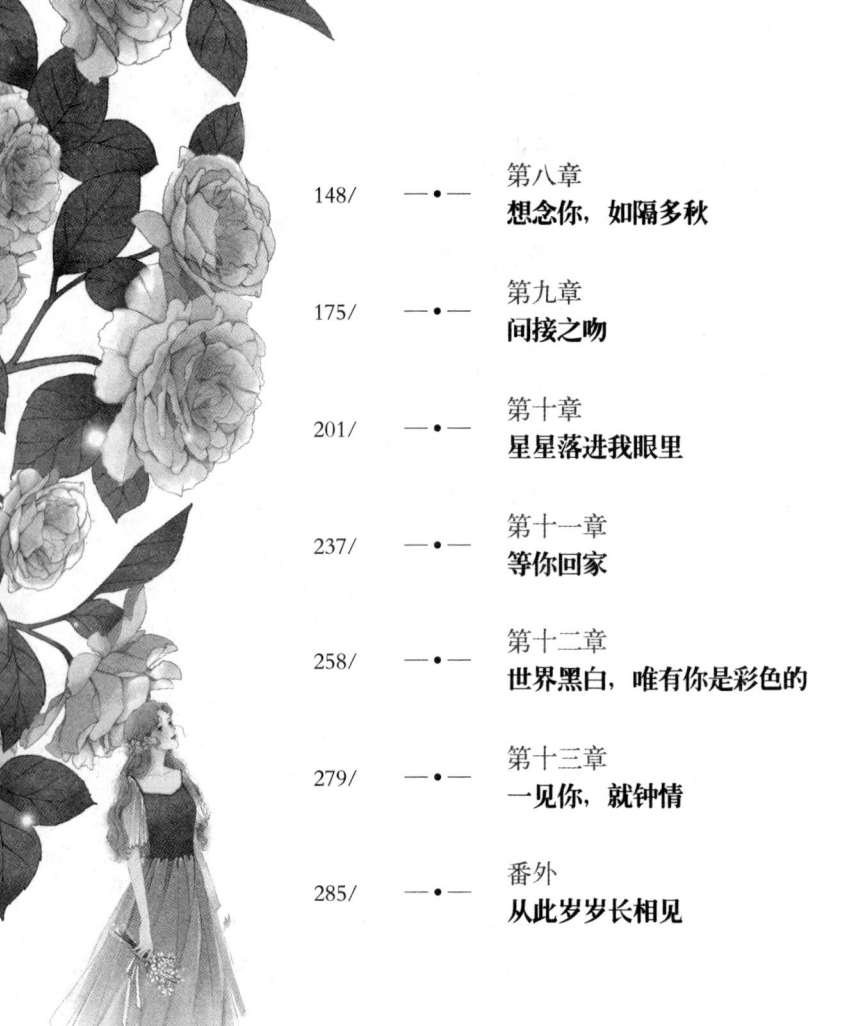

148/	—•—	第八章 想念你，如隔多秋
175/	—•—	第九章 间接之吻
201/	—•—	第十章 星星落进我眼里
237/	—•—	第十一章 等你回家
258/	—•—	第十二章 世界黑白，唯有你是彩色的
279/	—•—	第十三章 一见你，就钟情
285/	—•—	番外 从此岁岁长相见

/目录/ Contents

【楔子】

盛夏的阳光穿过校园林荫道的槐树叶隙，洒在苏糖的眸上，仿佛开出了一朵金色的花儿。

她穿着淡蓝色的校服，眉眼含笑，跷着二郎腿坐在石凳上，正捧着一本《神雕侠侣》看得不亦乐乎。

刚看到杨过击退全真教，闯进古墓的精彩片段，手里的书却蓦地被人一把抽走。

苏糖郁闷地仰起头，只见面前的少年肃肃而立，爽朗清举，眉间却拧着深深的皱印。

苏糖愣怔，心里生出了几分被人"当场抓获"的紧张，可还是忍不住小心翼翼地伸出一根手指头："师父，你让我再看一下吧。"

许翊伸手用书本轻轻地敲了一下她的小脑袋："我一走开，你就偷偷开小差。"

他迈着长腿坐到她的对面，拿起手中的画笔，在纸上沙沙地画起，旋即敛眉朝她道："坐好，认真画画。"

苏糖的小鼻子皱了皱，刚画了两下，余光不禁瞥向对面正在认真画画的少年。

她偷偷地伸出手，刚要碰到他手边的书，啪的一声，许翊修长的手拍在她的手背上，随之而来的是一道清冷低沉的男声："画不完不准看。"

他的俊脸微绷，薄唇抿着，像是开封府里刚正不阿的包大人。

苏糖不服，鼓了鼓嘴道："画画有什么好玩的。要我就想当一名女侠，行侠仗义，自在潇洒。哪儿有不平处，哪儿就有我的'拔刀相助'！"

语毕，她拿起手中的画笔，唰唰地比画，嘴角咧开："你看我像不像女侠？"

许翊定定地看了她一眼，轻吐出声："傻。"

苏糖一听，小脸不禁一垮，像是打了霜的茄子。可下一秒，她听到他话锋一转道："不过……傻得挺可爱。"

她愣怔，抬起眼，正好撞上他那琉璃般的眼眸。少年清隽的眉眼舒展开，蓦地扬起一抹和煦的笑。

那一刻，有微风缱绻地吹来，槐花飘落，书页翻飞，正好停在了书中杨过和小龙女久别重逢的场景。

苏糖不禁想，那自己和他呢？他们的结局，又会指向何处？

第一章
你的名字

天边云翳舒卷，落日的余晖洒在艾里姆沙丘上。

一头挺拔的狼站在黄沙中，虎视眈眈地盯着几尺外的男人。男人浑身泛蓝，像驯鹿般趴在地上，瑟瑟发抖。

半晌，他的目光锁着那头狼，小腿屈起，正欲起身，却见那头恶狼猛地朝他扑身而来。男人赶紧侧身避开，可尖尖的耳朵处有一层皮被狼蹭了一下，瞬间掉落在地。

"停！"坐在一旁观看的特效化装师刘誉突然开口。

热风裹挟着黄沙，卷入他的口鼻中，他呸了两声，吐掉嘴里嗑到一半的瓜子，抬手指向那个浑身泛蓝的男人说："哎，那个精灵的耳朵怎么脱皮了？苏糖你赶紧过来看看！"

语毕，周遭无人回应。刘誉回过头，没找到自己想找的人，不禁朝旁边正在做记录的花花问："苏糖呢？"

"糖姐她在营帐那边，做其他特化工作呢。"

刘誉挠了挠乱糟糟的头发，胡乱地摆手道："赶紧把她找回来！我们这次

来非洲的纳米比亚进行特化工作,就地取景取材,时间有限啊。"

"知道了。"花花讪讪地回道。

有热风将不远处的营帐吹得哗哗作响,而帐内却寂静无声。

此时苏糖正弯着腰,蹲在"狼群"里检查那些仿真动物的妆容。正当她摩挲着一头白狼的纤维毛发时,就听见花花清脆的声音传入耳畔:"糖姐,老刘找你呢!"

虽然只是特效化装助理,但是苏糖的特化手艺已然十分出色,每次刘誉遇到棘手的技术问题,都会第一时间想到她。

眼下,苏糖拿起那个精灵耳朵的假体,瞥了两眼,不禁挑了挑眉,心里腹诽:用这么差的假皮材料,不掉下来才怪呢。

其实当初选用材料时,苏糖曾向刘誉提议用质量更好的乳胶材料,刘誉却否决了她的提议。如今出了乱子,他倒着急地让他们这群下属来帮他"擦屁股"。

啧啧。苏糖摇了摇头,刘誉目光灼灼地看她,脸上流露出一丝紧张。

"这玩意儿,还能修复完整吗?"

"能是能。"苏糖微微颔首,旋即眼珠子转了转,话锋一转,"可我们今天干了一整天的活儿,我现在身子乏得很,可能使不上劲儿。"

闻言,刘誉皱起了眉。他挠了挠头,想了一会儿,拍了下大腿,说:"我给你加钱!"

"眼见为实,耳听为虚。"苏糖摊开手,好整以暇地看他。

"你……"刘誉词穷,随即咬了咬牙,从兜里掏出了几张当地的钞票,放在苏糖的手上。苏糖下意识地想收紧手,可刘誉猛地将钱抽了回去。

"只要今天能修复好,这钱就是你的了。"

"得嘞!"苏糖朝他展眉一笑,"我试试看。"

片刻后,苏糖拿着修复好的假体,重新粘贴在那个男模特的耳朵上。周遭众人重新开始进行特效化装的模拟拍摄。

刘誉按照约定,将钱递给了苏糖,脸上却有些不情不愿。

苏糖数了数手里的钱,等刘誉走远后,跑到花花他们身边,朝大伙眨了眨眼睛,眸中溢出狡黠的光。

"收工后,我请你们去喝布萨酒!"她扬了扬手里的钞票。

"不愧是我们中心的王牌,苏糖你可真行!"对面的男同事笑着扬声道,周遭众人也纷纷应和。

苏糖不经夸,粉嫩的脸蛋微微红了红,随即听到有人说:"为了庆祝苏糖再次降服抠门的老刘,从铁公鸡身上拔下毛来,今晚咱们得欢快畅饮!"

"没错,苏糖你今晚可得多喝点!"

"不不不,我就喝个意思。"苏糖忙不迭地摆手。她以前有个出名的称号叫"半瓶倒",酒量小到连闺蜜裴梨都笑话她。

苏糖抿唇,挠了挠头道:"到时大伙把酒言欢,你们负责畅饮,我和花花就负责给你们多点些下酒菜,像烤羊肉、木薯、油炸芭蕉什么的。我听说这边还有不少特色果汁,花花,到时你可以试试。"

整个特化组里就花花不喝酒,她一听,立刻感动得眼冒星星,语气中满是抑不住的欣喜:"糖姐,你真好!"

夜幕降临,时间一分一秒地过去,当苏糖抬手看了眼腕上的手表时,不禁仰天长叹。凌晨三点钟。得了,别说布萨酒,数绵羊可能都来不及了。

苏糖打着哈欠,身旁的花花将头靠在她的肩膀上。苏糖刚想稍稍挪动,活动活动筋骨,就听到周遭有人扯起嗓子喊:"收工咯!"

她吁出一口气,跟随队伍搭了半个多钟头的车,终于赶回下榻的酒店。虽然没能喝上一口布萨酒,但刘誉临时通知他们,明天组里没有他们的工作,所以特批苏糖等人休息一日。

隔天早上,偷得浮生一日闲的苏糖带着伙伴们一起去纳米比亚的饭馆里,吃了一顿正宗的手抓饭。

酒足饭饱后,花花他们想去埃托沙国家公园玩,而苏糖想去当地的贸易市场逛逛,看看能不能买到一些美工工具。

于是他们兵分两路,苏糖跟着手机里的地图导航,找到了纳米比亚最大的贸易市场。可刚逛了一会儿,她就发现这里有些不对劲。

此时市场里人群熙攘,摊位上商品琳琅满目,当中不乏珍稀的象牙和犀牛角。

想当初,苏糖刚到刘誉的特效化装中心工作时,便提出了制作仿真动物的构想。这不仅是因为国内少有这类特化技术,更重要的是,这样可以减少动物拍摄的伤害。

可如今,这里却有数量庞大的野生动物制品。苏糖拧起了眉,伸手刚从摊位上拿起一只雪白的象牙,就听到一道浑厚的男声突然响起:"看来这里的野生动物制品有很多。"

是中国话。苏糖下意识地侧过头,只见隔壁摊位上,立着两个男人。

其中一个是刚刚说话的男人,另一个戴着墨镜的男人则摩挲着手里的象牙,一言不发。

摊主是当地人,见男人缄口不言,不禁用蹩脚的中文对他说:"这个……好!价格……好……商量!"

"那大概卖多少钱?"戴墨镜的男人启唇,声音清冷,却格外柔和好听。

苏糖有一瞬间失了神,可一想到他是买家,不禁恍了恍神,眉头微蹙,抬脚走到隔壁的摊位,朝他扬声道:"喂,你作为中国人,难道不知道购买象牙是违法行为吗?"

许翊闻声望去,只见一个女生隔着不远的距离,目光直视着自己。她的眼睛干净如水,眉头却紧蹙着,仰着一张小脸写满了"不高兴"。

许翊心思微动,垂眸注视着她。半响,他薄唇轻启:"你是警察吗?"

"不……不是。"苏糖微微一噎。

许翊听完,"哦"了一声:"那我建议你打国内消费者投诉电话,可能更有用一些。"

"这里是非洲,打什么国内投诉电话,你唬我呢?"

见他面色如常,苏糖不禁更来气,迈开步子走到他面前说:"不是警察,就不能管了吗?路见不平,人人有责。"

许翊有些失笑,下一秒,就听到摊主用当地语言骂骂咧咧地说着什么。估摸着是让他们想买就快点买,不买就别站在这儿妨碍做生意。

苏糖听不懂非洲话,可那个摊主"赶客"的手势,她是看得清的。

苏糖向来就不是老实乖巧的主儿，此时心里又窝着火，摊主的手一摆，就像有一把芭蕉扇往她的心口一扇，星星之火立刻就像火焰山似的燃了起来。

她"啪"地伸手拍在摊位上，朝摊主厉声道："Only elephants have the right to have ivory, you know?"（只有大象才配拥有象牙，你知道吗？）

语毕，摊主立刻被激怒，眸中闪过一丝凶光，周遭的摊贩也骚动起来。

苏糖不禁生出几分胆怯，她决定采用"敌动我退"的招数，稍稍退让一厘米。

她扯起嘴角，露出一个尴尬而不失礼貌的微笑，对摊主说："For love and peace."（为了爱与和平。）

可摊主只是更加烦躁地挥动手臂，想赶她离开。

苏糖气急，刚想继续同这人理论，一个颀长的身影却拦住了她。许翊静静地站在她面前，活像一座岿然不动的山。

苏糖抬头看他，眼睛里藏着几分委屈与愤懑，挺直了腰板道："你拦着我干什么？你没看见他们是怎么对待你的中国同胞吗？"

许翊抿着薄唇，没说话，抓起苏糖的手就想将她从摊位处拉走，苏糖却硬撑着身子，不肯挪动一步。

无奈下，许翊吁出一口气。他伸出长臂，猛地将苏糖一把扛在肩上。

天旋地转间，苏糖的脑袋一片空白。等她意识到发生了什么时，惊呼的女声霎时响彻整个贸易市场。

"你干什么，快放我下来！"

"你赶紧放我下来，不然我可就喊人了啊！"

"你知不知道你这是在绑架，我可以去告你！"

"呜呜呜，求求你，放我下来吧。"

苏糖靠在许翊的肩上,手搭在他坚实的后背,感受着他温热的体温传递到她的皮肤上,好似每根血管都在跳动。

那一瞬,她微微有些失神。就在她失神的那一秒钟里,许翊将她稳稳地放了下来。

他原以为经过一番折腾,面前的女生会收敛一些,可谁知刚落地,她就像一只张牙舞爪的小猫似的,伸手想去扒拉他的墨镜。

"我告诉你,别以为戴着墨镜,不以真面目示人就能随便欺负人。

"你有胆子欺负人,倒是有胆子承认啊。"

苏糖使劲挣扎,许翊拉住她的手,任凭她胡乱地挥手拍打。两人争执间,苏糖的手终于碰到了许翊的墨镜。墨镜应声落地的那一刻,苏糖抬起头,正巧撞上那双清澈明亮的眼睛。

许翊目光灼灼地看着苏糖,嘴唇紧抿成一条线,看起来有些不悦。

"你知不知道,刚刚那些摊主都是贩卖野生动物制品的走私犯,指不定口袋里还藏着枪。要不是我把你扛过来,你那么激怒他们,无异于自寻死路。"

他蹙着眉头,柔软的睫毛微微颤动,像是轻薄的羽扇,轻轻地扫过苏糖平静如湖的心间,霎时掀起了阵阵波澜。

苏糖呼吸一滞,耳朵里根本听不进他的话,只直直地望着他,注视着这个许久未见的人。

苏糖有些恍惚,因为她大概有八年没见过他了吧?

"许……"苏糖刚想叫他的名字,周遭却突然跑过来一群人,其中就有刚刚站在许翊旁边、和他一起购买象牙的那个男人。

"许队,我听陆勇说,你们的任务失败了?"为首的人朝许翊问。

"就是这个女生,打乱了我们的计划。"旁边的陆勇抢先一步解释,语气中藏着抱怨。

许翊微微抬眼,眼神无声地警告他。陆勇立即心领神会地闭上嘴,他挺直腰板,双脚靠拢并齐,举手敬礼道:"报告警官,请问接下来该如何行动?"

"警官?"苏糖瞪大眼睛。

正当她觉得大脑无法运转时,就听到许翊轻声道:"先送这位小姐回去,这里不安全。"

"可是,我们今天的任务……"陆勇欲言又止。

许翊摆了摆手,正想差遣身边的两个下属将苏糖送回去,她却凑了上来,眨着亮晶晶的眼睛看他。

"这位警官,我觉得你好眼熟啊。"

"是吗?"许翊垂眸看她,眼中却带着淡漠,"你可能认错人了,我不认识你。"

他的声音清冷微沉,像极了学生时代站在操场演讲台上一板一眼地念着优秀学生代表的演讲稿。

彼时,苏糖常常吊儿郎当地站在队伍的最末排。周遭的女生听着许翊的声音,痴迷地讨论着。苏糖却趁着老师不注意之际,踩着课间铃,偷偷地溜到食堂的小卖铺去买炸鸡腿吃。

可如今,她不想逃走了。她眉眼弯弯,笑得像只狡黠的猫儿:"那兴许是我记错了。不过既然是我打乱了你们的计划,那就让我将功补过吧。"

"可以吗?警官。"苏糖眨了眨乌黑干净的眼睛,心里却吐槽:小样儿,我看你能装多久。

众人面面相觑,一时不知如何是好。陆勇是个直性子的东北汉子,最后忍不住扯起大嗓门,开了话匣:"我觉得可行啊,我们一群大老爷们儿太惹人注意了。如果有个姑娘愿意帮忙打掩护,我们执行任务会方便得多。"

"不行,太危险了。"许翊毫不犹豫地拒绝。

苏糖眼珠转了转,跳到他的身边,双手合十道:"就让我帮忙吧。"

她的眼中闪着诚恳的光芒:"能为人民警察贡献一份力,是我的荣幸和梦想。"

"更何况……"苏糖顿了顿道,"是对你这样帅气的警官,我义不容辞!"她眨眨眼睛,目光灼灼地看向许翊。

陆勇他们站在一旁,不禁倒吸一口冷气,心想这姑娘光天化日之下,竟敢当众"调戏"高冷如冰山的许警官,她哪儿来这么大的勇气?

众人偷偷瞥向许翊,原以为他会发作,他却面色如常,自顾自地说:"你不用奉承我,我是不会将你置于危险之境的。"

这话说得既霸道又带着点儿暧昧,苏糖不禁愣怔在原地。

许翊好似也意识到什么,他移开视线,抿了抿薄唇,补充解释道:"我的意思是,作为人民警察,我们有义务保护人民群众。"

看着他挺直身子,露出一副"绝不妥协"的模样,苏糖的眼珠转了转,蓦地伸手拉住许翊的衣角,状似委屈地说:"别呀,我这一片痴心,你可不能视而不见啊!"

许翊听完剧烈地咳嗽了一声,苏糖抿着嘴角,憋着笑,改口道:"是一

片诚心，诚心。你就让我帮忙吧！"

许翙垂眸看向她握着自己衣角的纤细小手，若有所思地抿着唇，缄默不语。

苏糖顺势拉了一下他的衣角，眨了眨亮晶晶的眼睛说："我真的能帮忙，我绝对会服从组织的安排，认真积极地完成任务！你考虑考虑呗？"

她仰着一张粉嫩小脸，漾出粲然的笑，极力"推销自己"，像是一只可爱狡黠的猫儿在等待主人的"宠幸"。许翙突然觉得心里有些痒痒的。

最终，耐不过周遭众人的附和，还有苏糖的软磨硬泡，许翙点头答应。

"那你们执行的任务，究竟是什么啊？"苏糖好奇地问。

她跟在许翙的身后，穿过热闹的集市，来到附近一座安静的亭子里。

陆勇他们几个原本也想跟进来，可许翙号令他们原地解散休息。于是，几个人高马大的汉子就跑到对面街边的水果摊，买了香蕉、菠萝还有荔枝，津津有味地吃了起来。

苏糖看得眼馋，哈喇子差点都快流出来了。下一刻，她就看到许翙起身，径自走到对面的水果摊，称了一袋水果，"哐当"放到了苏糖的面前。

苏糖冒起星星眼，不禁感慨："你人真好。"

"你误会了，是我自己想吃。"许翙剥开一个橘子，举止优雅地吃了一瓣果肉，又将袋子悄无声息地往旁边挪了一下。

坐在一旁的苏糖郁闷地撇了撇嘴，抓起一个马鲁拉果就啃了起来。

许翙看着她吃瘪的样子，莫名觉得心情不错。微微沉吟后，他才开口道："其实我们这次来纳米比亚，原本是想调查一起假货走私案。"

近年来，中国有很多走私到非洲的假货，影响十分恶劣。所以许翙等人组成的特警小队便受命抵达非洲，在当地警方的协助之下，开始探查这起案件。

在搜查的过程中，许翊他们发现那个中国籍的团伙除了卖假货，还在出售非法野生动物制品，于是他们便顺藤摸瓜，来到了这个贸易市场，想将那群人一网打尽。

"我们原本想乔装成买家，对每个摊位进行搜寻，可谁知中途遇到了你这个'程咬金'。"许翊睨了苏糖一眼。

苏糖自觉理亏，只能小声嘟囔："你见过这么可爱的程咬金吗？"

苏糖将头埋得低低的，所以她没看见，许翊冷淡的脸上稍有松动，嘴角也似乎弯起一丝弧度。

此时日头西沉，非洲的天气异常炎热。苏糖穿着修身的白T，长发束成花蕾状，露出了鬓角的碎发。夕阳的余晖洒在她雪白的脖颈上，衬得她的小脸白皙又水嫩。

许翊眸光微动，旋即移开视线，低头看了眼手表，说："时间不早了，你该回去了。"

"这么快？"她还没跟他说上几句话呢。

"还有什么事吗？"许翊抬眸看她。

"就是……"苏糖顿了顿，"你还没告诉我，你的名字？"

她慧黠地看了他一眼，不料，面前的男人竟做出恍然大悟的样子，点了点头说："哦，我忘了告诉你。我叫许翊。"

落日的余晖洒在他的脸上，浸着他的鼻，他的眼，好似染上了一层温暖的颜色，可苏糖在他的眼里却看到了陌生与清冷。

难道，他真的完全不记得自己了吗？苏糖心道。

苏糖从公交车站一路走回酒店,踢着路边的小石子,心里耿耿于怀。

虽然她只在聿京高中读了一年书,可当初在学校,她也算是一个响当当的人物啊。

即便这个"响当当"和成绩没有一点关系,但最重要的是,她和许翊的初次交锋,虽称不上是"火星撞地球",却也算得上"干柴遇上沙尘暴",足够令人难忘。

那年,苏糖刚上高一。学校组织了课余兴趣班。她想学跆拳道,妈妈却嫌她没个女孩家的样子,整日跟一群小男生玩闹,便硬逼着她报了一个国画班,美其名曰陶冶情操。

某天放学后,苏糖斜背着书包,站在巷子口,单手抄在校服口袋里,背后跟着的几个"小萝卜头"时不时地探出身子,好奇地瞧站在她面前的那个少年。

即便被堵在巷子口,他仍旧肃肃而立,抱着手里的油画,敛眉开口道:"同学,你挡着我的道了,请让让。"

苏糖朝他上下打量,左思右想,扬唇笑道:"你就是许翊?"

少年点头,正待询问来由,却见她蓦地拍了下他的肩膀:"把你的联系方式给我,有人看上你了!"

许翊一愣,耳根泛起一抹可疑的红,可仍旧挺直腰板,冷声道:"如果我不给呢?"

"那我们就比一比。"

话音刚落,苏糖身后的几个小男孩立刻跑了出来,将一个黑色袋子"哐当"放在了地上。

苏糖拾起袋子里的两罐可乐,熟稔地拉开易拉罐拉环,将其中一罐递给了许翊:"这袋子里有四罐可乐,我们每人各两罐。如果你能喝得比我快,就当我什么都没说;但如果你输了,那就请从了我们吧!"

暖风微醺,有柔和的日光洒在少女的脸上,衬着她的灿烂笑颜,像极了一只慵懒而狡黠的猫。

许翊不禁有些失神,竟鬼使神差地点头,答应了她这荒谬的"邀战"。

片刻后,他倚着墙壁,皱着眉头,在苏糖的手掌写下了一串号码。

苏糖抬眼一瞧,不禁朝他眨眼睛:"愿赌服输,是男子汉。"

"客气。"许翊闷声道,随即拿起自己的油画,三下五除二地收拾东西走人。

那时,苏糖看着他仓皇离去的身影,不禁笑开,带着孩子们又撒欢似的跑到街边玩闹。可她的笑容还没绽放多久,当闺蜜裴梨将那张写着"徐弋"名字的字条塞回给她时,她的笑脸不禁垮了下来。

"我要的是徐弋的联系方式,不是许翊!"裴梨欲哭无泪。

那时候,苏糖倚在学校走廊的栏杆上,嘴里嚼着泡泡糖,漫不经心地开了口:"有什么所谓,反正你要别的男生的电话,就是想看看顾舜然的反应罢了。"

裴梨咬紧下唇,作势捶了一下刚从食堂买来的茶叶蛋,嗔怪她真是哪壶不开提哪壶。

那天晚上,裴梨拿着那张苏糖给她的小字条,误以为是徐弋的电话号码,于是壮起胆子,当着顾舜然的面,拨了过去。电话响了三秒,终于接通,却听到那一头清冷的声音响起:"同学,你找错人了。"

裴梨手忙脚乱地按下手机免提键,可早已于事无补。她看到顾舜然坐在自

习室里低头憋着笑的样子,悔得肠子都快青了。

向来软糯乖巧的她,原想鼓起勇气为自己努力一次,哪知却遭遇了奋进路上的第一场"滑铁卢"。

众所周知,顾舜然位居津京高中"校园十大歌手"榜首,并且相貌好,性格好,身上还带着一份独特的爽朗少年气,很受女生的欢迎。

当初顾舜然参加校园歌手比赛的时候,裴梨就常常拉着苏糖在校园里拿着传单到处帮他拉票,还在学校论坛上为他开帖刷屏。

那时的回忆,一度成为苏糖的学习生涯里挥之不去的"噩梦"。

因为同在一个班,所以品学兼优的裴梨被老师委派为辅导顾舜然英语的小组长。原以为她终于有了近水楼台先得月的机会,谁知当事人却一点行动都没有,惹得在一旁围观的苏糖干着急。

于是,向来讲义气的苏糖化身"军师",为裴梨运筹帷幄,巧施妙计。原本万事俱备,只欠东风,谁知这股东风竟被许翊给吹没了。

"都怪我太大意了。"苏糖郁闷地拍了一下自己的后脑勺,"你当初说那人是油画班里长得最好看的男生,我也没问清楚。"

苏糖有些纳闷,毕竟许翊的半身像常年挂在学校的学生名人堂里,许多女生沉迷于他的颜值,甚至还组队去围观。

而且他的姿色……确实还不错。苏糖若有所思地点头印证,裴梨却摇了摇头:"我觉得还是徐弋好看一些,你不觉得他笑起来和顾舜然有些像吗?不过,他虽然长得挺好看,还是没有顾舜然帅气!"

得了,说到底她就是以顾舜然为标准判定颜值的。

而此刻，苏糖"嘭"的一声躺倒在酒店的床上，身子舒展，陷入这片柔软里。今天真的太累了。苏糖讪讪地想。

下一秒，手机铃声突然传入耳畔。苏糖伸手捞了一把放在床头柜上的手机，点开微信一看，是许翊。

一小时前，苏糖起身想离开，陆勇却突然从她身边蹦了出来，掏出手机对她说："我们加个微信吧，方便联系。"

这年头，要姑娘家的联系方式都这么突然的吗？

谁知下一秒，许翊就站起身，不留痕迹地将陆勇挡在一旁，径自站在苏糖的面前，淡淡开口道："还是加我的吧。接下来你要加入我们一起执行任务，作为队长，我直接和你对接，更方便些。"

他谈吐得体、逻辑满分，面上还带着一丝不苟的从容。苏糖微微挑眉，嘴角勾出一抹弧度，按下了微信好友验证的同意键。

界面上，许翊发来的消息一如他的人，清冷得可以。这让苏糖恍惚间有些怀疑他发的是语音。

许翊：明天你有空吗？我们接到线人提供的线索，找到那群人的位置了。

苏糖：有。明天工作任务不多，我收工后就去找你们。

许翊：好的。

看到许翊的回复，明显的聊天终结语气。

苏糖咬着嘴角，好想再和他多说几句话。于是，她点开手机，刚打下一个字，门铃声却突然响彻房间。

苏糖被吓了一跳，手指不经意地按下了发送键。她听着门外的铃声，也没留意手机，径自起身去开了门。

原来是服务员敲门来送夜宵。刚刚苏糖回来时,感觉肚子饿,所以忍不住叫了酒店送餐。半响,苏糖将那碗热粥放到桌上,微信铃声却突然响起。

她从桌上捞起手机一看,竟是许翊发来的语音聊天邀请。

苏糖愣怔,按下了同意键。下一秒,男人清冽微沉的声音响起,竟带着几分着急:"你怎么不回信息?"

"我没有啊。"苏糖愣住,她点了语音界面缩小键,退出来后才发现自己和许翊的聊天界面里,正躺着他发来的两条回复,可刚刚苏糖开门去和服务员说话,所以没留意。

只见对话框里,许翊连续问了苏糖两次"怎么了"。因为在这两条信息前,苏糖只发出了一个"我"字。

苏糖:"……"

如果她现在和许翊说她是点错发出去了,他会无语到恼怒吗?

苏糖讪讪地笑了下,还是决定实话实说:"不好意思,我刚刚想编辑信息来着,但临时有服务员来送餐,所以无意间就发出去了。"

"那人走了吗?"

"走了。"苏糖点了手机扩音,喝着碗里的粥,讷讷地回道。

"那你现在开视频聊天,我要看看。"

"……"

苏糖刚想说不用了吧,但心念一转,不禁勾起嘴角道:"许警官,大半夜看女孩子的闺房,你是想干吗呀?"

许翊:"……"

苏糖抿着笑,没等他回应,径自将微信换成了视频聊天模式,旋即拿起手机,环绕四周拍给他看。

"你看，我的房间里就我一个人，没有别人，你放心。"她在最后三个字上加了重音，语调慵懒，但咬字清晰，还带着点若有似无的暧昧。

许翊微微一噎，他状似淡定地说："你的门锁，有根链条忘了锁上了。"

苏糖凑过去一看，还真是。她锁上后，许翊的声音又响起："你再加把椅子，放在门边。"

闻言，苏糖全都乖乖照做。然后她便瞧见镜头里的许翊正襟危坐，满脸严肃地对她说："你一个女孩子，出门在外，凡事都得谨慎小心。"

"还有，以后晚上你尽量不要给陌生人开门。有任何事情，都可以直接找我。"宛如下军令般，他的语气里带着点不容置疑的霸道。

"买夜宵也可以找你吗？可以陪吃饭陪聊天吗？"苏糖想逗逗他，没皮没脸地说。

谁知他却沉吟了一下，随即点头道："可以。"

他的声音清冷，说出的话却格外温热，一下子就烫在苏糖的心口。

苏糖看着镜头前的许翊，嗫嚅道："你是不是关心我呀？"

许翊别开视线，不自在地摸了摸眼睑下的皮肤："作为警察，我有义务保障人民群众的安全。"

又是这套说辞。苏糖撇嘴，挠了挠耳朵。下一秒，她就看见许翊微微蹙起眉，绷着一张俊脸，问："我刚刚说的话，你都有听清吗？"

"有，你说的我都听。"苏糖顿了顿，狡黠的眸子微微一转，直勾勾地看向他的眼睛，扬眉道，"无论你说什么，我都会说'我愿意'。"

看着许翊微微定住，噎了半响才甩下一句"时候不早，该休息了"，就径

自挂上电话,苏糖坐在沙发椅上,喝着碗里的粥,突然觉得心里甜滋滋的。

她搁下碗,抬手又给许翊发了一条微信:那我们明天见啦,许警官!

打完字后,苏糖挑了一个长草颜团子说晚安的可爱表情,发了过去。

过了好久,手机再没有消息传来。苏糖躺在床上,有些失望地放下手机,刚想关灯睡觉,却看到手机屏幕突然一亮。

她赶紧抓起,翻开了许翊的回复。

短短的两个字:好梦。

苏糖蓦地笑起。她躺在柔软的床上,呼吸浅浅地喷洒在白色枕头上。临睡前,她的心里还在想,今晚一定能做一个甜甜的美梦。

隔天,苏糖在一段长时间的工作后,终于手脚麻利地收拾道具箱,在日落前赶到了纳米比亚的贸易市场。

她四下张望,越过拥挤的人潮,终于看到了许翊的身影。苏糖朝他招手,许翊抬眸望去,只见不远处的娇小少女穿着鱼尾连衣裙,擦着额上的细汗,眉眼弯弯地笑着唤他:"许警官!"

有金色的日光洒在她的身上,映着她的眉眼,明晃晃地撞进许翊的眼里。那一刻,他竟觉得她有些……可爱。

许翊踱步走近她,眼睛瞟向她一直提在手上的道具箱,无声地接过去帮她提着。

苏糖有些感动:"你是怕我提着太重了,对不对?"

"不,我怕它会暴露我们的身份。而且……提着它不方便。"

果然是妥妥的聊天终结者。苏糖翻了个白眼,随即看到一旁的陆勇忙不迭地接过许翊手里的道具箱。

而在许翊旁边,另一个男人也打开了话匣:"许队长,一切准备就绪,你们可以行动了。"

苏糖这才发现,他们一群人中竟有几张生面孔。

"这是为我们提供线索的线人。"许翊向苏糖介绍,"他们都是当地野生动物保护组织的志愿者。"

经过几番交谈,苏糖终于知道了,她今天的任务是和许翊假扮情侣,去目标摊位买货,警队和野保组织的其他人员混在人群中,替他们打掩护。

毕竟是第一次帮警察破案,这么刺激的行动,让一贯天不怕地不怕的苏糖生出了几分紧张。

她微微吸了一口气,搓了搓双手,镇定精神,刚准备朝前走,突然就感觉腰间一紧。只见许翊伸出长臂,一把揽住她的腰。

他俯下身,轻声对她说:"别担心,有我在。"

他俩依偎着走在街上,真的就像是一对热恋中的情侣。

苏糖望进许翊笃定的目光里,心里一松,可想了想,又不禁开口问:"如果,我是说如果,他们看出了我们不是真的男女朋友,那怎么办?"

许翊微微思忖,半晌弯起嘴角道:"那我就假装对你一见钟情,向你求婚。"

苏糖:"……"

他俩边说边走,没一会儿就走到一家摊位前。

许翊嗓了声,正了正身子,扬声对摊主说:"老板,我要一件豹皮,给我的女朋友做件大衣。"

摊主是个中国人,他操着一口地道的东北腔,笑道:"大兄弟,俺们这儿的虎豹料子是最上乘的。你看老妹儿喜欢啥,随便挑!"

"哎呀,大哥是北方人啊。巧了,我也是咱北方的。你这豹皮色泽不行啊,算便宜点不?"苏糖勾起嘴角,一副自来熟的模样。

许翊微微愣怔,不明所以地看向她,心里满是疑虑。毕竟,从身段到原来的口音,苏糖就是个地地道道的南方妹子啊。

见许翊没搭话,苏糖赶紧朝他眼神示意。许翊立即心领神会,皱起眉头就辩驳道:"便宜什么便宜,我们家有好几个更衣室呢,衣服哪里装不下。你想买什么就跟我说,我都给你买。"

"就算你要天上的星星,我都摘给你。"他说最后一句话的时候,几乎是贴在苏糖的耳边说的。语调暧昧狎昵,喷得她有些痒痒的,扫在苏糖的心上,让她不禁耳根泛红。

许翊嘴角一撩,似乎很满意她这样的反应。他眨了眨眼睛,目光灼灼地锁住她,苏糖觉得自己的呼吸都快骤停了!

可是,她苏糖是谁?她可是当年聿京高中威名赫赫的"小霸王"啊。

突如其来的想法在脑海里转了两圈,苏糖定下心神,佯装羞赧地低下头,伸手拉住许翊身上的白衬衫衣角,喃喃地说:"我不要,星星哪有你好看。"

语毕,一直潜伏在隔壁摊位的陆勇,吓得下巴都快要掉地上了。

因为他看到堂堂武警特战部队的队长,向来不苟言笑的许翊竟笑了。周遭的队员们也纷纷瞠目,甚至生出了一种错觉,他俩这样出任务公费谈恋爱,真的好吗?

与此同时,还没有找到伴儿的摊主也像一颗酸柠檬般,蔫在原地,可无奈做生意要紧,他打起精神,堆起笑意问:"那你们准备买多少?"

"这个,这个,还有那个,我都要了。"经过一番挑选,苏糖挑了好几块豹皮,摊主正想开口向他们要钱,许翊却突然说:"我们还想要一些犀牛角和象牙,越多越好。"

一听这话,摊主不禁面露警惕。毕竟这些东西价值不菲,而且平常人也不需要那么多。

苏糖看出他的神色有变,思忖了下,不禁摆了摆手说:"算了,别买了。你每次买那么多东西,都拿去送人。家里还剩一些呢,回国后我们有需要再去别的地儿买吧。"

"也是。"许翊顺着她的话,若有所思地点了点头。

看着他俩转身欲走的样子,摊主再三思忖,终于伸出了手,扬声挽留:"哎,别别别,凡事好商量。"

他想了想,朝面前这对天造地设的"贵人"笑了笑说:"我进去同我们老大商量一下,请两位稍等片刻。"

看来有戏。苏糖挑眉,侧头和许翊默契地对视了一眼。

果不其然,片刻后摊主重新走了出来,说愿意接下这单买卖。

因为许翊要的物品货量大,所以双方经过协商后,约定于后天下午一点,在当地的火车站接货。

待到交易的那天,苏糖佯装肚子疼,向刘誉请了半天假。她将手头的零碎工作交给了花花,原想无后顾之忧地去打好这场仗,可谁知敌我对抗不到几分钟,胜利的红旗还没飘起来,枪声就没有预兆地响起。

原本许翊的警队已经很谨慎了,他们穿着便服分散在街边的各个角落,可商贩队伍的头目王彪是个见惯大场面的人,为人小心警惕,又杀伐决断。

当他看到周遭的行人不时地朝他这儿张望时,王彪的心里早就盘算出了,这些人是便衣警察。

他朝身旁自己的弟弟耳语,彪小弟听到大哥的话,瘦弱的身子不禁颤了颤。他打小就胆怯,迄今为止能够坐上老二的位置,全靠哥哥的扶持。

伴随"砰"的一声枪响,王彪握着枪,彪小弟立刻朝四周的兄弟们喊了一嗓子:"大家赶紧撤退!"

许翊在心里暗叫一声糟糕,他动作敏捷地掏出兜里藏着的枪,立刻冲向为首的王彪。周遭的特警也全部出动,那群走私犯再也顾不上收拾货物,如鸟兽散般四处逃窜,场面一度陷入混乱。

"许翊小心!"站在一旁的苏糖看着不远处的许翊和王彪交锋的身影,不禁惊呼出声。

原本抱头鼠窜的彪小弟一看到站在旁边的娇小女生,顿时恶向胆边生,拿起不知何时掉落在地上的刀,猛地冲上前,一把拽过苏糖,将尖刀架在她的脖子上。

"啊!"苏糖猝不及防地叫出声。

许翊闻声下意识地转过头,他奔至他们的面前,眼眶骤紧,冷声道:"你把刀放下!"

如果眼神能杀人,此时许翊早就把这个挟持苏糖的凶犯剁成肉酱,做成饺子了。

彪小弟握着刀,瘦削的手不停地抖啊抖。苏糖瞥了一眼架在自己脖子上的刀，咽了咽口水。正巧旁边卖镜子的流动摊上，有阳光反射进她的眼里，一片刺目。

那一瞬，苏糖的心里生出了一个念头。她立刻大呼："附近好像有狙击手，别误伤我，我害怕！"

话音一落，彪小弟下意识地环顾四周，趁着他走神的间隙，许翊迅速举起手枪，朝他射去。

"砰"的一声，彪小弟倒在了血泊里。原本在和警察周旋的王彪不禁朝他们的方向大喊："弟弟！"

彻底被激怒的他胡乱地朝许翊的位置开了好几枪，在一旁的陆勇见状赶紧飞身上前，将许翊扑倒在一侧，避开了枪林弹雨。

眼看着几个小弟全都被警察按倒在地，王彪知道大势已去，急匆匆地往一条小巷逃去。

陆勇等人趁势上前追捕，可火车站附近有很多弯弯绕绕的小巷，强龙终究压不过地头蛇，还是让王彪逃跑了。

周遭重新恢复平静，苏糖看到许翊的手臂渗着血，赶紧倾身上前，查看他的伤势。

许翊微微合上眼，语气淡淡的："放心，死不了。"

苏糖眉头紧蹙，都快哭出来了。从未上过战场、见过血腥的她，此时卸去了平日的张牙舞爪，像是一只柔弱的小兔子。

许翊抬眼看她，脸上微微有些松动。他的眸子染上了几分淡淡的温存，朝她轻声说："别担心，我没事。"

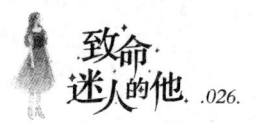

"这么一道血口子,怎么会没事!"

"比这更严重的伤我都扛过,比这更严酷的战场我都经历过,不算什么。"许翊说得轻描淡写,可苏糖一想到他曾经历过的那些苦难,心里顿时像压着一块石头,有些喘不过气,还有些疼。

半晌,许翊包扎好伤口,直起身子,开始派遣手下清点人数和现场货物。原本蹲在地上、双手抱头的几个小弟不禁喊道:"我们是无辜的!"

许翊敛眉冷笑:"人赃并获。你们还是省着点力气,去局里说吧。"

他抬手动了动手指,警队的队员们立即押着那群人,上了早已备好的车。

因为王彪的逃窜,许翊调了一部分人,将那些已抓捕的嫌犯先遣送回国。而他带领另外几个下属,留下来继续追捕王彪这条漏网之鱼,并查封其余藏着的假货。

当天晚上,野生动物保护组织的志愿者们邀请了许翊和苏糖一起去庆祝这次抓获行动成功。

刚到营地,一个身穿志愿者服的女人却气喘吁吁地跑了出来,跟他们说:"娜娜不见了!"

为首的志愿者一听,脸上立刻露出紧张的神色,急道:"你们去找了吗?"

"营地附近都找遍了,就是没有找到。"

志愿者们一个个眉头紧蹙,许翊不禁问:"是人口失踪吗?我们可以帮你们。"

"不是人,娜娜是一头小象。"女人解释道。

她双手扶额,满脸痛苦:"都怪我不好,我带娜娜去河边喝水,却没有看紧它。如果它到处乱跑,遇到了盗猎者,那可就糟了。"

"那我们跟你们一起去找吧。"苏糖开口道。

许翊望向她,眼里带着几分赞许。苏糖的眼睛弯成弦月,朝他露出一个笑。

许翊见状愣了愣,抿着薄唇,不禁别过眼。随后,他竟一句话也没说,快步上前,跟着野保巡逻队就走了。

苏糖一脸蒙地站在原地,心想,他这是在无视我吗,还是……害羞了?

摸不着头脑的她快步追上许翊,此时夜幕降临,他俩跟随队伍,提着照明灯,行走在灌木丛中,呼喊着小象娜娜的名字。

许翊的身姿挺拔,腿也长,快步地朝前走,饶是苏糖使出吃奶的劲儿,也只能勉强跟上。

她有些气馁,喘着气朝他喊:"你走慢点,我怕黑,别丢下我一个人。"

闻言,许翊顺从地放缓脚步,眉梢却微微挑起:"那你刚刚还逞强,说要一起找小象。"

"我不是心系小动物吗?还有……我想你夸我。"

"嗯?"许翊停下脚步,失笑道,"你想我夸你什么?"

他垂眸看向眼前的少女,只见黑夜里,她眼中好似扑闪着流萤,无比灵动。她一字一句地说:"你就夸,苏糖真聪明,苏糖真善良,苏糖真好看!"

她仰着一张白净的小脸,表情坦坦荡荡,话说得极其顺畅,一点不好意思的感觉都没有。

许翊的心咯噔一响,他薄唇轻启道:"我觉得,在我心里你就像 M82A1 狙击步枪。"

苏糖一愣,脑袋当机了一秒钟,又重新想了想,愣是没听出这句话哪里有

夸她的意思。

正疑惑间,男生温润悦耳的声音传进了她的耳朵。

"你和它一样,致命迷人。"

那一刻,苏糖觉得自己就像被丘比特拿了一把狙击步枪"砰砰砰"地射中胸膛。

还好现在天黑,许翊没能看到她泛红的脸颊。不然,她可就太丢人了!

第二章
是小糖果啊

苏糖觉得自己纵横人间这么多年,什么时候被人撩得连话都说不出口过?可此时此刻,江湖人称"小霸王"的她确实如此。

她低着头,耳根早已热得发烫,口齿也变得含混不清,憋了许久才憋出一句:"你……这个步枪的比喻……很生动。"

许翊点头,"嗯"了一声:"我也觉得。就是忘了,是在哪儿看到的产品广告语。"

"广告语?!"苏糖气得咬牙,三下五除二地就提起手上的照明灯,快步朝前走。

许翊被她甩在身后,望着她急匆匆的娇小身影,眼角悄悄地弯出了一个笑。

此时夜色正浓,他俩一边寻找,一边顺着营地的路往回走,不久后就看到了营地亮着的灯火。

他们走进营里,看见野保志愿者们正聚集在一起。他俩连忙倾身上前,询问小象的情况,可那群人只是无奈地摇头。

空气似是一瞬间凝结。苏糖抿了抿唇,思绪在脑海里转了两圈,突然就生

出了一个念头。

她说:"要不,我去我们那儿借一架无人机吧。最近我们来非洲进行特化模拟拍摄,团队里的道具组带了航拍的无人机。有了它,我们找起小象来就方便多了。"

闻言,周遭的野保志愿者们不禁眼睛一亮,纷纷赞叹这个方法好。

隔天早上。

苏糖想好措辞,管理好自己的表情,捧着一个保温瓶,走到了刘誉的面前。

她将专门泡的枸杞茶倒入刘誉的杯子里,刘誉面露诧异,显得有些受宠若惊。

"你今天怎么这么懂事听话?"

他面上生疑,拿着水杯的手倒有些无处安放,喝也不是,不喝也不是。

苏糖见状抽了抽嘴角,她干笑了两声:"没有啦,刘哥您作为我们特化中心的顶梁柱,每天日理万机,我为您倒杯枸杞茶,是应该的。"

"哦,那也是。"刘誉梗了梗脖子,心安理得地喝了一口热腾腾的枸杞茶。

苏糖看了他一眼,决定直入主题:"是这样的,我有一群在野生动物保护组织工作的朋友。他们听说我们最近在这儿做特化工作,觉得很新奇,都说想来看看。而且听说我们这儿有航拍无人机,说想见识一下这高科技的产品。"

"是吗?"刘誉抬眸看向苏糖,"可以让他们来啊,不过得趁早,我们的工作就快结束了。"

"可不是嘛。"苏糖拍了下手掌,"我也和我那群朋友说了,可惜他们最近遇到了点麻烦。组织里有头小象丢了,所以寻思着……要不跟我们这儿的道具组借一下无人机用用?"

说到底,苏糖只是一个特化助理,在团队里人微言轻,所以借无人机这样的事儿,她还得求助刘誉。

她见刘誉沉默,不禁趁热打铁道:"刘哥,这可是好事啊。只要借出无人机,既能帮助野保组织寻回小象,为野生动物保护事业做出贡献,又能提升咱特化中心的美誉度,岂不两全其美?"

苏糖僵着笑,半晌,只见刘誉缓缓地放下手里的杯子。他的语气冷了两度,似笑非笑地说:"敢情,你就是想让我去帮你借无人机?"

"嗯嗯!"苏糖满脸认真地点头,"你就帮帮我们吧,我们就借用一小会儿,在营地保护区的范围内寻找,可以吗?"

"不帮。"字正腔圆的两个字,像一盆冷水般浇在了苏糖的头顶。

她愤愤地想,这人怎么这么没有爱心啊,现如今小象行踪未明,道具组里又不止一架无人机,帮忙借一下又不会死。

苏糖翻了个白眼,忍着将他杯子里的枸杞茶倒掉的冲动,想着要不自己直接去找道具组的领导,硬着头皮向人家借借算了。

正思索间,一个清冷微沉的声音就传入苏糖的耳畔。

"苏糖。"许翙风尘仆仆地朝苏糖迎面走来,他在她的身旁站定,眼睛却看向坐在躺椅上懒散喝茶的某人,"刘特化师是吗?我要向你们中心征用一架无人机。"

他在"征用"两字上稍稍加重了语气,眼神淡淡的,但下颌线绷紧,瞧着倒有几分不怒自威的气势。

苏糖望向许翙,惊诧的目光里带着些许佩服。而下一秒,当她看见刘誉连

"不"字都还没吐完整,许翊就截住他的话时,更是忍不住在心里给他点了一万个赞。

"我们一旦找到小象,就会立即归还。"许翊从衣兜里掏出了自己的证件,递到刘誉的眼前。

刘誉定睛看了看,又擦了擦眼睛,还没过两秒,立刻换上了一脸职业假笑:"原来是特战部队的警官啊,失敬失敬。"

"还有问题吗?"许翊冷声道。

"没有,没有。"刘誉急忙道,"我立刻就去跟我们道具组说一声,马上送到。"

不一会儿,就有工作人员跑上前来,将一架无人机交到了许翊的手上。

半个钟头后,当许翊和苏糖拿着无人机来到营地时,已是日暮时分。

苏糖将无人机放在草坪上,跟几个野保人员讲解了操作要领。众人开始倒腾操控,而她抬起头,正巧看见许翊在河岸边肃肃而立的样子。

他望着成群的鹳,像蜿蜒的玉带般亭亭地立在水面上。半晌,他的耳畔传来一阵渐近的脚步声,许翊下意识地侧过头,撞进了苏糖干净如水的眼睛里。

他对她说:"这片营地附近的景色很美。这个保护区里生长着许多动物,原本应该是世外桃源般的仙境,可总有人想打破这份美好。"

苏糖知道,许翊指的是那些偷偷潜入的盗猎者。他们伤害野生动物,以此牟利。之前许翊他们端掉的那个以王彪为首的团伙,干的就是这档子事。

苏糖看着许翊沉默的样子,知道他心情不佳,就想着转移话题,逗他开心。

她眨了眨眼睛说:"许警官,你刚刚对付老刘的样子……简直A爆了!"

一直以来,苏糖为人乖张得很,从不会轻易夸奖人。所以当她说完后,就想好好瞧瞧许翊那张向来冷淡的脸上会出现什么样的表情，比如惊喜或愉悦。

可是，他却一头雾水地看着她，思忖了许久，方才开口："A 是什么？"

苏糖："……"

就是你很呆的意思。苏糖很想这样说，可她不敢。于是，她咧起嘴角，朝他道："就是 Apple。像苹果般红润，气色很好的意思。"

许翊讷讷地点了点头。虽然这个解释听起来很有道理，可看着她的表情，他怎么就不信呢？

他垂下眼睑，正好瞧见苏糖的手微微泛着红。

好似感到他灼灼的目光，苏糖下意识地将手缩在背后。

许翊的眼睫动了动，他倾身上前，一把拉过她的手，拧起了眉："怎么弄的？"

"就是今天早上冲枸杞茶的时候，不小心烫到了手。"苏糖垂下头，声音有些低低的，"不过已经冲过水，擦了药，没事了。"

"那你干吗藏着？"许翊问。

"怕你说我笨，倒杯水都能被烫到。"苏糖的头垂得更低了。

"你确实笨。"

话音一落，苏糖立刻鼓了鼓嘴。得了。她刚刚心里还不敢说他，现在反倒被他嘲笑一番。

苏糖有些不满地咬牙，可下一秒，就听到他的声音响起："下次你有什么事，直接找我，我会帮你。"

一贯清冷的声音，却带着几分特别的温润，像是汩汩清泉般涌入她的心里。

苏糖不禁说："许翊，你真的很 A。"

许翊扬起眉眼，见她眼神有些闪躲，嘴里还慌乱地解释着："呃……我的

意思是,你不仅气色很好,而且还很有男子汉的气概。"

苏糖微微颔首,却见他微眯起眼,眼中透着一丝意味不明的气息。

"所以,你刚刚是在骗我吗?"

许翊俯身靠近她,苏糖张了张嘴,却因为他的突然靠近怔住了。

正当他俩"对峙"间,不远处传来了一阵喧闹的人声。

他们循声抬头,正好看见有一个野保人员跑了过来。来人看到苏糖和许翊此时的暧昧姿势,不禁咳了两声。

许翊见状,还是保持着淡然的模样,苏糖却悄悄地同他拉开了距离。下一秒,当她听到那人说"无人机里看到了大象的画面"时,立刻就朝人堆的方向跑去,压根不敢回头看许翊。

苏糖一边跑,一边吐槽自己屎。而另一边,许翊虽面色如常,眸中的光却黯了黯。

许翊踱步上前,看到苏糖站在人堆里,望向无人机的画面时,眸中露出了惊诧又害怕的光芒。

只见画面里,一只大象倒在血泊中,它的象牙早已不见,鼻子被人残忍地抛在一旁。

"这群可恨的盗猎者!"苏糖攥紧拳头,气得身子直打战。

许翊望向她,眉心也不禁深深地蹙起。他问:"小象呢?有找到它的踪迹吗?"

"暂时还没有。"有野保人员回答。

"这样太慢了,我们得抓紧时间。早一点找到小象,才能减少它被盗猎者抓住的可能。"

许翊掏出手表,时针刚好指向傍晚七点钟。

他向野保人员借了一份保护区的地图,指挥他们兵分四队,一队专门查看无人机的航拍画面,其余队伍按照他指派的区域,分散到四处去寻找小象。

一旦无人机搜寻到小象的行踪,队员立刻汇报,进而带队将小象接回家。

苏糖焦急地跟着许翊走进了一片森林。

他们四处寻找,可当许翊查看着地下的动物脚印时,却听到走在前头的苏糖突然"啊"的一声叫了起来。

"怎么了?"许翊立即倾身上前。

只见苏糖伸出手朝空中挥了挥:"这里怎么这么多小虫子?"

她摸了摸手臂,突然觉得有些痒,于是忍不住挠了挠,又挠了挠。不一会儿,她的手臂就落下了斑斑红印。

许翊见状,心里一紧,不禁抓住她的手。他感觉自己的心脏在不安地跳动,连声音都有一丝颤动:"别挠,跟我走。"

他二话不说地拉着她来到了附近一个当地医生的营帐。

穿着白大褂的医生为苏糖查看了她泛红的手臂。他仔细地看了看,蹙起了眉说:"你们等等,我去拿药。"

许翊应声点头,苏糖讪讪地抿了抿唇,她真的觉得太痒了,于是手又开始不安分地想去挠,许翊却按住她的手,耐下心,对她说:"别动,听话。"

苏糖愣怔,随即看着眼前的男人伸出了修长的手,像摸小猫似的,伸手摸了摸她头上的碎发。

他的手似乎有魔力,苏糖一时间竟忘了痒,目光直直地看着他,身子一动

不动。

许翊见状,微微松了口气。半晌,穿着白大褂的医生拿来了一个急救箱,开始为苏糖诊治。

待到结束后,医生将急救箱重新收好,朝他们笑了笑说:"幸亏发现及时,伤口感染得不厉害。要不然,这种疟原虫一旦在人体待久了,足以让人丧命。"

苏糖怔住,走出营帐时,她还在想:难不成,自己刚刚竟是去了鬼门关溜达了一圈?

她后知后觉地拍了下自己的胸脯,庆幸地松了一口气。下一秒,就听见许翊唤她的名字:"过来坐坐。"

苏糖走过去,陪许翊坐在了栅栏边。有莹白的月光倾洒而下,缱绻的微风吹拂而来。许翊仰起头,望着繁星闪烁的天空,沉默不语。

苏糖经常看到许翊一言不发的样子,可今天的他看起来有些不同,是她从未见过的模样。

许是感受到苏糖的目光,许翊微微垂下眼睑,压低了嗓音,自顾自地说:"你可能不知道,疟原虫在我的心里,是一种很可怕的生物。"

早年,许翊曾去到非洲野外,执行一项秘密任务。当时他与他最好的队友并肩作战,可他的好友却因为一次自认为普通的"蚊虫"叮咬,没有及时接受治疗,最终患疟疾去世。

许翊痛苦地垂下头,下一秒,一颗旺仔牛奶糖蓦地映入他的眼帘。

苏糖将糖放在他的手上,轻声说:"众生皆苦,什么事都会遇到。所以我们更要珍惜当下,努力寻找生活中的甜。"

语毕，她从口袋里掏出了另一颗牛奶糖，扬了扬手说："就像这颗旺仔糖。忘掉以前的一切，才能成为更好的崽！"

月光下的她眼睛干净澄澈，眉毛弯弯，还露出了小酒窝。许翊听到她说："人总是要朝前看的。"

他讷讷地看她。

半晌，许翊终于开口："你究竟藏了多少颗糖？"

"不多不少，够我在非洲吃好多天，然后开开心心地回国。"苏糖将一颗牛奶糖塞进嘴里，囫囵吞枣似的吃了起来。

"不准吃了，没收。"

"为什么？"苏糖护住衣兜，不可置信地看向他。

"因为吃糖容易引起蛀牙，不利于身心健康，还有……智力发育。"许警官信口开河，开始在线说胡话。

苏糖："？"

苏糖从没想过，人前掏枪耍帅，人后高冷扮酷的许翊竟然这么赖皮。

没一会儿的工夫，他就把她的糖果全都没收了，一颗都不肯留给她！

苏糖觉得许翊肯定是上辈子没吃过糖果，可看着他敛眉低笑的模样，她知道他的心已经放晴了。

只要他高兴，苏糖觉得，好像少吃几颗糖也没什么。

他俩一路上拌着嘴，主要还是苏糖在说话，叽叽喳喳，像只小喜鹊，有些聒噪，可许翊竟觉得……好像有点好听。

半晌，许翊的手机突然响起，电话另一头传来野保人员的声音："许警官，

我们找到娜娜了！"

待到许翊他们赶回营地时，野保人员正围在小象娜娜的身边。那个负责照顾小象的女人抱着它，流下了愧疚自责的眼泪。

听说他们是在一片人烟稀少的丛林里找到小象娜娜的，那里有不少动物的残肢，有些许是放了很久，露出了骇人的白骨。有野保人员经过那里发现这一幕时，吓得连连尖叫。

不过好在小象已经被找到，大伙全都松了一口气。

片刻后，为首的野保人员和几个当地人手握着火把，走到了柴堆边。苏糖好奇地问许翊："他们这是要干吗？"

"他们要举行祈福仪式，祝愿当地的人与动物能够和谐相处，健健康康地生活下去。"

语毕，只见为首的野保人员将火把伸向了柴堆。霎时间，一簇明亮的火焰腾空而起，人海中响起了此起彼伏的欢呼声。

火焰越燃越旺，众人围在篝火前，唱起了当地的祝福歌。苏糖讷讷地看着眼前的场景，下一刻，她蓦地被人拉进了热闹的人群里。

许翊站在她的身边，听着众人的指示，牵起了苏糖的手，同大伙一起纵情歌舞。

苏糖感受着他手心传来的温热，突然感觉自己手上的每一根神经仿佛都在跳动。

她跟着他们唱着跳着，不停地呐喊，耳边是阵阵嘹亮悦耳的歌声。

过了一会儿，苏糖觉得自己精力耗尽，再也榨不出半分力气了。

"我不行了，不行了。"她喘着气摆了摆手，假装没看到许翊那戏谑的眼神，径自跑到了营帐边坐下。

此时繁星铺满整个夜幕,不远处大象与长颈鹿径自漫步,斑马群也站在河边静静地喝水。

一切真是恬谧而美好。苏糖在心里感叹。

她拿出自己道具箱里的纸和笔,望向那个融在人群中的男人,星光仿佛亲吻着他的脸颊,微风也好似爱慕着他。

苏糖心思微动,她拾笔在纸上"沙沙"地画下,将他的模样慢慢地勾勒而出。

不知过了多久,当许翊的声音响在苏糖的耳边时,她着实吓了一跳。

许翊双手环胸,居高临下地看着她手里的画,微微颔首道:"画得不错,可是我的腿为什么这么短?"

苏糖顺着他的手指望向那张画,嗯……好像是短了点。

须臾间,苏糖突然就想起了很久以前,她在国画班的日子。

那时,苏糖常常带着一帮小男孩猜拳、打弹弓、斗蛐蛐,一起撒欢玩闹。可闹归闹,每每到紧要关头,苏糖还是颇有"大姐风范"的。

有调皮的男生在课上偷吃零食,她会凶巴巴地将它们没收;有弱小的男生被高年级的学生欺负,她会抡起扫帚将那些人打得仓皇而逃。

而有一天,当她看到几个小男孩正打算爬上树摘果子时,苏糖怕他们没经验伤着了,便火急火燎地催促他们下来,自己撸起袖子,亲自上阵,结果却被老师抓住,说她擅自爬树破坏纪律,被罚要在一天之内,画出一幅山水画。

十指从不沾颜料,连毛笔都有些拿不稳的苏糖,最后想到了去求助精通绘

画的许翊。

那天,她像泡泡糖般缠在许翊的身边,就差哭着申请成为他的腿部挂件了。

经过了她一整天的"摧残",许翊终于败下阵来。他揉了揉眉心,坐在校园林荫道的石凳上,一边帮苏糖调色,一边有条不紊地对她说:"手抬高些,下笔要轻稳,一气呵成,浓淡相宜。"

苏糖听从他的意见,咬了咬牙,抓着手里的毛笔,勉力地抬笔一画,却发现自己竟将嫩绿的树叶画出了"扫帚"的即视感。

"怎么这么费劲啊,我不画了。"将毛笔随手一搁,苏糖鼓着嘴坐在石凳上。

许翊看出她一脸不耐烦,不禁挑了挑眉:"看来,有人明天交不了作业,又要受罚了。"

"怎……怎么可能?"苏糖一噎,拿起毛笔,抿了抿唇,选择继续埋头苦画。

可半晌,许翊看了看她的画,摇头浅笑。他伸出修长的手,轻轻地握住她手里的毛笔,行云流水般在宣纸上勾勒描画。

"应该这样画。"他的声音很轻,飘在夜色中,伴着校园里清幽的槐花味道,温柔地环绕在苏糖身上。

她心念一动,抬眸看向他的侧颜。

莹白的月光洒落在少年的身上,映着他的眉,他的眼,就这么猝不及防地跃进她的眼里。

过了许久,苏糖搁下手里的笔,伸了一下懒腰,看着那幅由许翊起草,她最终勾勒完成的画,满意地弯起嘴角,画得还挺好的嘛!

她仰起白嫩的小脸,露出一副求表扬的表情。可许翊站在她的身旁,漫不经心地对她的画做出了评价:"墨液过多,墨线粗糙,层次不分,颜色搭配也不相宜。"

苏糖蒙了,她觉得这已经是她出生以来,画得最好看的画了!可那人却面色淡然地伸出食指点了点桌面,慢悠悠地吐出一句话,像一支利箭般射向苏糖的心脏。

他说:"看来我是带不动你了。出去外面,别说是我教的你。"

思绪微微回笼,苏糖一想到当年的场景,还是忍不住咬牙切齿。

于是,她在许翊的注视下,讪讪地摊开了手,露出一副无可奈何的表情:"没办法,以前拜师学画画,教我的那个人,绘画能力比较有限。"

许翊不禁觉得好笑:"难道不是你不好好学习的原因吗?"

"你没跟我一起学过,怎么知道我没好好学习?"苏糖扬起长睫,目光灼灼地看他,"难道,你认识我师父?"

经年之前,苏糖曾因为许翊教过她几次绘画,所以就屁颠屁颠地缠着他,跟在他身后甜甜地喊他作"师父"。

那时他嘴上虽然说不喜欢,可每次她叫他时,他都会第一时间回头,随即拿起笔,站在她身旁,认真地教她画画。

而如今,这个人已经忘了她了。

一年的时光,难道真的就像泡沫般脆弱,足以在漫长的岁月河流中消失殆尽吗?

苏糖直勾勾地看向许翊,脸上没有任何情绪,可眼里好像有一片幽深的海在涌动。

许翊愣怔,沉默半晌,他别过眼,轻声说:"我不认识你的师父。"

看着他逐渐离去的背影,苏糖低下头,看着手里的画,不禁咬着下唇,喃喃道:"画得真差劲,都没有我师父帅气。"

纳米比亚的风缱绻地拂在她的脸上,吹起了她的发丝。她抬手拢了拢耳边的发,可不知怎的眼眶瞬间通红。

苏糖想:自己可能真的有点想他了,想念那个曾经眉眼如画,朝自己露出清浅笑意的许翊。

不久后,苏糖的团队结束了非洲的特化工作,许翊的警队也大致完成了任务。因为纳米比亚的航班较少,所以他们刚好同一天搭乘飞机回国。

回程的途中,苏糖与许翊在机舱里擦肩而过。陆勇站在许翊的后面,一见到苏糖,立刻朝她挥手打招呼,可她只是轻轻朝他点点头,就走了过去。

陆勇有些不解,他连忙凑上前,一脸八卦地问许翊:"你和小糖果怎么了?吵架啦?"

"小糖果?"许翊没有搭理他的问题,反倒挑起眉,重复了一下陆勇这个突兀的称谓。

陆勇见他横眉冷对的样子,心里不禁响起了警铃。毕竟在许翊手底下干了这么久,他知道,这是许翊发怒的前兆。

于是,陆勇小心翼翼地回道:"嗯,私底下大伙都这么叫,说苏糖长得好看,像一颗小糖果似的,又甜又可爱。"

她可爱?许翊脑补了一下苏糖平日里嚣张乖戾、张牙舞爪的样子,不禁啧了一声:"你们是当警察当久了,都没见过女人吗?"

他"砰"的一声将行李袋放进了头顶的托架上,冷冷地说:"以后不许这么叫。"

陆勇讪讪地挠了挠头,心想多大的事儿啊,至于发这么大的脾气嘛,又不是给你媳妇取爱称。

片刻后,伴随一阵轰鸣声,庞大的波音客机挟带着呼啸的气流,从跑道上驶离,腾空飞上了蓝天。在经历了十几个小时的航程后,飞机终于落地。

感受到脚踏实地的感觉,苏糖心安地吁出一口气。她伸了伸懒腰,跟随着人潮走向了提托运行李的地方。

等行李的时间并不长,原以为能够很快地出机场,可当苏糖背着背包,拖着行李箱疾疾地走在机场大厅时,有人急匆匆地跑过,撞了她一下。

苏糖的手没抓牢,行李箱"嘭"的一声掉落在地。此时许翊走在苏糖的后头,见状下意识地想拨开前面的人上去帮她。

可下一秒,有一双骨节分明的手将那个行李箱稳稳地扶了起来,重新放在地面。

"谢谢。"苏糖抬头,一双杏眼看向来人说。

"没事,小心点。"男人身形挺拔,穿着双排扣的风衣,内里搭着一件白色衬衣,衣领洁净平整。他的脸上漾着和煦的笑,像是一阵兜头而来的春风,令人舒爽而忻悦。

真是一个有品位又精致好看的男人。苏糖在心里默默地想。

"周教授!"洪亮的男声阻断了苏糖的思考。她抬头一看,只见刘誉从远处摇摇摆摆地走了过来,迎面就给了那个男人一个熊抱。

苏糖一看,不禁抽了抽嘴角。

周祈安听到有人唤自己，回过头就撞上了这个突如其来的拥抱，着实吓了一跳。不过随即，他斯文有礼地微笑道："原来是刘特化师，我刚代表艺术学院从国外交流考察回来，没想到竟在这儿遇见你。"

"哎呀，这就是缘分嘛！我说呢，您这位大忙人怎么会突然出现在这儿。"刘誉哈哈大笑，熟络地和周祈安客套了两句。

他们之前在文化交流峰会上打过几次照面。刘誉是个自来熟，知道周祈安是当地有名的艺术学院副教授，心想以后难免会有交集，甚至还能合作些项目，自然要表现得热络些。

"以后咱们可要多走动走动，多进行艺术文化层面的交流啊。"

"嗯。"周祈安点头，露出温和的笑。

而接下来的话，因为苏糖赶着往机场门口走，所以没听见。

周祈安回头看向她的背影，貌似不经意地问："那个女生是谁？"

"她啊，我们特化中心的小助理。人长得漂亮又机灵，就是脾气一般般，有时候态度还不是特别好。"刘誉撇了撇嘴，不禁摇头道。

"难怪。"周祈安小声地说。

其实，他刚刚站在机场大厅时，就注意到苏糖了。

她跟随队伍一起搭着扶手电梯，即便站在人群中，也很显眼。她长发飘飘，眉目清秀，脸上表情淡淡的，却带着一丝乖戾的俏气，看起来有点不好惹。

这不，当她听到身后刘誉跟几个大老爷们儿低声耳语，说着那些"回去找几个妹子好好快活快活"的腌臜话时，径自翻了个白眼，挠了挠耳朵，面露鄙夷，就差在脑门上贴一个"老娘看你们很不爽"的表情。

确实挺有趣的。周祈安在心里默默地想，嘴角弯出了一个笑。

而另一边,苏糖的心里就像装了一个煤气罐,快炸了。

机场外面车辆像流水般来来往往,可她站了老半天,都没能拦到一辆出租车。

花花他们早已搭着朋友的车离开了,苏糖看了下手表,她知道今天裴梨外出采访,这个点裴梨肯定也没办法赶过来接自己。

正思索间,许翊的警队就朝着她的方向走了过来。他换了一件黑色衬衫,外搭一件立领迷彩夹克,裤子衬着一双大长腿修长笔直,说不出的俊朗帅气。可不知为什么,苏糖的心里就是有股子气,所以当瞧见他时,立刻转过了身子。

这一幕被许翊完完全全地看在了眼里,他不动声色,身旁的陆勇却扯起了大嗓门喊:"苏糖,跟我们走吧!我们送你一程。"

苏糖望着路上全是满客的出租车,不知道自己得等到什么时候才能坐上车。她微微有些心动,嘴唇张了张,下一秒,却听到站在一旁的许翊冷冰冰地说:"我们坐的是警车,能够随随便便载人吗?"

陆勇等人面面相觑,气氛一瞬间好像降到冰点。苏糖甩给许翊一记眼刀,愤懑地咬了咬唇说:"我能自己回去,不稀罕。"

正好,刘誉和周祈安从机场大厅走了出来。周祈安看到了许久还未离开的苏糖。他倾身上前,笑着对她说:"我们准备回市区,你是不是也回那儿?如果同路,我们可以载你一程。"

语毕,他望向刘誉,笑着说:"是吧,刘特化师。"

刘誉愣了愣,点头道:"可以啊。反正都认识,一起呗。"

苏糖有些愣怔,还没反应过来,一阵清冷的男声就突然响起。

许翊走到苏糖的面前,双手抄在兜里,将她完全挡住:"她是我的朋友,就不劳烦您相送了。"

周祈安眉梢微挑,他认得这个男人。

刚刚苏糖从机场大厅离开时,许翊这群人就站在他附近,刚好听到他和刘誉的对话。此时许翊瞥过来的眼神里,带着明显的不善。

"请回吧。"许翊伸出了手。

周祈安瞧着苏糖没有说话,一副默许的模样,心下了然。他勾起嘴角点了点头,随即和刘誉一起离开。

苏糖杵在原地,有些搞不清楚状况地看着站在自己面前、脸上带着些许不自然的许翊,刚想开口问,就听到不远处陆勇扯着嗓子喊:"许队,我们还得回公安局汇报呢!"

"你们先去,我稍后到。"语气坚定得像是发号施令。

陆勇撇了撇嘴,也不好说什么,只能挂挡开车离去。

临走前,车子里的同事们不禁议论纷纷。

"许队不是向来最热衷工作的吗,什么时候见他将工作抛在一边过?"

"是啊,他工作起来不要命。"

"对对对,典型的工作狂。"

听完他们的对话,陆勇故作高深地"唉"了一声:"那是因为他之前都没遇到能让他将工作放在后面的人啊!"

而此时此刻,苏糖还不知道自己变成了别人口中、赢过了工作的女人。

她面露疑惑地看向许翊:"你不是说,不愿意载我吗?"

许翊一噎。他沉默了会儿,略微别扭地侧过头,一字一句地说:"作为警察,有义务为民众保驾护航。"

他脸不红心不跳,眼睛都不眨一下。

苏糖听完,没有说话,只慧黠地看了他一眼,眼底的意思不言而喻。

我信了你的邪。

第三章
小绵羊与大灰狼

机场门口人潮熙攘。

许翊不自觉地摸了摸鼻尖,避开苏糖戏谑的目光。他从兜里掏出了手机,放在耳边,等了一会儿,那一头传来声音,许翊说:"你现在过来白云机场找我,很急,速来。"

他挂段电话,没过多久,一辆酷炫的机车就卷着地上的沙尘,"唰"地停在他们的面前。

车上的男人脚踩镶了两排铆钉的黑色短靴,跨步下地,蓦地脱了头盔,露出一张棱角分明的俊脸。

彭风驰将头盔扣在机车上,歪头问:"这么急找我来干吗?"

"你……"许翊顿了顿,拧起眉间,"你怎么骑着这辆车?"

许翊原本是想着彭风驰家开的酒店就建在这个机场的附近,所以想让他就近载他们一程,可现在看来,是许翊疏忽了,忘了彭大少向来是不按常理出牌的人。

"这车不错吧?是不是足够狂酷炫拽帅,我新买的!"彭风驰自豪地仰起一张俊脸，伸出大拇指指了指自己。

许翊突然觉得自己心好累。他揉了揉眉心，彭风驰看出了他的"疲态"，立刻说："我就知道你坐那么长时间的飞机，肯定是累了。这不，我刚在酒店训完员工，接了你的电话就马不停蹄地赶来了。哥们儿我够义气吧？"

"特别够义气，我都快被你气死了。"许翊冷冷地说。

苏糖听完憋不住笑，发出"扑哧"一声。彭风驰转过身，这才发现站在不远处的苏糖。

"哎，有美女！"他眼睛一亮，立即从兜里掏出一张名片，递给了苏糖。

"美女你好，鄙人是帝豪酒店的CEO，平时喜好交友，吟诗作对，偶尔还爱喝喝红茶，看看歌舞剧什么的。"

"她是我的，收起你的歪心思。"许翊脱口而出，立刻惹得在场的另外两个人不约而同地望向他。

彭风驰察觉出了猫腻，忍不住摸了摸下巴，慢悠悠道："你的？"

许翊的脸色僵了僵，他望向远方的某一处，不自然地说："嗯，我的……朋友。"

苏糖看向许翊，见他不自在地咳了两声，不禁偷笑。还是第一次看到他这样呢，敢说不敢当啊。

许是看出许翊的心思，彭风驰挑起了眉，决定先放他一马，秋后再算账。

于是，他扬起嘴角说："既然是朋友，那就更要经常来玩嘛。"

苏糖翻看了下他的名片，不禁问："酒店有什么好玩的，难道去开房？"

说完，苏糖才发觉自己说错了什么。天哪，这想到什么就说什么的毛病，

难道是会传染的吗？

她咬了咬自己的牙，恨不得去天上找大罗神仙要一颗后悔药吞下去，收回刚刚说的话。可惜，这世上没有后悔药。

所以，苏糖就听到彭风驰爽朗的笑声响起："如果你有这方面的需求的话，欢迎光临。"

"闭嘴。"许翊微怒，随即他伸手跟彭风驰要了机车钥匙。彭风驰被许翊怔住了，乖乖地给许翊，可接下来，他发现事情有些不太对劲。

这明明是自己的车，怎么许翊坐上去了，那个叫苏糖的女生也坐上了后座，那自己呢？

彭风驰不满地叫道："我怎么办啊？"

"走回去。反正你家酒店离这儿又不远。"

"你跟我说事情紧急，我立马就开车过来了。"彭风驰气得吭哧吭哧地说，"真没想到，小许许你有异性没人性，恩将仇报，忘恩负义啊。"

苏糖被"小许许"的昵称怔住了，连许翊的脸上也有些挂不住，他咬牙切齿地说："我说过，别这样叫我。"

彭风驰见状，大呼委屈，说许翊不仅过河拆桥，还冷血无情，连名字都不让人叫了。他将自己能想到的成语全都用上，可许翊只抿着薄唇，淡淡地说："走回去，或者去机场找你那个心心念念的漂亮空姐，两者你选一个。"

"早八百年前的事了，后来又换了几个。"彭风驰摆摆手，叹了一口气，"我再也不相信爱情了。"

语毕，他的视线里就出现了一个身材高挑丰腴、唇红齿白的美人。

苏糖这边还有些担心："这样丢下他一个人，真的好吗？"话音刚落，彭风驰的声音就响了起来:"你们不用担心我啊,我一个人可以的!"

眼见着美人就要坐进自己的酒红色轿车,彭风驰赶紧欢喜地奔到那辆车前,迅速和美人搭讪。

"他这变脸的速度还真快。"苏糖感慨。

许翙不禁扯起嘴角:"我都说不用管他了,他这人就像是脱缰的野马,八个汉子都拴不住,可只要见着一个女的,他立刻跟她走。"

果然,许翙刚说完,彭风驰就坐上了那辆轿车。

车子不紧不慢地驶过来,经过他们的时候,彭风驰摇下车窗,朝他们挥了挥手:"我先走一步了,朋友们。难得这大好春光,可不要辜负了哦,BYE!"

苏糖目瞪口呆,恍惚间,许翙已经发动车子,载着她往回家的方向开去。

微风吹拂而过,他身上的衬衣外套被翩翩吹起。道路两旁的桂花树随风飘来了清幽的花香,苏糖嗅着香味,思忖了下,还是伸手拉住许翙的衣摆。

"抱紧了。"他清冷的嗓音响起,带着一丝不容置疑的霸道。

苏糖怔了怔,下一秒,就感受到车子开始迎风加速,她蓦地环上他的腰。他的身上有着一股淡淡的皂荚味,很好闻。

苏糖靠在许翙的后背上,觉得自己的心脏像擂鼓般咚咚振动,久久无法停歇。

不久后,车子停在了苏糖的家门口。

许翙卸下头盔,说:"到了。"

后座的少女没有动静,许翙下意识地转过头去看她。只见她整个人靠在他

的后背,双眼微合,长发软软地披在身上,一张小脸白皙水嫩,唇瓣像樱桃般红润,嘴角微翘,带着几分慵懒和娇媚。

不知怎的,许翊的心里突然咯噔了一下。他凝视着她,身子不经意地朝她靠近,却见她长长的睫毛突然动了动。

好似感受到周遭的温暖气息,苏糖睁开眼,发现自己已经到了家门口。

她有些恍惚,因为许翊身上的味道太好闻了,所以她闻着闻着,就昏昏欲睡了。

看着她愣愣的样子,许翊不禁生出了几分戏谑之意。他望向她,眸光微动道:"你刚刚不会是在享受吧?"

"我哪有!"向来自诩脸皮比南墙厚的苏糖,禁不住红了脸。

"嗯,我信了。"许翊眼眸垂着,长长的睫毛覆盖在他的眼睑上,遮住了他含着笑意的眸子。

他信什么啊?苏糖忍不住抬头,四目相对,苏糖听到空气中"刺刺刺"的电流声和心脏猛烈跳动的声音。

他的眼波潋滟,眸色动人,仿佛有种摄人心魂的魅惑力。

苏糖的舌尖舔了下唇瓣,突然很想在许翊那张清隽好看的脸上吧唧一口。正想着,视线之内迎面走来了一个身影。

苏糖定睛一看,确认了眼神,是熟悉的人。

只见裴梨站在不远处,瞪大眼睛,提着超市的购物袋子,差点吓得掉到地上。

她听说今天苏糖回国,刚下班就专门跑去超市,买了各种苏糖喜欢吃的糖果、甜点和特产,打算慰藉一下苏糖的思乡之情。

可如今,苏糖正站在家门口,和一个身姿不凡的男人眉来眼去?裴梨大喜:

敢情出了趟国，我们家小糖糖就有了艳遇啦？

于是，她赶紧凑到他俩跟前，正想开口问，"艳遇故事"的女主角却连拖带拉，一眨眼的工夫就跟那个帅哥说再见，随即将她带回了家。

裴梨眯了眯眼，单刀直入："那男的是谁？"

"中国人。"苏糖打开购物袋，撕开了一包柢果软糖的外包装，不紧不慢地说。

"我有眼睛，知道是中国人！快说，坦白从宽，抗拒从严。"裴梨说，面上添了几分着急。

苏糖嚼了嚼嘴里的柢果软糖，耐不住她的敲打，最后口齿不清地招供了："你认识。"

"我认识？"裴梨一愣，怪不得觉得有些眼熟。

她细细地想，不一会儿，少年曾经的轮廓伴随岁月的光影，最终和刚刚那张俊逸的脸交织在一起。

她"啊"地叫了一声："他是我们当年聿京高中的那个男神学霸！"

苏糖吃完软糖，觉得不过瘾，刚拆了一袋猫耳朵放在手掌心，"啪"地往嘴里扔，却被裴梨的惊呼声吓到，手一颤，猫耳朵从她的嘴边掉了下去。

苏糖讪讪地捡起"阵亡"的猫耳朵，抿了抿唇，随即听着裴梨在一旁回忆道："我记得他！以前我们班不少女生偷偷跑去隔壁班窗户边趴着，就为了看他一眼。他叫……许什么……"

"许翊。"苏糖吃了一口脆脆的猫耳朵，提醒道。

"就是这个名字。"裴梨莫名地兴奋，她靠近正在沙发上"葛优躺"的苏糖，

问,"你怎么遇到他的?"

"就这么遇着了呗,缘分天注定,不用靠打拼。"苏糖直起身子,眼角一挑,送给裴梨一个自认为倾国倾城的媚笑。

裴梨朝她翻了个白眼:"你家许男神知道你这么自恋吗?"

对于她这个"你家"的称谓,苏糖表示很是满意。于是她弯着眉眼,拿起一根饼干棒咬了一口,嚼得嘎嘣响:"我有信心,我是啥样他都喜欢。"

裴梨摸了摸手臂,鸡皮疙瘩都快掉一地。半晌,她吁出一口气,说:"看到你们能够久别重逢,真好。"

苏糖看着她落寞的神情,知道她是想起以前的事了。

当初上高中时,裴梨就将顾舜然放在心尖尖上,后来甚至为了他报考了传媒大学,想着以后如果他当了歌手便可以采访他。

柔情似水的少女情怀,最后如愿以偿地吸引了顾舜然这团热情的火焰。他拒绝了周遭蠢蠢欲动的女生,选择和裴梨在一起。可惜造化弄人,顾舜然最终没有坚持自己的音乐梦想,与裴梨渐行渐远,乃至分道扬镳。

苏糖抱了抱她,裴梨的身体软软的,比自己还纤瘦。

苏糖记得,裴梨以前一直是软糯文静的乖乖女。自从考上传媒大学,当了记者,爱上这个行业后,才逐渐变得开朗些。

曾经,她为了顾舜然选择进记者圈,可如今,她已然在职场中独当一面,从事着自己喜爱的职业,苏糖觉得这也算是因祸得福。

"我们应该活在当下。别回头,过去的事就让它过去吧。"苏糖安慰裴梨,可说完,她却神思一顿。

是啊,这世上的聪明人向来都是朝前看的。所以,许翊不记得自己,也是能够理解的吧。

苏糖有些唏嘘,裴梨反过来安慰她:"你之前在学校只待了一年,跟他又不同班,他不记得你也是情有可原。"

也是,当初苏糖因为妈妈去世,小姨带着她转学去了香港。离开小城前,班里不少关系要好的同学都来家门口送她。而许翊因为去外地参加绘画比赛,所以她没来得及和他告别,两人就分开了。

可苏糖觉得,即便是短暂的相处,自己也一直记得许翊啊,可他却忘了自己。

"我就是觉得有些不公平。"苏糖咬着唇,想了想,走向了厨房,拿出冰箱里的嘉士伯啤酒,又取了两个玻璃杯,重新回到裴梨身边。

"算了,我们今晚什么都不要想,一醉方休吧!"苏糖边说边倒了两杯酒。虽然苏糖不嗜酒,但今天,她特别想试试醉了的感觉。

裴梨闻声点头,拿起酒杯倒入喉中。觥筹交错间,裴梨的脸色早已通红,她醉醺醺地对苏糖说:"男人都是这样的。"

"对,都是这样的。谁没遇到过几个大猪蹄子呢!"苏糖摇摇晃晃地举着杯子,和裴梨碰杯。可不一会儿,她就觉得浑身燥热,天地仿佛都在旋转。

头晕目眩之际,她吐出了最后一句话。

"许翊,其实我好想你啊。"

语毕,苏糖躺倒在了沙发上。

隔天早上。

苏糖晕晕乎乎地从沙发上醒来,连裴梨是什么时候走的她都不知道。望着

满屋的狼藉,苏糖顶着乱糟糟的头发,走过木地板,去盥洗间洗漱。

刷牙时,她的脑海里总是浮现出许翊那张清隽的脸。苏糖觉得自己可能是病了,现在的她不仅需要醒酒汤,还需要相思病的解药。

所以,她思忖再三,决定给裴梨打电话。

电话那头很快就有人接了,裴梨的嗓音有些沙哑,看来昨天喝得只比苏糖少一点儿:"大小姐你终于醒了,我早上叫你的时候,你睡得比猪还要沉。"

苏糖有些不好意思地摸了摸鼻子说:"不好意思嘛,你今天上班没迟到吧?"

"踩点进的办公室,没事儿。"

"那就好。"苏糖顿了顿,试探性地问,"那个……我知道你们记者圈渠道多信息广,能不能……帮我查下许翊的个人信息啊?例如在哪里上班之类的。"

"咦,昨晚是谁拍着胸脯说,再也不跟他见面的,难道我听错了?"裴梨揶揄道。

"我……我昨晚就是喝醉了,瞎说的。"苏糖话锋一转道,"我要把他手到擒来,让他牢牢记住我!"

"知道啦,我现在出门采访,回去就帮你查,小事一桩。"裴梨笑了笑。作为江湖人称"记者圈百事通"的她,这点小活儿还是有信心的。

果然,第二天,苏糖便收到了裴梨的微信。她打开一看,第一行字写着:"许翊,武警特战部队,猎鹰突击队的队长。擅长狙击,有警队'神枪手'之称。"底下还有他的单位地址什么的。

苏糖想了一会儿，将手头的特效化装设计稿搁在一边，起身走到自己房间的衣柜前，将里面的衣服拿了出来。

她一件件地试，这件米色卫衣配浅蓝牛仔裤，不行，太普通了；这条红色抹胸长裙，不行，太隆重了。

她花了将近一个钟头，最后站在镜子前，满意地点了点头："就它了！"

她看着镜中的自己，穿着白色的泡泡袖衣衫，搭配一条粉色的百褶裙。长发飘飘，皮肤很好，樱桃色的唇瓣衬得她的小脸白皙又红润。

今天走的是甜美风，扮猪吃老虎，肯定能够攻城略地！苏糖喜滋滋地想。

她的眼睛弯成弦月，踏着轻盈的步子，出了门。可她没想到一到那儿，却遇上了"空城计"。

此时正值午休时间，陆勇穿着警服，坐在公安局的办公桌上，津津有味地吃着辣味鸭掌。他一抬头就看到公安局里进来了一个惹眼的漂亮女生，正朝四周东张西望。

陆勇定睛一看，手里的鸭掌差点掉了下来："苏糖，你怎么来了？"

"许警官呢？"苏糖眼神瞥向里面的办公室。

陆勇拿纸巾擦了擦油腻的手，拧着眉说："许队昨天出任务，受伤了，还挺严重的。"

原来，昨天许翊出去执行平暴任务，中途有小孩在附近，暴徒冲过来时，许翊为了护住孩子，被打伤了。

"我们送他去医院的时候，那伤口我看着都疼，可许队硬是没吭声。"陆勇肩头抖了抖，表情痛苦，仿佛受伤的那个人是他。

"是去了哪个医院？"苏糖紧张地急问道。

"市第二人民医院。"陆勇还没说完，苏糖就已经跑了出去。

她搭上出租车，催着司机火急火燎地赶到医院。可待到她寻至许翊的病房时，却见某人正躺在病床上，一只手吊着石膏，另一只手气定神闲地拿着水果在吃。

"你怎么来了？"许翊抬起眼，眸中闪过一丝讶然。

"陆勇说你受伤了，还挺严重的。"苏糖轻声说。

许翊一听，拿着水果的手不禁顿了顿："哎，他这人就爱小题大做。上次他为了营救一只小猫，被卡在了窗间，都能惊得嗷嗷叫。"

"可你都住院了，肯定不是小伤。"

许翊看着她忧心忡忡的目光，只觉得心里一软，语气里也多了几分温柔："没事，别担心。"

他的眸子清澈如水，和着他温存的话，苏糖的心里微微放松了些。

下一刻，一个优雅的女人走了进来，她的手里拿着病历单，语气却咋咋呼呼的："左臂桡骨外展性骨折，伴有轻度错位。小翊，我平常就跟你说了，不要冒进，要多注意自己的安全。你每次都不听，是把你老妈我的话当耳边风吗？"

王静如一边低头翻看病历单，一边气呼呼地朝儿子吼道。半晌，她抬起头，却见屋子里站着一个粉嫩可人的女孩。

王静如不禁眸光一亮，说："哪里来的这么漂亮的小姑娘，你是许翊的朋友吗？"她的语气温柔，和刚刚暴脾气说出来的话大相径庭。

苏糖点了点头:"是的,阿姨,我是许翊的朋友,我叫苏糖。"

王静如一听,乐得笑了:"难得你这个臭小子有个女性朋友,这么多年都没见过你带个女生介绍给妈妈认识认识。"

王静如朝许翊吐完槽,侧头看向苏糖:"真的只是朋友吗?"

苏糖噙着笑,脸上挂着浅浅的酒窝,王静如越看越觉得喜欢,正想开口问问,进一步了解一下女孩的喜好背景、生辰八字什么的,却听到许翊清冷的声音响起。

"妈,你是不是该走了?"

今天王静如请了一上午的假来照顾许翊,刚刚拿着病历单去问主治医生,得知他的确切病情后,一回来就顾着生气,差点把公司的事给忘了。

可这会儿,王静如还在生儿子的气,不禁抿了抿唇道:"你整天忙得脚不沾地,我难得过来陪陪你,你倒赶我走了?"

"是你刚刚接到公司的电话,那边催你回去的。"许翊说。

"那你就这么让我回去,没有半点舍不得?"王静如越说越来劲,"我们母子俩都多长时间没见面了,你上次去非洲那么多天,我是吃不下饭睡不着觉,唯恐你在那儿出了什么事,那我怎么向你去世的爹交代啊……"

说完,她掏出了手提袋里的纸巾,忍不住抹了一把眼泪。

"我知道,都是我不好。母亲大人,我错了。"许翊及时认错,随即呼出一口气。

这么多年来,王静如每回都这样,只要一提到许翊的爸爸就立刻哭鼻子抹眼泪,一刻不肯消停。

经过好一番安抚后,王静如才平静下来,重新补好妆,朝他们挥手离开。

"真是有点头疼。"许翊揉了揉眉心,他向来敢于在一线英勇奋战,可始终搞不定自己的老妈。

许翊觉得,他妈妈就像是一个天生傲娇的公主,永远哄不大。

苏糖坐在他的床边,终于憋不住笑出了声。

"你笑什么?"许翊疑惑地问。

"想不到人前威风凛凛的许警官,在妈妈面前就变成了温和顺从的小绵羊。"苏糖的眉眼一弯,露出一副"我抓到你的把柄啦"的表情。

许翊听完,眼睛眯了眯,随即伸出手指,朝她勾了勾:"你过来,我跟你说一个秘密。"

苏糖微愣,抱着听八卦的心态,呆呆地靠近他。可谁知,他的身子倏地倾向她,他的鼻息轻轻浅浅地喷在她的耳边,清冷微沉的嗓音也带着极具魅力的磁性。

他说:"等我伤好了,你就知道我是小绵羊还是大灰狼?"

仿佛是为了印证他这句危险的威胁,许翊伸出手,蓦地捏了一下她的耳垂。苏糖登时浑身战栗,她不禁将视线移开,咬着唇说:"我……我不怕你。"

她的面上假装镇定,但颤抖的声音已经出卖了她,还有那红得像彤云的耳郭。

许翊弯起嘴角,气定神闲地躺回床榻上。他伸了伸手,想去拿床头柜上摆放的水果,却牵动了左臂的伤处。

他不禁"嘶"一声出口,苏糖立刻倾身上前问:"怎么了?是不是碰到伤处了?"

"疼。"许翊垂着头说。

苏糖记得,陆勇说过许翊刚送到医院时,骨头折了都不喊一声疼的。可现下想不了那么多,她侧过身子去拿柜子上的一盘水果。所以她没有看到,许翊望向她的身影时,眸中露出了狡黠的笑意。

苏糖将水果盘端到他的面前,问:"你想吃什么?"

许翊想了想,说:"你帮我剥个橘子吧。"

闻言,苏糖拿起一个橘子,仔仔细细地剥起来。不一会儿,她拿着整个圆溜溜剥好的橘子,掰下一瓣果肉递到许翊的唇边。

他的唇色有些淡,下颌线勾勒出他清隽的侧颜。他轻轻地咬下苏糖手里的橘肉,安安静静地咀嚼。

苏糖目光定定地注视他,问:"甜吗?"

"嗯。"许翊点头。

听到他说甜,苏糖自己也想试一口。于是,她扔了一瓣丢进嘴里,差点没酸掉了牙。

苏糖犹豫了一会儿,想着为了他的身体健康着想,还是应该直言相谏。她小心翼翼地说:"要不,我带你去五官科,查查味觉吧?"

许翊一听,不禁失笑,朝她道:"傻瓜。"

苏糖愣怔,发觉他是在骂自己,立刻爹毛:"我是为了你好,你还说我傻?"

"你就是傻,小傻瓜。"

许翊蓦地笑了,他的眼底像是铺满了万千星辰,让苏糖不禁有些看呆了。

那一刻,许翊在心里默默地想,小傻瓜,因为和你一起吃,所以才觉得甜啊。

第四章
他的田螺姑娘

苏糖从医院回到家时,就接到了刘誉的电话。

因为特化中心又接了一个新项目,所以刘誉特地来跟她催要设计稿。

苏糖看了看墙上的钟,拿起桌上未成型的设计图,心想今晚画完应该是来得及的,于是她换了家居服,又给自己泡了一杯香浓的咖啡。

经过一番挑灯夜战,当苏糖搁下笔时,发现墙上的钟已经指向十一点了。

她拿起手机,想了想,点开了界面的"爱厨房"APP。

都说一个男人受伤之时,是他最脆弱的时候。如果此时想要近水楼台捞明月,想要俘获他的心,那就得先搞定他的胃。

为了一举拿下许翊,苏糖决定率先启用"美食攻略"。

她在手机里翻了好多菜单,思忖再三后,她觉得还是问问当事人,了解了解他的口味比较好。

于是,行动快过想法的苏糖,立刻迅速地发了一条微信给许翊:许警官,你喜欢喝排骨枸杞汤还是鸡肉蘑菇汤呀?

毕竟他受伤了,喝炖汤补补应该是最好的选择。苏糖默默地想,边想边刷手机,却发现原来现在已经快十二点了。

她讶然,心想这个点发消息给许翊,会不会打扰到他休息。下一秒,手机铃声忽然响起,苏糖点开一看,是许翊发来的微信。

许翊:都可以。

苏糖:你怎么还没睡?

她的心里生出了一丝愧疚,想着是不是因为自己的信息才吵醒了他。正思索着,许翊的信息又发了过来。

许翊:睡不着。

苏糖:为什么?是不是伤口又疼了?

许翊:不是。是医院的饭菜太难吃了。

苏糖:啊?你是不是饿了?我去送点吃的给你吧。

许翊:不用。我这儿有蜂蜜水,喝点就好了。你别跑过来,好好在家待着。

苏糖边看边想象他说话时的样子,薄唇抿着,下颌线微微绷紧,带着一丝温柔的霸道。

她不禁漾起嘴角,乖乖地回复:知道了。

许翊:很晚了,你赶紧刷牙洗脸睡觉。

苏糖:遵命!

苏糖打完字,跑到盥洗间开始洗漱,等到她刷好牙,脸蛋也清洗得白白净净时,她抓起手机,看到许翊两分钟前发过来的微信。

许翊:洗好了吗?

苏糖打下一行字:报告警官,任务完成!

消息刚发出去,很快就收到许翊的回复,想来他在那边一直等着。

许翊:你现在躺进被窝里,赶快关灯睡觉。

苏糖乖巧地脱鞋上床,钻进了被窝里,一阵暖和。她看着他发的文字,想了想,嘴角弯出一个笑,点开了微信的语音聊天键。

那边很快就接通,传来了他清冽低沉的嗓音:"怎么了?"

"我有一个小小的请求,可以申请听睡前故事吗?"苏糖捏着白色床被的一角,轻声地问。

许翊住的是单人病房,此时偌大的房间里响起电话另一边女生轻柔的声音,声音不大,荡在房内,撞击了一下他的胸腔。

许翊垂眸,想说的话在嗓子眼转了一圈,吐出时却换成了:"我是病人,怎么是我给你讲故事?"

"就两分钟,两分钟就好嘛。"苏糖的语调里带着不自觉的撒娇,通过电流抵达许翊的心间,他觉得有些痒痒的,不禁摸了摸鼻尖,应声说:"好。"

那一晚,许翊给苏糖讲了《小王子》的故事。

住在B612星球里的小王子去各处流浪历险,可心中始终对他的玫瑰花念念不忘,那是他最爱的花朵。

"即便他阅尽这世间的万千花朵,可在他的心中,只有那朵玫瑰花是独一无二的存在,如同你。"

许翊说完最后一句话时,对面已经没了响动,只有轻轻浅浅的呼吸声。许翊知道,苏糖睡着了。

那一夜，窗外的月色正浓，明亮的星星扑闪着烁烁光芒，好像真的有一颗神秘的 B612 星球，自在地运转，散发着瑰丽绚烂的光。

隔天上午，苏糖提着盛满鸡汤的保温壶，心情愉悦地走在医院的走廊上。

正当她想敲开许翊的病房门时，却透过门窗，看到里面有几个小护士正围在许翊的身边，说说笑笑。

苏糖的舌头抵着腮帮子，眼睛微微眯起，有些不爽地推开了门。

几个小护士循声望过来，只见门口立着一个长发飘飘、面容姣好的女生，漂亮是漂亮，但表情看起来有些不好惹。

苏糖挺直了背，提着保温壶，笑盈盈地走到许翊的床边，不露声色地将那群小护士隔开一小段距离。

她柔声说："许翊，我来看你了。"

许翊挑眉，他还从未见过苏糖这副乖巧温柔的样子，心下觉得有趣，抬起似笑非笑的眸子看她。

苏糖镇定了一下心神，微笑着倾身上前，给他盖了盖被子："最近天气降温，你得好好休息，注意保暖，别着凉了。"

她举止亲昵，脸上还露出一副心疼的表情。就算是不知道的人，也能脑补出一段他们俩缠绵悱恻的浪漫爱情故事。

许翊躺在床上，静静地看她表演。而旁边的几个小护士明显看不下去了，她们借口还有其他工作，离开了房间。

待到房里只剩他们两人时，苏糖靠在椅背上，挑起眉梢，露出一个笑："看

来许警官过得不错嘛,在医院里也有美人相伴。"

"她们是跟着医生来查房的,查完就留在这儿没走,我一个病人总不能赶她们出去吧。"许翊侧头看向苏糖。

"你没必要跟我解释。"苏糖声音低低的,心里却开出了一朵明艳的小花。

许翊目光低转,看向她刚刚放在床头柜上的保温壶,声音懒散地问:"这是什么?"

苏糖恍然,她拿起保温壶,打开了壶盖,里面的鸡肉香气氤氲,飘了出来。

她拿了一把勺子递给他:"你尝尝好不好喝?"

许翊闻了闻,不禁问:"是你做的?"

苏糖眨了眨眼睛,微微迟疑地点了下头:"嗯。"

许翊一听,低垂的长睫倏地扬起,脸上带着似笑非笑的表情,目光直直地看她。

苏糖被他这么一看,心底生出了几分紧张。她搓了搓出汗的小手,有些心虚。

因为这汤其实不是她做的。事实上,苏糖有做,她在家里的厨房忙活了一早上,却把锅给烧坏了。最后她只能缴械投降,在家里附近的餐馆点了外卖。

许翊低着头,细细地喝着壶里的鸡汤,鲜美的肉味搭配甜滋滋的枸杞,确实入味又好喝。

他的手顿了顿,苏糖忍不住问他:"好喝吗?"

"不错。"许翊点头。

苏糖微微松了一口气,笑着说:"你喜欢喝,那我下次就多做一点。"

许翊听完失笑,苏糖不禁心里打鼓:他不会是看出来了吧?

因为几年之前,苏糖曾在自己的家里,给许翊做过饭,还差点烧掉了自家的厨房。

那时她缠着他,让他教自己画锦鲤中国画,以便完成老师布置的作业。

许翊被她那超高黏合度的口香糖功力折腾得没撤,最后答应陪她在校园林荫道的石凳上画画。

可谁知画到一半,天空竟下起了雨。因为苏糖家就在学校的附近,所以她便邀请许翊去她家完成剩下的画作。

那晚苏妈妈在戏剧院加班干活,回来得晚,所以苏糖就带着许翊坐在家里的餐桌边画画。

没一会儿,她就听到自己的肚子咕咕作响。许翊睁着琉璃般的眼睛看她,苏糖只觉得有些丢脸,可下一秒她就听到他说:"刚好我也饿了。"

闻言,苏糖不禁笑起,扬言让他等着,看她大显身手,一展厨艺!

片刻后,整个厨房被苏糖弄得乌烟瘴气。许翊呛了几口浓烟,伸手接过她手里那把烧得焦黑的锅铲,道:"还是给我吧。"

许翊吁出一口气,等到浓烟散尽后,他重新拿出一个锅,放在灶台上,又打开了冰箱,环视一圈后,从里面拿出了几个番茄还有鸡蛋面。

少年身姿顾长,拿刀的姿势也很娴熟。手起刀落间,他将切好的番茄倒入煮沸的面汤中,加了各种调料,不一会儿,香气就从锅里弥漫升腾而出。

许翊捧着那碗热腾腾的面放到苏糖的面前,将筷子递给了她。

苏糖睁着亮晶晶的眼睛,忍不住称赞:"师父,以后谁要是娶了你,肯定很幸福!"

许翊歪了歪头,眉峰挑起,黑亮的瞳子里带着几分意味不明的情绪。

苏糖嗅到了一丝危险的气息,立刻转了话锋:"我是说,这面看着就好吃,看得我都想嫁给你了。"

话音一顿,苏糖用余光偷偷地看向许翊。他没有接话,空气似是一瞬间凝结。

半晌,许翊的喉结微动,别过眼,淡淡地说:"胡说,不害臊。"

他的耳郭处泛着明显的红晕,那是苏糖第一次看到他害羞。

飘远的思绪微微收拢,苏糖望向坐在病床上的许翊,没一会儿的工夫,他已经将鸡汤全都喝完了。

病房的门被人敲开,有个小护士推着治疗车走了进来。她朝许翊露出明媚的笑:"您好,该换药了。"

许翊点了点头,小护士侧头看向苏糖,见苏糖没动,她的语气有些不善地说:"我们要换药了,无关人等请出去等着吧。"

苏糖抬眸看了她一眼,一眼就认出了这人是刚刚围在许翊床前、站得离他最近的那个护士。

怎么,她以为站得近了,就能近水楼台先得月?苏糖在心里"呵"了一声,告诉自己不必在意,脚却没挪动一步。

两人静静地僵持,还是许翊的声音打破了这个僵局。他说:"苏糖,我有点渴了,你出去帮我买瓶水,可以吗?"

"好。"苏糖应声点头。

临走前,她淡淡地瞥了那个小护士一眼,又转身对许翊说:"等我,我很快就回来。"

许翊淡笑着朝她点了点头。

苏糖原想在医院走廊的自动售卖机里买瓶矿泉水就回去找许翊的。可当她拿出矿泉水，正准备离开时，却听到走廊的尽头传来了一阵哀号声。

一群穿着白大褂的医生推着布满血迹的担架车，从手术间出来。周遭几个人立刻拥上去，登时发出此起彼伏的哭喊声。

"妈，你怎么就这么走了！"

"妈，你醒过来看我一眼啊，儿子回来了。"

"奶奶，奶奶……我要抱抱。"

女人将怀里的小孩的眼睛一把捂住，泪水顺着她的脸颊流淌，她握着担架车的扶杆，紧紧攥着不肯松手。

周围的医生开口安慰他们，众人的声音从哀号转向呜咽，最后随风而逝。

待到人影散去后，苏糖望着空荡荡的走廊尽头，捏着手里的矿泉水瓶，身子禁不住颤抖。

她坐到走廊的长椅上，脑海里浮现出当初妈妈去世的模样，还有医生垂着头，对她说"我们已经尽力了"的画面。

湿漉漉的泪珠氤氲了眼睛，苏糖的眼眶泛红，这么多年过去了，可她还是不愿意承认，妈妈已经不在了的这个事实。

苏糖将头深深地垂下，埋进臂弯里。

这些年来，只要一想起妈妈，苏糖就会这么做，就像妈妈抱住自己一样，感受那早已消散却又永留在心间的温暖。

片刻后,一阵清冽的男声响在苏糖的耳畔,听到有人唤她的名字,她抬起头,微微回过神来。

许翊站在她的面前,看到少女的脸上挂着未泅干的泪痕,深深地蹙起了眉。

他刚刚换好药,一直没等到苏糖回来,有些担心,就出来找她了。

"苏糖。"许翊又唤了她一声。

苏糖却垂下头,默不作声。

许翊坐到她的身边,伸出长臂,想将手搭在她的肩上,犹豫间,身旁响起了少女轻柔的声音:"许翊,我想我妈妈了。"

苏糖抬眸,指了指尽头的那个手术间:"她当初就是在那种地方和我告别的。"

许翊怔了怔,他表情凝滞,眉头深锁。

半晌,他望向窗外,轻声道:"苏糖,你看那窗外的太阳。以前人们常说,人死之后就会变成星星,但我觉得他们更像是太阳,炽热温暖,照耀着我们白天前行的路。"

许翊说,他的爸爸也在几年前离开了他。作为一名警察,他在执行任务中丧生,但只要许翊睁开眼,就会想起他。

"因为他们就像太阳,炽热明亮地照耀着我们,所以我们才可以更好地活下去。"

他清隽的眉眼舒展开,露出温柔的笑,仿佛不啻阳光,带着无限的暖意。

苏糖愣怔,默默地想,自从妈妈去世后,她已经很久没有感受到这样的温暖了。

她的心深深震动,目光灼灼地看向许翊,半晌弯起了嘴角:"好,为了我们所爱的人,我们要更好地生活。"

"没错。"许翊伸手轻轻地擦拭她的泪痕,轻声对她说,"所以别哭了,小哭包。"

苏糖抽了抽鼻子,不禁朝他低声嘟囔:"我才不是。"

许翊听完,突然俯低身子靠近她,伸手捧起她的下巴,眸中眼波潋滟:"我看看究竟是不是?"

他指尖的温度传递到她的肌肤,触感分明,烫得苏糖的脸颊通红,一下就烧到耳朵根。

她的心跳无法遏制地加速,眼睛根本不知道看向哪儿,于是甩下一句"别闹,你得回去休息了",然后很囧地逃走了。

许翊望着她仓皇而去的身影,倚在长椅上,嘴角的笑慢慢地荡漾开。

那天之后,苏糖每天工作之余,都会提着饭菜,跑到医院看许翊。

为了不让许翊察觉,苏糖常常点了外卖便当,同时又在其中夹杂了自己炒的一个菜。

昨天做了西红柿炒蛋,花了三十分钟做成功了一道。今天做了酸辣土豆丝,花了将近一个钟头,终于做出了色香味都还算凑合的。

她每天都变着花样给许翊送吃的,每当看到他吃得津津有味时,她就觉得比自己吃到了米其林西餐厅的菜式还开心。

某天下午,她火急火燎地赶到医院,到达许翊的病房门口时,她看了一眼腕上的手表,不禁叹了一口气。

因为和许翊说好今天给他带饭,可苏糖今天的工作实在太多,所以就耽误

了,直到这个点才能过来见他。

她想了想,伸手正准备敲门,房门突然被打开,迎面出来了几个身影。

陆勇走在最前面,看到苏糖时微微一愣。

他低下头,当看到苏糖手里提着的保温壶时,眸光不禁转了转,憨笑道:"原来许队说的田螺姑娘,就是苏糖你啊!"

"田螺姑娘?"苏糖面露疑惑,随即才得知,刚刚中午的时候,他们几个人给许翊买了外卖,可他却不肯吃。

陆勇有些摸不着头脑,对许翊说:"队长,这医院的饭菜又不合你的口味,我们叫的你又不吃,那你吃啥啊?"

"我有田螺姑娘。"许翊冷冷地扔下这句话,就径自看书去了。

周围的其他几个警队队员告诉苏糖,虽然许翊这个人平时看着高冷,但其实他的脾气倔得很,一旦认准了某件事,十头牛都没办法将他从南墙边拉回来。

苏糖默默思忖,跟他们挥手告别后,她推门进了许翊的病房。

此时屋内寂静无声,陆勇他们刚刚说许翊已经睡下了,于是苏糖小心翼翼地放缓脚步,慢慢地走近他。

窗外的落日余晖透过树叶罅隙,斑斑驳驳地洒进病房,落在了许翊鼻翼的两侧。他眼睛微合,长长的睫毛薄如羽扇,好看又迷人,宛如童话中的睡王子。

苏糖静静地注视他,忍不住倾身靠近,慢慢地俯下身子。

她的动作很轻,生怕吵醒他,心脏就像擂鼓般跳动。正待她的唇离他近在咫尺之际,房门却突然"啪嗒"一声被打开了。

一听到响动,苏糖立即条件反射地直起身子,心虚地别过头,慌乱地躲开。

所以她没看见，许翊的眼睛虽然闭合，嘴角却偷偷弯出一个微不可察的弧度。

穿着白大褂的医生和护士进来例行检查，等他们走后，苏糖才微微松了一口气。

许翊躺在床上，抬眼看她："你的脸怎么红了？"

"热的。"苏糖伸手朝自己扇了扇风，话都说不囫囵了，"那个……今天天气太热了。"

苏糖假装没瞧见许翊脸上挂着的那似笑非笑的表情，她伸手打开了保温壶盖。须臾间，饭菜的香味溢了出来。

"我听陆勇说，你中饭都还没吃。"苏糖声音低低的，想了想，还是提高音量，抬眸直视他道，"你现在是病人，一日三餐都不能落下。虽然医院的饭菜不怎么好吃，但你还是要吃的。如果我来不及给你送午饭，你也一定要吃别的饭菜。鱼肉蔬菜还有豆腐对你的伤口都很有帮助，你一定要多吃点。"

她一股脑儿地说了好多话，苏糖也不知道自己是怎么了，现在变得这么唠叨。

等到她说完，许翊抬起含笑的眼睛，眸中带着一丝宠溺，对她说："我知道了。"

他拿起筷子，随意地点了点里面的菜，眼神却瞟向了苏糖。只见她因为他的筷子夹中了其中一块炒茄子，眼睛不禁亮起。

许翊心下了然，他勾起嘴角，将那块茄子放进了嘴里。咽下后，许翊没有说话。苏糖观察着他的表情，不禁问："是太咸了吗？"

"不咸。"许翊淡淡地说，可随后他在吃饭时，喝完了一整瓶矿泉水。

等到许翊吃完饭后,苏糖在自己的手提包里翻翻找找,终于掏出了一本故事书。

她扬了扬书本说:"我今天继续给你讲故事吧。"

自从上次许翊给她讲了睡前故事后,苏糖决定礼尚往来,每次都给他讲一篇故事。

今天讲的是王尔德的《夜莺与玫瑰》,当她读到憧憬爱情的夜莺在月夜里,将自己的身躯抵入一根红玫瑰的尖刺,彻夜吟唱时,房门外突然响起了一阵刺耳的尖叫声。

苏糖愣怔,她将书本放下,正想站起身子去外面看看,却听到许翊对她说:"你坐着吧,我出去看看。"

"不行,你的伤还没好呢。"苏糖眉头皱了皱,可耐不住许翊的坚持,她看着他出了门。

外面的喧闹声越来越近,苏糖的心里七上八下,便抬脚走到了房门口。她打开一道门缝,看到外面早已一片狼藉。

几个男人怒气腾腾地将治疗车上的东西全部掀翻,玻璃器皿砸碎的声音,男人的叫骂声与女人的尖叫声,伴随浓重的消毒水味道全都朝苏糖扑面而来。

是医闹!苏糖抿了抿干涩的唇,思忖过后,她鼓起勇气踏出了房门。

苏糖向四周张望,没有看到许翊的身影。

这样下去不是办法。苏糖想了想,掏出兜里的手机,按下了报警键。就在她向另一头的人低声报着医院的地址时,一个洪亮的男声喝住了她:"这里有个女的在报警!"

下一刻,那人拿着破碎的玻璃器皿朝她刺了过来。电光石火间,一个修长的身影蓦地挡在她的身前,来人伸出左手抓住那个男人的臂膀,一脚猛地将那人踹翻在地。

周遭的安保人员赶紧上前制住那个男人,而其他的闹事者也被赶到现场的安保人员控制住。

许翊刚刚发现有人闹事,立刻就下楼去找医院的保卫科人员来控场。谁知赶上来时,就看到险些遭受危险的苏糖。

他将苏糖带到长椅上坐定,检查她的周身有没有伤处。可面前的女生却伸出手,搭在他的双臂上,眼睛像扫二维码般朝他上下打量。

"你刚刚有没有伤着?"苏糖紧张地问。

"没有,他们伤不了我。"许翊淡淡地说。

下一刻,有几个穿着白大褂的医生朝他们走了过来。

为首的男人身材高大,戴着金丝边的眼镜,朝许翊伸出了手:"许警官,谢谢你及时反应,为我们化解了危机。"

闻声,许翊伸出手和他相握。苏糖抬起头,看到那个人时却不禁一怔。

是顾舜然。

苏糖曾听裴梨说过,顾舜然在市里的医院任副院长一职,可一直不知道是哪家医院,谁知竟在这儿遇见他。

顾舜然见到苏糖时也是吓一跳,毕竟当初他和裴梨分手时,苏糖为了替裴梨出气,还当面将他破口大骂了一顿。要不是裴梨拉着,她当时想把他打进医院的心都有。

气氛一时间有些尴尬,顾舜然咳了两声,刚好旁边有医生找他谈手术的事

情,他借机离开,而苏糖则瞪着眼睛,恶狠狠地望着他的背影。

许翊有些纳闷,不禁问她:"怎么,是认识的人?"

因为当年上高中时,许翊和顾舜然不同班,所以两人没什么交集,并不认识对方。

苏糖讪讪地摇了摇头:"没什么。"

许翊看着她,表情突然变得很认真,还带着一丝严肃:"以后没有我的允许,你不能再做冒险的事情,知道吗?"

此时夜幕降临,走廊里虽然开着灯,可还是有些暗。许翊静静地凝视她,瞳仁就像两颗晶莹的琥珀。

苏糖呆呆地看他,不禁点了下头,乖巧地回道:"我知道了。"

"如果你不听话,我就……"

"你就怎样?"

许翊看着她仰起一张白净小脸,眸光盈盈地看向自己。吐出的话虽然强硬,可他的语气已经微微放软:"我就把你拴在身边,监视你的一举一动。"

"求之不得,警官。"苏糖露出浅浅的酒窝,下一秒,她忽然看到一个熟悉的人影朝她跑来。

刚刚在病房里,苏糖曾和裴梨通过电话,她担心苏糖会出事,所以就跑来了医院。

苏糖想起顾舜然也在医院里,她怕他俩会遇上,所以便站起身,打算走过去见裴梨,可脚边突然碰到了一个掉在地上的医疗器皿。

苏糖一个趔趄,差点摔倒在地,好在许翊伸手扶住了她。

苏糖垂眸,看了看他的左臂,想起他刚刚护住她时,也是伸出了左手。一时间,她抬头看向许翊,拧起眉道:"你的伤已经好了?"

许翊一怔,他顿了一下,才说:"我不是要骗你。"

苏糖一想到这么多天,她一直花时间和精力给他煮饭菜,多少次烫伤了手,她一声也不吭,半点苦都没有诉出口。

难道这一切,都是一场笑话吗?

正好裴梨走近他们,苏糖拉起裴梨的手就想跟她一起离开,许翊却挡在她们的身前,朝苏糖急声解释。

其实他一直拖延着没有出院,是为了调查一起假药事件。

"最近医院里有不少病人提前出院,我们经过调查,发现他们是通过其他的渠道买到了便宜的药品,所以才不想再出昂贵的医药费,在这儿住院。"

裴梨听完点了点头,她一年前也曾报道过类似的医药事件,只是没想到近日城里竟然又有不法商家故技重施。

许翊说,他原想在医院里继续扮成病人,方便行动,可这么些天过去,他始终寻不到多少线索,没有很大的收获。

苏糖一听,心里倒生出了几分不好意思。她垂着头道:"你应该早点跟我说。"

"说了你能帮我?"许翊微微挑眉。

"当然了。"苏糖扬起下巴,眨了眨亮晶晶的眼睛,"我是谁?我可是上天入地、无所不能的苏糖啊!"

"上天入地?"许翊表示质疑,就连站在他们旁边的裴梨也朝她露出不自

信的目光。

苏糖见状咳了两声,喃喃道:"梦里。"

虽然如此,可身为以前在学校里调皮捣蛋的"小霸王",苏糖还是有很多鬼点子的。

于是某天,她提着一整个道具箱,跑到了许翊的病房,"哐当"一声把箱子放在他的床头柜上,随即从里面掏出了许多许翊见都没见过的特化道具。

"你这是……要做什么?"许翊原本在病房里看案件资料,一看到她,翻着书页的手不禁停下。

苏糖拿出一张事先在家里做好的乳胶表皮,自顾自道:"你不是说,最近办理出院的很多都是老人家吗?那我就来给自己化一个特效老人装,这样就可以去和医院里的老人家们套套近乎了!"

她将乳胶表皮敷在脸上,嘿嘿一笑:"同龄人之间,比较有共同话题嘛。"

许翊惊奇地看她,歪了歪头道:"共同话题?你是会喝茶遛鸟,还是会打太极、跳广场舞啊?"

苏糖拈着表皮的手一顿,随即一手撑着表皮,一手朝空中扬了扬道:"细节不重要,重要的是过程和结果。你就看着吧,我保证帮你查明真相!"

她拿起小镜子,蘸着瓶里的塑形油彩,往自己脸上涂抹。片刻后,苏糖转过身子,坐正了问许翊:"可以吗?像不像?"

许翊仔细地看她,沉默良久,吐出了一个字:"像。"

他静静地凝视她,看得苏糖都觉得有些别扭了,不禁小声道:"你别看了。"她一边收拾手头的特化工具,一边垂着眼睑,不敢看他,"人老了都不太好看。"

半晌,男人清冽的声音轻轻地响在她的耳边:"不是,无论你是什么样,我觉得你……"

"都好看吗?"苏糖侧过头,争着抢答。

她睁着亮晶晶的眼睛看他,即便面前的她容颜已老,可那双眼睛仍旧像扑闪的流萤般,飞进他的心里。

许翊愣了愣,别过眼道:"还行吧。"

苏糖伸了伸舌头,朝他做了个鬼脸,随即扎起头发,走进配套的洗手间里换了一身朴素的衣服。当她再次走出来时,俨然是一个小老太太。

苏糖弓着腰,单手撑着后背,另一只手放在嘴边咳了咳,朝坐在床头的男人说:"小翊,奶奶出门了啊。你一个人在家自己玩下玩具,要乖哦。"

许翊闻言,面色微微一变,从牙关里阴森森地蹦出两个字:"苏糖。"

苏糖身子一抖,赶紧手脚麻利地溜出了门。

苏糖从医院的住院部一路走到一楼的门诊部,全程步履蹒跚,慢慢地观察四周的动静。

待她走到医院的大门时,正好瞧见一个老婆婆拿着病历单从这儿经过。眼瞧着她就要走出大门,苏糖赶紧上前,佯装年迈的口吻问她:"这位姐姐,您这是要出院吗?"

"是啊。"老婆婆看了她一眼,"我这刚办好了出院手续。"

苏糖微微笑道:"真好,我也想办出院手续,可我那儿子就是不让。你说来一趟医院得花多少钱啊,现在药也贵,家里的人还得轮流在这儿照顾,多麻烦哪。"

"可不是嘛。"老婆婆应声说。

她朝苏糖打量了一下,见苏糖穿着朴素,想来家里也不富裕,就向苏糖多提了一嘴:"看来你和我一样,也是命苦。不过还好,我认识一个药商,他们家的药比医院的药价便宜得多,好多人都说用得好呢。"

苏糖悻悻地想,估计那些人都是托儿吧。随即,老婆婆凑近她耳语……

片刻后,苏糖重新回到许翊的病房,将脸上的乳胶表皮轻轻地撕了下来。

许翊问:"办得怎么样?有收获吗?"

"当然,收获满满。"苏糖躺倒在椅子上,身子微微舒展。

许翊下了床,立直身子站在她面前,垂着眼眸问:"那汇报下你的战果可好?"

"好是好。"苏糖点头,眸光一转道,"可我是第一次扮老人家,刚刚一直弓着腰,现在想想,还真有点腰酸背疼呢。"

许翊挑了挑眉,居高临下地睨了她一眼:"所以呢?"

"所以……"苏糖扬起嘴角,露出狡黠的笑,像极了一只偷腥的猫儿,"我可能需要有人帮我按按摩,这样才能好好地工作,向你汇报战果。"

许翊失笑,他看她仰着一张白净的小脸,眼睛眨了眨,眸色像梨花春水般生动。

许翊不禁鬼使神差地朝她走近,将手搭在她的肩上,轻轻地按摩。他的动作有些小心翼翼,唯恐力度太大,将她伤着似的。

他的手掌很大,骨节分明,上面隐约可见筋骨纹络和淡青色的血管。苏糖侧过头,正好瞧见许翊朝她俯下身子。

他的下巴抵在她的肩胛骨上,呼吸浅浅地喷洒在她的耳边,轻声问她:"舒服吗?"

苏糖的耳根登时一烫,脸颊也泛起红晕。她抿了抿唇,脑袋里突然生出了一些奇奇怪怪的想法,她觉得自己有些顶不住了,忍不住缴械投降。

"我告诉你吧,这周末有一个营销保健品会。那个老婆婆把时间和地点都告诉我了,我们到时可以去那儿。"

她微微侧了侧身子,许翊却凑上前,目光直直地锁着她说:"不需要按摩了?"

"不用了,不用了。"苏糖忙不迭地摆手,手忙脚乱间,她差点从椅子上跌下来。

许翊赶紧俯下身,一把环住她的腰,眸中闪过一丝紧张。

苏糖怔怔地看他,眼前的男人眉目如画,浓密卷翘的睫毛微微颤动,唇色虽淡,但唇瓣丰润饱满,透着一点诱人的红。

苏糖忍不住用舌尖舔了一下唇瓣,许翊看着身下的她,环在她腰上的手不禁微微收紧。

下一秒,病房的门被人蓦地推开。

彭风驰捧着一束鲜花,华丽丽地走了进来:"Surprise(惊喜)!"

因为彭风驰最近出差,去别的城市跟进新酒店的修建进度,所以这会儿才赶过来探望许翊。没承想,一进门就看到他俩这姿势暧昧的一幕。

彭风驰有些傻眼,不禁捂住自己的眼睛:"不好意思啊,我不知道你们两个……"他顿了顿,想了一下,随即退出了房门。

临走前,他还不忘从衣兜里掏出一张酒店的名片甩给许翊,挤眉弄眼道:"我走了,绝对不会让人来打扰你们的。如果你们有某些方面的需求的话,随时欢迎来我的酒店!"

许翊接过名片,脸色铁青,朝彭风驰喊道:"你回来!"

他气得不轻,让人摸不清他是见了彭风驰离开感到生气,还是因为彭风驰的突然出现打断了一切而生气。

趁着许翊将彭风驰留下的空当,苏糖假称自己还有其他工作要忙,就逃之夭夭了。

彭风驰进来时,就看到苏糖仓皇离开的身影。他"哇"了一声,朝许翊说:"你撩了人家就这么放她走啦?"

"明明是她撩的我。"许翊皱起一对八字眉,脸上竟生出了几分委屈?不舍?惆怅?

彭风驰摸了摸下巴,实在看不懂许翊的表情。

第五章
为"终身大事"而战

转眼就到了周末。

传闻中的保健品会在某栋废弃大楼的会议室里举行,现场坐满了病患,大多数是老年人。

许翊带齐人马抵达那里时,台上的"神医"还拿着手上"包治百病"的药品夸夸其谈。

片刻后,苏糖站在废弃大楼下,倚着车门,看着警队快速地搜捕并收拾完残局,她掏出手表看了一眼,扬起笑道:"用时七分四十六秒,许警官厉害啊!"

陆勇将那伙人抓进警车里,扭头对着苏糖拍了拍自己的胸脯,伸出了大拇指:"有我们许队在,办事杠杠的!"

"别吹牛了,赶紧回局里汇报。"许翊伸出胳膊抵了陆勇一下。

陆勇赶紧钻进车里,随即摇下车窗看他:"许队,那你呢?"

"我得先护送线人回家啊。"许翊扬了扬下巴,望向苏糖。她这次为他们提供案件的线索,可不是他们的线人吗?

陆勇愣了愣,还没反应过来,就看到苏糖走到许翊面前,微笑道:"你不

用送我了,这儿离我工作的特化中心不远,我正好回去拿东西。"

"恭喜你凯旋。"苏糖眉眼一弯,正准备背好单肩包离开,背包的带子却蓦地被一股力道拉住。

她转身,许翊嘴唇翕动,半晌才说出一句:"你一个人小心点。"

"嗯。"苏糖点了点头,正想往前走,背包的带子又被拉了一下。

苏糖转头看他,眸中笑意漾起:"怎么,许警官舍不得我走?"

"没有。"许翊一顿,开口道,"我是怕你一个人不安全。"

苏糖望了望四周,青天白日的大马路,没什么不安全的啊。

她若有所思地看了许翊一眼,佯装漫不经心地说:"你听说过一个成语吗?叫关心则乱。"

如果不是关心她,他怎么会这么不放心她一个人离开呢?难道真的是舍不得她了?

苏糖在心里窃笑,下一秒,就听到许翊清冽疏淡的声音响起:"我是关心你,因为……你是我的线人,还有搭档。"

只是这样吗?苏糖很想问,可看着许翊脸上挂着淡然的神情,她只能将那些提在嗓子眼的话憋回心里。

她撇了撇嘴,闷声道:"那既然我协助有功,你是不是得给我什么奖励啊?"

许翊嘴唇张了张,却见面前的少女蓦地截了他的话头,话语像弹珠般一颗颗往外蹦:"我想好了!明天晚上八点,在红格子西餐厅,你请我吃饭。我不管,你到时一定要来,就这样,不见不散!"

语毕,她背好背包飞也似的跑开。许翊怔怔地看着她的背影,不禁摇头失笑。这人,还真是完全不给他任何反驳的机会啊。

隔天晚上。

许翊西装革履,坐在红格子西餐厅里静静等候,可过了将近两个钟头,他都没有看见苏糖出现。

两个钟头前,苏糖在家里挑了一件浅杏色的刺绣连衣裙,穿上裙子的她皮肤白皙,身形也曼妙婀娜,有一种和以往不同的韵味。

她看着镜子里的自己,涂上了斩男色的口红——为了这次和许翊的约会,她专门去品牌专柜买的。她弯起眉眼,表示很满意。

可临出门前,苏糖发现自己的手机快没电了,正想返回去拿充电宝,突然就接到了一通电话。

电话里响起裴梨低低的哭腔,她告诉苏糖,自己要跟过去做一个了断。

原来,今天是顾舜然结婚的日子。

裴梨收到顾舜然的婚礼请柬,决定赴宴。

苏糖有些来气:"他都那样对你,你为什么还要去?"

当初裴梨为了顾舜然,改了自己的高考志愿,考上市里的传媒大学,希望今后能当记者采访他。可顾舜然却违背了自己的诺言,放弃了自己的音乐梦想,选择听从父母的安排,考入了某个名牌大学的医学院。

即便如此,裴梨仍旧一心一意地将自己的心交付给顾舜然,最后他俩在某个晴朗的日子里互诉心意,走到了一起。

可惜好景不长,顾舜然毕业后进了医院工作,勾搭上院长的女儿,摇身一变成为院内最年轻的副院长。

苏糖一直记得,当初她之所以能和裴梨成为朋友,是因为高中时,有个高

年级的坏学生将裴梨堵在巷子口。那时苏糖带着一群小男孩玩闹,正好经过那边,将那人打得狗血淋头。

苏糖知道,裴梨向来软糯乖巧,从不说一句重话,就算回击别人也像打棉花般软绵绵的。可那天,苏糖看到裴梨站在咖啡馆里,面对那对依偎的男女,愤懑地将顾舜然当初送给她的戒指,甩在他的脸上。

在那个分手的夜晚,裴梨告诉苏糖,就当她那几年付出的感情都喂了狗。

所以苏糖不明白,裴梨到底为什么还要去参加顾舜然的婚礼,将自己曾经的伤疤再次揭开。

电话那头一阵沉默,片刻后,女生坚定的声音响在苏糖的耳边:"就算是喂了狗,我也要看到狗寿终正寝才罢休。我要看着这一切结束,这样我才能真正地重新过我自己的生活。"

原来这些年,裴梨对于那段感情,始终无法释怀。

毕竟爱情不像水龙头,能够自由开关。它更像是拔节的植物,恣意生长。也许只有将它连根拔起,才能迎来真正的新生。

苏糖的手机没电了,她有些放心不下裴梨,立刻就叫了出租车,马不停蹄地赶到顾舜然举行婚宴的帝豪酒店。

当她踩着高跟鞋踏进宴会厅时,正好瞧见那对新人下台,朝宾客敬酒。

顾舜然挽着身穿洁白婚纱的新娘茉莉,举着酒杯,微笑着接受周遭众人的祝福。可当他们走到裴梨所在的酒桌时,新娘茉莉的脸色一变,原本美艳的脸上生出了一丝戾色。

"你请她来干吗?"茉莉瞪了一眼顾舜然。

顾舜然压低声音道:"都是老同学,相识一场,总该邀请人来的。"

身为养尊处优的院长女儿,茉莉的眼里向来容不下一粒沙子,她朝顾舜然甩下狠话:"有她没我,你看着办。"

他们的声音虽低,但酒桌边临近的几个人还是能听见他们的对话,登时都露出了尴尬的神色。

反观裴梨,她大方得体地站起身,微笑着朝身旁的这对新人敬酒,说了一声"新婚快乐"。

原本是让双方都能下台阶的举动,茉莉却哼了一声,斥责裴梨假惺惺。

苏糖走近他们,正好听到茉莉嘴里的碎碎念,说裴梨没钱没势也没几分姿色,当初顾舜然是瞎了眼才会看上她。

话音未落,苏糖立刻端起桌上的红酒,猛地泼到茉莉的身上。

她天生是个暴脾气的主儿,野得很,谁敢欺负她身边重要的人,她必定跟他死磕到底。

一时间,女人的尖叫声响起,婚礼现场一片混乱。

被泼了一身酒的茉莉伸手想过来拽苏糖,可须臾间,一个高大挺拔的身影径自挡在苏糖的面前。

苏糖抬起头,就看到周祈安那张温润俊朗的脸。

周祈安原是作为院长的忘年好友,受邀来参加这场婚礼,谁知竟遇到了这场闹剧。他伸出手朝茉莉喊停,茉莉见是他,知道他和自己的父亲有交情,于是讪讪地停下手。

而另一边,顾舜然拧着眉对裴梨说:"你放过我好吗?"

　　裴梨怔然,她没想到他到现在还一直觉得自己没有错。裴梨的胸腔中气血翻涌,她红了眼眶,拿起桌上的酒杯倏地砸到地上。

　　伴随清脆的玻璃破碎声,裴梨咬紧牙关,对顾舜然说:"从今往后,我们再不相干。"

　　作为帝豪酒店 CEO 的彭风驰,跟随下属来到这儿看情形时,正好撞见这一幕。

　　他愣怔。面前的女生红着眼,拳头攥得紧紧的,可纤弱清瘦的身子站得格外笔直。

　　周遭有不少新人的家属扬声呵斥,还有人让彭风驰这个酒店负责人,赶紧把裴梨她们赶出去。

　　彭风驰的眼神一直锁定裴梨,他看到她的肩膀微微一颤,似是在啜泣。彭风驰眉头皱起,吐出一口气,朝周遭的家属扬声道:"场子砸都砸了,费用算我的。"

　　话音一落,周遭哗然。

　　等彭风驰安排人员将全场都清理一遍,婚礼重新进行时,人声才渐渐消停下来。

　　苏糖带着裴梨出了婚宴厅,看着彭风驰被人叫上了楼。裴梨有些担忧地问她:"我们是不是惹事了?"

　　苏糖想了想,抚着她的背安慰她:"没事,有我呢。大不了我们就赔钱,如果他们还继续欺负人,我就用银子砸他们!"

　　裴梨被苏糖胡乱挥拳的动作逗笑了,可片刻后,当她看见彭风驰鼻青脸肿地走下楼时,脸上的笑意不禁凝滞。

苏糖看到彭风驰的脸时,也吓了一跳。她小声问他:"你爸是不是揍你了?"

苏糖曾听许翊说过,彭风驰在他家的酒店担任首席执行官,而他爸爸则是手握实权的董事长,终极大 BOSS。

今天院长家在他们酒店举行婚礼,彭风驰却当众不给他们面子,他爸爸肯定很生气。可苏糖没想到,他爸爸竟会因此责打他。

而更令他们意想不到的是,其实彭父患有躁郁症。在彭风驰很小的时候,父母就不停地争吵,他们彼此折磨,最终以彭母摔门离家,从此一去不复返,结束了这场无硝烟的婚姻战争。

所以一直以来,彭风驰表面吊儿郎当、寻花问柳,可其实他从来不相信婚姻,也不相信自己能遇见真正的爱情。

裴梨有些愧疚,她走近彭风驰,坐到他的身边,掏出了手提包里的药膏和创可贴。

彭风驰有些意外:"你随身还带着这个?"

苏糖坐在他们对面的长椅上,忍不住插嘴:"我们家裴梨向来细心的。她当记者常年在外,偶尔会磕磕碰碰,所以一直带着这些东西。"

裴梨没有说话,她细心地为彭风驰的脸擦药。彭风驰偷偷地瞄她,见她身形清瘦,眼中却透着刚毅,不禁有些看呆。

有几个不知情的高管正好从这边走过,他们朝彭风驰"咦"了一声:"彭总又交新女朋友了?"

彭风驰平时和他们打成一片,没个正行,此时却压低嗓音,朝他们道:"滚。"

几个人讪讪地离开,就连苏糖也有些讶异。虽然她和彭风驰才见过几次面,

可从未见他这么……拘谨的样子。

苏糖正纳闷,就看见周祈安从婚宴厅里出来,朝她的方向缓缓地走来。他身姿挺拔清举,带着几分儒雅气质。

苏糖站起身,走向他:"周教授,刚刚谢谢你了。"

"不客气。"周祈安朝她微微一笑,见苏糖朝他说了两句,就想回去找自己的朋友,他不禁开口留住她,"苏小姐,我之前看过你的特效化装作品,非常喜欢。"

"你看过我的作品?"苏糖有些讶然。

周祈安点头,他之前曾在苏糖的个人主页上,看到她以往的特化作品,觉得很有个人特色。

"刚好最近市里即将启动一个特效化装比赛,是由文化局和我们艺术学院共同举办的,你有兴趣参加吗?"周祈安笑着说,"我们这个比赛,到时会邀请特化界专业的评委来为各位选手进行点评。我记得你曾在你的主页上说过,你的偶像是克里斯梅尔,他到时也会来参加。"

"真的吗?克里斯梅尔也会来?我很喜欢他!"苏糖的眼睛不禁亮了亮。

她之前在香港读书的时候,曾在当地和几个朋友办过一次小型画展。当时她画作的主题是星空,就是向她的偶像克里斯梅尔致敬。

因为当初他在北美发表的第一个特化作品,就是《星空之恋》。

周祈安点点头,笑着朝苏糖伸出了手:"那请问,现在我可以邀请你参加我们的比赛吗?"

苏糖微微思忖,旋即她朝他伸出了手:"谢谢周教授的邀请,我会全力以赴的!"

"你可以叫我祈安。"周祈安弯了弯眉眼,温柔的声音让人觉得很舒服。

苏糖嘴唇微张,刚想说话,身后却响起了一个熟悉的声音,有人唤她的名字。

夜晚的风拂过她的发丝,苏糖回头看见月光下的男人肃肃而立,目光灼灼地注视她。

有莹白的月光伴着街灯昏黄的光,深深浅浅地掠过他的脸,让人无法看清他的表情。可如果仔细看的话,就能发现此时许翊侧脸的线条明显是绷着的。

他眼神淡淡地瞥了苏糖一眼,随即将目光落在他们相握的手上。

他的脸上没有任何情绪,可被他这么盯着,苏糖倒觉得头皮有些发麻,她赶紧从周祈安的掌心抽出了手。

不知怎的,苏糖心里有些慌。她垂下眼睑,不敢看许翊的表情。

下一刻,他清冷的声音像潮汐般漫过她的头顶,话却是对周祈安说的:"周教授,我刚刚听风驰说了,谢谢你帮忙替苏糖解围。"

他在"帮忙"二字上稍稍加重了语气,口吻清淡疏离,像是划出了一道界线,将周祈安与他二人隔开。

既霸道又带着一点……幼稚。苏糖自顾自地想着,不远处的婚宴厅就传来了一阵招呼声,是周祈安的朋友在叫他。

于是,被人召唤回去的周祈安跟他们打了个招呼就离开了。而苏糖逃不掉,只能面对许翊。

许翊无声地看苏糖,心里早已憋着气。如果刚刚不是接到彭风驰的电话,得知苏糖过来帝豪酒店,他有可能就这么等下去,或者着急地打爆她的电话,

出去寻人。

他闷声道:"你为什么不接电话?"

"没电了。"苏糖看着黑屏的手机,苦恼得想敲一下自己的脑袋。

沉默了一阵,许翊才开口:"我还是第一次被人放鸽子。"

苏糖呼吸一滞,她抬头看向许翊,正好和他深邃漆黑的眼睛对视。

她心虚地移开视线,这才发现许翊今天穿着一身剪裁得体的西服,内里搭着淡蓝色的衬衣,最上面的一颗纽扣解开,衬得他风度翩翩,还带着一股慵懒洒脱的气质。

苏糖眨了眨星星眼,夸赞他:"你今天真帅气!"

"没用。"许翊斩钉截铁道,"别转移话题。"

苏糖一噎:"我说真的,这方圆五千里,你是最好看的人。"

"……"

"你别不信啊,我说的都是真的。"

"……"

"在我心里,你就是全地球、全宇宙、全银河系最好看的人。"

语毕,面前的人终于有了反应。他淡淡地说:"颠倒了,银河系是宇宙的一部分,应该排在宇宙的前面,你语序错了。"

果然学霸就是严谨,就算踏出校园也和以前一模一样。苏糖讪讪地想,随即咧起嘴角道:"语序不重要,重要的是我的心意。"

她伸手指了指自己心脏的位置,耍宝似的说:"你看到我的小心心了吗?虽然它不大,但只要你认真感受,就能体会到它的真诚。"

苏糖偷偷地观察许翊的表情,他却别过眼,淡声道:"你说什么都没用。"

那怎么办，还能绝交吗？苏糖好想破罐子破摔，可她做不到，也不敢做，只能在心里着急。她觉得许翊这人看着高冷，可怎么一闹别扭就那么难哄啊。

苏糖突然想起了许翊的妈妈，她觉得，傲娇这点肯定是有家族遗传的！

苏糖凑近许翊，开始示弱："好了，你别不高兴了嘛，我保证下次绝对不会再把你晾在一边了。"

"我是衣服吗？你晾在一边，想换就换？"许翊终于有了点反应，但表情看起来更不好了。

苏糖有点想哭："我不是这个意思，你又不是个东西，怎么会……"她还没说完，就捂住了嘴。她怎么感觉自己还在骂他不是东西呢？真是越描越黑了……

眼看许翊要翻脸了，苏糖决定好好跟他解释，攻克难关。

她走在他身后，活脱脱像条小尾巴："许翊你等等我啊，我刚刚说的都是屁话，你就当我是在放屁。"

"你别不理我嘛。"苏糖加快脚步，忙不迭地说，"要不我给你唱首歌吧？"

"……"

"或者给你跳个舞？我上幼儿园的时候还上过电视台表演呢。"

"……"

"我给你讲个笑话吧？我前天听到一个笑话，特别好笑，哈哈哈。"

"……"

许翊脚步不停，压根不理她，苏糖觉得自己快要憋死了。她气不打一处来，扯起嗓子就喊："要不然你究竟想要什么，我都给你！"

语毕,前面的人突然停下脚步转身,苏糖没反应过来,下巴直直地撞上他结实的胸膛。

她抬起头看他,只见眼前的他眸色漆黑,眼神里藏着些意味不明的情绪。

许翊弯下腰,望着她呆呆的模样,黑瞳不禁划过一丝笑意:"我说什么,你都给?"

月光下的他皮肤白皙,鼻骨挺直,唇色莹润泛红,嘴角勾起笑容,仿佛带了电,酥酥麻麻地涌进苏糖的心头。

他这是在勾引自己吗?苏糖的脑袋里像是炸开了烟花,缓了好半晌才在心里笃定,肯定是,他这是想要自己的命!

他俩凝视着对方,连彭风驰和裴梨走近都没有留意到。直至彭风驰调笑的声音响起,两人才下意识地转头望向声源处。

彭风驰双手环胸,露出一副看戏的表情:"你俩干吗呢?这里可是户外,你们可别……"

许翊直起身子,立即朝彭风驰飞了一记眼刀,拦住他的话:"你想再被人打一顿吗?"

彭风驰有些憋屈,嘴里忍不住抱怨:"小许许,你这人怎么这样啊,我都受伤了。你真是有了新欢忘了旧……"他还没说完,余光就瞥到裴梨露出一副错愕的表情。彭风驰赶紧转了话锋,"忘了旧友,旧友。"

他重复了两遍,好像想解释些什么,可苏糖和裴梨同时朝他投来了一个意味不明的眼神。然后,她们跟着许翊往车库的方向走。

彭风驰尴尬地挠了挠头,他看着许翊将苏糖带上自己的车,而裴梨也被苏糖牵着坐上车。彭风驰不禁扬声道:"哎,我跟你们一起去,多个人护送多一分安全啊。"

许翊转动方向盘,半晌将车窗拉了下来,临走前送给彭风驰一句话:"你长点心吧,好好养伤。"

看着彭风驰杵在原地,任由自己在风中凌乱的样子,苏糖不禁"啧"了一声,替彭风驰默哀了一秒钟,心想:许翊真是个狠人,要么不说话,要么一击即中,杀人不见血。

车子疾疾地驶回市区,许翊先将裴梨送回家,又载着苏糖重新启程。

他一直目视前方,认真地开车。苏糖看着他握着方向盘的手,纤细修长,骨节分明,连屈起的弧度都很好看。

她突然生出了一个想法,不知道如果和他牵手的话,触感又是怎样的呢?

正思索间,汽车电台里传来了女主持人清脆悦耳的声音,今天朗读的是一首茨维塔耶娃的诗。

"我对生活中的一切,都是在诀别时才喜爱,而不是与之相逢时;都是在分离时才喜爱,而不是与之相融时;都是偏爱死,而不是生。"

这是一首很悲伤的诗歌,苏糖却无端地想到了自己。

她曾经压根不知道喜欢一个人到底是什么样的感觉。高中时她遇上许翊,死乞白赖地缠着他,让他教自己画画,当时只觉得有趣;可多年后,当她再次遇见他,那份惊喜从心中雀跃而出,像是嫩芽破了土,迎来了绚烂的阳光。

于是,她忍不住想给他煮好吃的饭菜,想给他自己所有的糖,想逗他开心,也不忍看到他受伤。

难道这就是喜欢吗?苏糖讷讷地望向正在开车的许翊,窗外飞速而过的光影掠过他的轮廓,但苏糖可以真真切切地看到他的脸。

那是她心心念念,这么多年都没能忘怀的面容。

这段时间以来,苏糖通过裴梨搜索到了很多许翊的资料。他成绩优异,以前无论在读书的哪个阶段,都能稳坐年级前三名的宝座。上大学也是保送进全国最好的警校,初入职场便锋芒毕露,屡立战功,成了特警部队的中流砥柱。

这样的他就像耀眼的太阳,而苏糖则像是星星。她没有他炽热明亮,但她也想努力发光,直至到达和太阳比肩的高度。

虽然在外人看来,这像是天方夜谭,但苏糖有信心,只要她坚持不懈,童话也能变成现实,让梦想成真。

十分钟后,车子经过十字路口,拐过街边小道,到达苏糖家楼下。

她踩着月光下自己的影子,一步步地向前走。可刚踏上阶梯,苏糖蓦地转身,跑到了许翊的面前。

站在车旁的许翊怔了怔,下一秒,只见面前的少女仰起头,眉眼弯弯地对他说:"如果我这次参加特效化装的比赛,能够获得名次,我就送给你一个心愿好不好?当作今晚的赔罪。"

苏糖原本是想说,我就把自己送给你吧,可她尿,不敢。于是她决定曲线救国,这么迂回地表达,说不准他的心愿就是她呢?

这么想想,苏糖觉得自己真是个小机灵鬼。

正当她陷入称赞自己的梦幻泡泡里时,却听许翊轻声说:"冠军。"

许是怕苏糖没听清,他又重复了一遍:"如果你获得冠军,我就接受你的提议。"

"得冠军,这么难啊?"苏糖的脸垮了垮,原想抖个机灵,没想到把自己抖进坑里了。

她纠结地搓着小手指,可下一秒,温润的男声传入她的耳畔,她的手不禁一顿。

他说:"我想你为了我,付诸努力。"努力地去拼搏,站上梦想的云端,做更好的自己。

苏糖心思涌动,她默默地想,为了他,自己愿意倾尽全力。

于是,她咧起嘴角,眼睛笑成了弯月牙,抬手放到头顶的位置,扬声道:"我会努力完成任务的,警官!"

"嗯,我相信你。"许翊伸出修长的手,眼眸含笑,揉了揉她头上的碎发。

那一刻,他的手掌碰到了她抬高的手,肌肤相触的瞬间,苏糖感觉有一股电流酥麻地涌进自己的心里。

"呀——"她听见心脏发出的惊叹,她摸到他的手了,原来是这种感觉呀。

接下来一段时间,苏糖非常认真地为比赛做各种准备。她在家里练习特化技术,通过制作黏土雕塑、假体定型等工序,将那些特化材料进行上色,往自己的脸上试妆。

她尝试了各种造型,包括刀疤伤痕、光头、外星人及野兽形象等。

据不完全统计,短短两个星期,她已经吓到了上门送快递的小哥哥,敲门来收房租的房东阿姨。连她出门倒垃圾时,邻居家的狗见到她,也是吓得汪汪叫。

　　裴梨来苏糖家找她时，简直惊呆了。此时苏糖的办公桌上摆满了琳琅满目的特化工具，她坐在椅子上，单手搁在桌面，另一只手拿着接边胶，正将一团绒毛接在自己的一侧手臂上，做出白兔绒毛的效果。

　　裴梨瞠目结舌："你用不用这么拼啊？"

　　"当然要拼，我这可是为了自己的终身大事而战！"苏糖抬起头，朝裴梨眨了眨眼睛。为了得冠军，她必须全力以赴。

　　面对这么励志的举动，苏糖都快被自己感动了。可裴梨听完她的话，重点却全都放在了"终身大事"上。

　　她瞪大眼睛，随即微微眯起，当记者的灵敏嗅觉让她迅速捕捉到非同一般的讯息。

　　她兴奋地问："快说，你和你家许警官密谋什么了？难道他准备在你夺冠当天向你求婚？"

　　"那倒没有。"苏糖摆了摆手，她撑着下巴，朝裴梨抛了个媚眼，"不过……我可以向他求婚！"

　　"咦，没劲。"裴梨泄了气，随即吐出一句话，"你这人我还不清楚，有贼心没贼胆。"

　　"……"苏糖憋屈，心里有些纳闷，怎么裴梨当了记者后，说话变得这么一针见血了，难道她堂堂"小霸王"不要面子的啊？

　　三天后，市里的特效化装比赛在星河广场举行。

　　现场聚集了近 40 名特效化装选手，都是通过前期报名筛选出来的。

　　周祈安作为主办方艺术学院的副教授，因为形象台风俱佳，被委派担任这次比赛的主持人。

他带着一贯清爽的笑容，站在所有选手面前，向大家公布今天的比赛内容。因为最近星河广场正在举行为期两周的芝麻音乐节活动，所以主办方便为这次比赛定下了"音乐"的主题。

周祈安扬起手，开始向大家展示："请各位跟随我手指的方向，看向正后方。那辆蓝色的大卡车就是我们今天比赛的'聚宝盆'。你可以从里面挑选各种服装、化装工具以及乐器道具，你们需要通过这些'宝物'还有自己的技艺，在三个小时内完成一个与音乐有关的角色。"

循着他手指的方向，苏糖望过去，只见卡车旁早已坐着一排模特，等待着他们为其装扮。

"目前你们的模特已经就位，比赛内容相信各位已经了解了。接下来，请大家用最热烈的掌声，有请我们这次比赛的重量级评委——克里斯梅尔先生！"

语毕，周遭响起了一阵震耳欲聋的掌声与欢呼声。作为如今炙手可热的特效化装大师，能够与克里斯梅尔得以一见，是许多特化人的梦想。

在大伙的翘首以待下，克里斯梅尔身姿挺拔地站到众人面前，微笑着跟大家打招呼。

因为不熟悉中文，所以周祈安在现场为他做翻译。听说克里斯梅尔最近正在参与拍摄一部生化片，今天他直接从美国北卡罗来纳州的片场飞过来，只为参加这次比赛的开幕式。

苏糖激动得冒星星眼，难得见到偶像的真容，她心里万分激动，但也生出了些小紧张。

但下一刻，当周祈安吹响了比赛的哨声，宣布比赛正式开始时，苏糖立即

深吸一口气,镇定心神,跟着大伙一股脑儿地跑到卡车里,挑选合适的服装道具。

她四处挑选,搜罗了不少专用的化装工具,还有颜色绚丽的服装。正当众人苦恼于选择什么样的乐器时,苏糖早已当机立断,一眼相中了放在角落里的那把小提琴。

如果将模特塑造成一只拉小提琴的猫咪,应该是不错的选择!苏糖在心里笃定,她立刻行动,背起小提琴,根据拿到的号码牌,跑到指定的化装区,找到了相应的模特。

模特小姑娘长得素净又好看,看起来是个新人。她搓着手指,脸上带着一丝忧虑。苏糖原以为她是紧张,不禁弯起眉眼,和她聊天:"没事的,我肯定把你打扮得美美的。"

模特一听,点头应好,面上却没有丝毫松懈。苏糖没在意,立刻抓紧时间制作猫咪妆容的假体。

她将黏土涂在模特事先准备好的脸模上,捏出了猫咪鼻子的假体造型,随后从模子中取出假体,粘贴在模特的鼻子处,为她的鼻子进行上色。

上完色,苏糖搁下手里的化妆笔,拿起小镜子递给模特,笑着问:"是不是很可爱?"

"嗯,看起来还真有点像一只小猫。"模特笑着点点头,苏糖的心里不禁增添了几分信心。她让模特换好衣服,然后将各种特制的胡须、睫毛等小零件,粘贴在模特的脸上。

"这算完成了吗?"模特垂着头,小声地问苏糖。

苏糖正在捯饬手里的猫咪尾巴,随口应道:"还没呢,还有这个。"

因为乐器需要和模特造型完美结合,所以苏糖就在猫咪的尾巴处用硅胶专用的粘胶,将尾巴和琴弓连在一起,这样猫咪就能用尾巴拉琴弦了。

待到连接好后,苏糖长吁一口气,心想这样应该就大功告成了!

苏糖拿起桌上的小提琴,递给了面前的模特,可谁知模特接过手后,却蓦地一松,小提琴应声摔落在地。

苏糖愣怔,见她脸色苍白,额上冒着细细的虚汗,不禁问她:"你怎么了?"

"对不起,我的手突然没有力气。"

周遭的人听到响动,纷纷朝她们这儿投来探寻的目光,不一会儿,周祈安就跑了过来。

苏糖观察着女生的样子,拧了拧眉:"她看起来身体不是很舒服,好像是中暑了。"

炽热的阳光洒在广场的柏油路上,四周的蝉鸣声不时地响起,这天气确实热。周祈安眉梢微蹙,他叫来在场的工作人员一起将女生扶到大树旁的阴凉处。

苏糖跟在他们身边,心想应该去附近买点药或矿泉水给女生喝比较好。刚挪开步子,周祈安却伸手拦住了她。

"苏糖,你好好比赛,剩下的我来解决。"语毕,他安排身边的工作人员照顾好女模特,自己快步朝附近的商业中心而去。

苏糖的心七上八下,突然生出了几分担忧。因为现在自己的模特没办法展示小提琴,那她的作品就没法和主题相符了。

苏糖调动思绪,决定先去车厢里找找有没有其他可以替代的道具,例如笛

子之类的轻便乐器,可一进去却发现,所有的道具都已经被挑光了。

苏糖叹了一口气,双手扶额。下一秒,一个突如其来的想法跃进她的脑海里。

苏糖低头看了眼手表,现在离比赛结束还有一些时间。

该怎么行动呢?她默默地想,脑海中倏地浮现出许翊那眉目温柔的模样——"我想你为了我,付诸努力。"

"我相信你。"他相信她可以,苏糖不知道自己的想法能不能实现,但无论如何,她都必须奋力一试!

苏糖从车厢里跑出来时,正好瞧见周祈安给女模特买来了缓解中暑喝的口服液。

"谢谢你,周教授。"苏糖颔首,朝周祈安道谢,他却笑起:"没事。如果你真想感谢我,叫我祈安就好。"

苏糖一愣,随即怯怯地说:"好的,祈安。"

她有些不知如何反应,这时坐在大树下的模特开了口:"苏特化师,对不起,是我连累了你。"

"没事,你先好好休息,剩下的事情交给我搞定。"她扬眉一笑,随即重新回到化装区。

苏糖花了一些工夫制作出一个小提琴的模具,随后从一堆道具里翻出了一块L200号的泡沫海绵。她用热风机将它加热,待到冷却后,又将这块泡沫固定在她制作的"小提琴"模具上。

此时很多特化师已经完成了自己的作品,他们来到苏糖的化装区,看着她通过娴熟的特化手艺,给那块泡沫海绵上色,渐渐地,映现出一件小提琴模样的衣服。

有选手不禁感叹:"这技术真牛!"

"是啊,这创意简直太棒了!"

在众人的议论声中,苏糖将制作好的"小提琴"带到女模特的面前。

她说:"你穿上它试试。"

彼时模特的身体已经有所好转,她站起身,穿上了那件特别的衣服,肩宽高度什么的正好合适。

苏糖细细地检查她的整个造型,脸上化着精致的猫咪妆,穿着小提琴外套,尾巴处镶着琴弓。

苏糖让女模特拿起自己的猫咪尾巴,朝身子比画两下,那一刻,仿佛真的像是一只猫咪在自在地弹奏乐器。

"成了!这就是我想要的效果!"苏糖激动地抱了抱女模特。

一阵口哨声响起,比赛时间结束,所有选手和模特都移动到广场的中央。

周祈安带着克里斯梅尔与另一位评委走到众人面前,开始对他们的作品一一进行点评。

苏糖看着他们不紧不慢地走过一个个选手,阅过一件件作品,面容间一直带着几分严肃,她的心脏扑通直跳,都快提到嗓子眼了。

而下一刻,她竟看到站在自己对面的一个女选手被批评哭了。

"你哭是没有用的,就算哭也没办法改变你这糟糕的彩绘技术。你自己看看,这个模特身上有很多纹路和画笔的痕迹,一点都不自然。表面看是拉二胡的野豹,实际上就像一只卡通小宠物,整体的元素都不搭调。"

面目严肃的女评委推了推自己脸上的黑框眼镜,语气尖锐无比。

苏糖知道这个女评委,她是国内资历很深的特化师,出了名的爱怼人,人送外号"呛口大辣椒"。

苏糖的身子微微一抖,刚回过神来,就看见那几个人抬脚朝自己的方向走来。苏糖紧张得咽了咽口水,她深吸一口气,扯出一个微笑,开始向他们介绍自己的作品。

片刻后,克里斯梅尔收回了放在模特身上的目光,转向苏糖问:"What's your name?"

苏糖愣怔,喃喃地说出了自己的名字。下一秒,金发碧眼的男人扬声笑了两下,说了一长串的话。

通过周祈安的翻译,苏糖得知他是在称赞自己的作品。而最后一句话苏糖听懂了,他说的是——你是一个很有潜力的特化师。

听到偶像夸奖自己,苏糖高兴得在心里放起了喜庆的鞭炮。可下一秒,她看到克里斯梅尔转身问旁边的女评委:"What about you?"

女评委朝苏糖的模特上下打量了一阵,半晌才吐出一句话:"嗯,这个还算可以。"

万万没想到,主业做特化、副业专怼人的"呛口大辣椒"居然给自己开了绿灯,苏糖终于在心里松了一口气。

最终,苏糖获得了本场比赛的最高分,与另外二十几名选手直接进入到下一轮的比赛,而其他人则遗憾败北。

比赛结束后,周祈安跟随主办方的人员先行离开。

苏糖和他挥手告别后，赶紧给许翊发微信，可信息刚写了一半，就看见不远处那个刚刚被骂的女生正低头哭泣着。

有一个高个儿的女生站在她身边，朝她说了几句话，女生哭得更凶了。

看着那个高个儿女生扬长离去，苏糖不禁走上前，安慰那个哭泣的女生："其实……我觉得你那个拉二胡的野豹挺可爱的。"

女生抬起湿漉漉的眼睛，低声对苏糖说："你不用安慰我了，萝拉学姐说得对，我就是烂泥扶不上墙。我们都是艺术学院的学生，但我的技术就是不行，还硬要来参加比赛。"

"不对，我觉得你既然能通过筛选来参赛，就证明你是有能力的。"苏糖轻声细语地对她说，"别放弃，我相信只要你继续努力，坚持走下去，全世界都会给你让路的。"

她难得洒了一碗"人生鸡汤"，没想到还挺好喝。那女生想了想，立刻就喜笑颜开地表示，今后会继续加油！

真是个单纯可爱的女孩。苏糖不禁弯起了眉眼，而下一秒，女生羞赧地捏了捏她的衣袖道："那边有个男生一直在看我们，长得好帅啊！"

苏糖一回头，就看到站在不远处的许翊。

他身形挺拔，面容清隽，单手抄在裤兜里，静静地站立着。一看到苏糖望过来，立刻弯起嘴角，眼底好似星光如炬。

"原来是来找你的。"女生低声说，"你人真好，性格好，长得也好看，怪不得有这么帅的男朋友，羡慕啊。"

苏糖张了张嘴，她想说不是，可心里竟不想否认，只能讪讪地笑了笑。而当她走到许翊面前时，笑容就更加藏不住了。

"我微信都没发出去呢,你怎么来了?"

"我算着时间差不多,刚好下班,就过来看看你。"许翊仔仔细细地看她,启唇道,"看来你比得不错,心情很好。"

苏糖扬起粲然的笑,满脸写着"我很高兴"。可其实许翊不知道,比起获得比赛的最高分,他能来见她,才是更让苏糖心生欢喜的事情。

许翊想送苏糖回家,可她蓦地拉住他的衣袖,声音糯糯地说:"我想去看音乐节的表演。"

许翊微愣,他很少参加娱乐活动,对这些都不太熟悉。

从小到大,许翊一直认真贯彻"多读书多看报,少玩游戏多睡觉"的十三字方针,所以他有些为难地抿了抿唇,问:"怎么去?"

"你跟着我就好啦。"苏糖摆出一副"小霸王"的姿态,晃晃荡荡地领着他来到了音乐节活动的现场。

此时人潮熙攘,门口的售票处挤满了排队的人。苏糖刚想大步流星地向前走,许翊却蓦地拉住她。他让她站在外围等他,径自就去排队。

他站在售票处安静地等待,修长的影子被街灯的光投在斑驳的墙壁上。苏糖愣愣地看着,不禁伸出手指细细地勾勒,顺着他的轮廓,仿佛在轻抚。这样想想,她的脸颊微微泛起了红。

"你在干吗?"许翊走过来时,苏糖还在神游。她恍了恍神,手指向天空,貌似漫不经心地说:"我在数星星啊。"

许翊微微抬头,望着如墨的夜空,眨了眨眼睛:"今天晚上好像没有星星。"

苏糖一噎,"哦"了一声说:"我就随便数数。"

她尴尬地收回手,可许翊目光灼灼地看她。他的眸中划过一丝笑意,而当他的余光望向那处映着人影的墙壁时,笑意更灿烂了。

许翊看破不说破,垂眸对苏糖说:"走吧,我们进去。"

"好耶!"苏糖接过他递过来的门票,欢呼了一声,跟着人群往里走,立刻像是拥抱了一片五彩斑斓的海洋。

众人坐在观众席上,手里挥舞着彩色的荧光棒,听着轮番上场的歌手们自在地酣唱。

一曲毕,当主持人喊出"日界线乐队"的名字时,苏糖跟随众人一起尖叫。激昂的摇滚乐响彻全场,四个衣着帅气的乐手闪亮登场。

苏糖站起身跟着众人一起呐喊"日界线"的名字,待到坐下时,还是难掩激动的神色。

"他们是最近很火的一个地下乐队,那个主唱好帅啊,我之前看过他的网络直播,人也很幽默,简直是网友们的快乐源泉!"

她笑了两声,却见许翊冷眉微挑,手指不经意地敲打在荧光棒上:"你说哪个很帅?"

苏糖嗅到了一丝危险的气息,立刻转了话锋:"呃……仔细看的话,其实也还好啦。"她摸了摸下巴,佯装思考的样子,"比起某些人,差了一点点。"

"什么人?"

"就这世界上的某些人啊。"苏糖抬眼注视他,一字一句道,"我眼里能够看见的人。"

许翊垂眸,望进她亮晶晶的眼睛里,只见里面照映着他的模样。他清隽的

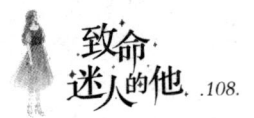

眉眼蓦地舒展开,露出明朗的笑。

那一刻,苏糖觉得,他比周遭所有绚烂的荧光,都要耀眼。

那晚之后,苏糖开开心心地回了家。可她不知道的是,许翊当晚回家后,竟将"日界线乐队"主唱的微博全都翻了一遍,还专门去搜了他的网络直播。

经过一晚上的翻看,许翊慵懒地躺在床上,关了灯。临睡前,他还是忍不住"啧"了一声,明明也不怎么样嘛。

那一晚,许翊难得地熬了夜。而苏糖也彻夜未眠。那晚的夜空虽然没有星星,但她的心里早已落下了星。

苏糖躺在床上,塞着耳机,耳朵里循环播放着"日界线乐队"的歌曲,脑海里却浮现着刚刚在音乐节现场的画面。

"那个主唱旁边的女乐手也好美啊。"苏糖面朝前方的舞台,目光根本离不开那个激昂演奏的乐手。

许翊听完,认真地望向大屏幕里的女乐手。女乐手手执贝斯,皮肤白皙,唇红齿白。可他却悠悠开口,声音清冽如汩汩清泉,流淌进苏糖的内心。

他说:"确实挺美的,但没你好看。"

那一刻,广场里燃起了璀璨的烟火,众人欢呼雀跃。

苏糖看到许翊眉眼含笑,在那片绚烂斑斓中,面容明朗又温柔。

第六章
绿野寻踪

最近几天,苏糖总是照镜子。每次裴梨来她家时,她都会不厌其烦地问:"我长得好看不?"

裴梨觉得苏糖可能是魔怔了,她摸了摸苏糖的额头,非常认真地问:"用不用带你去看看医生,开两服药来喝喝?"

苏糖"喊"了一声,撇了撇嘴道:"你不懂得欣赏美,有人会懂。"

裴梨忍着一身的鸡皮疙瘩,躺在她家的沙发上,转头问她:"你比赛准备得怎么样了?"

苏糖将手里的小镜子放下,扬了扬下巴:"妥妥的。"

苏糖原以为,自己已经做了充分的准备,能够带着十足的信心去参加比赛。可真到了比赛现场,她发现自己那成竹在胸的十分自信,瞬间被削得一分都不剩。

此时所有选手都聚集在一处碧波荡漾的海滩上,周祈安站在众人面前,举止得体地介绍今天的比赛内容。

这次主办方选定的主题是"海洋",所以将他们聚集到海边。

不过和上一轮比赛不同的是,这次除了服装和化装工具,主办方没有为选手们提供道具,需要他们自己在海滩上寻找原生材料,结合自然环境进行搭配设计,以此完成特化作品。

伴随一声哨响,苏糖赶紧撸起裤管,在海滩上四处寻找白色的贝壳。她决定为模特设计一个美人鱼的特化造型,将白色贝壳点缀在鱼尾上。

苏糖刚刚找了一阵,就发现有些不太对劲。她弯腰捡贝壳,貌似不经意地抬头瞥了一眼,果然有人站在自己一米开外,不时地朝她这边张望。

苏糖记得她,这人是上次比赛结束后,凶小学妹的那个萝拉学姐。

她一直在暗中观察苏糖的举动。

苏糖不禁在心里翻了个白眼,心想究竟有完没完,就算跟着自己,也没办法探听到什么军情啊,还不如各自为战,奋力比赛为好。

苏糖摇摇头,自顾自地继续寻找合适的贝壳。

半晌,苏糖将收集好的贝壳放在指定的化装区桌面,开始和新模特进行沟通,将无害的藻酸盐液体敷在模特的身上,为她进行翻膜。

而后,苏糖又进行了各项特化工序,将那些特化材料进行贴片上色,粘贴在模特的身上,做出鱼鳞的效果。

当中重中之重是尾巴的设计,苏糖撸起袖子,刚想继续干活,耳边却突然传来一阵吆喝声。

她循声望去,只见海滩上迎面走来了一个卖吹泡泡玩具的商贩。他四处吆喝,周遭有几个在海边玩耍的孩子立刻像潮汐般飞奔过去。

透明的泡泡随风飘向湛蓝澄澈的海面,伴随阳光的照耀,泛着晶莹的光。

那一刻,苏糖突然想到了美人鱼为爱变成泡沫的故事。她眸光一亮,立刻和女模特一起走上前,来到了商贩的身边。

苏糖原想掏钱向商贩买一个泡泡玩具,用在这次的特化制作上,可她又想起周祈安曾提过的比赛规则,不能花自己的钱来买比赛用具。

苏糖微微思忖,旋即笑道:"大叔,我刚刚捡了不少贝壳,色泽都很漂亮,我拿一些跟您交换可以吗?"

苏糖说服道:"那些贝壳连成串,还能做成项链拿去卖呢。"

大叔想了想,点头应好。

"得嘞!"苏糖笑着让女模特挑选自己喜欢的泡泡玩具,随即火急火燎地跑到所属的化装区。

可一到那儿,苏糖竟发现自己刚刚辛苦捡来的贝壳都不翼而飞了!

苏糖在桌上四处寻找,站在她对面位置的萝拉不禁露出幸灾乐祸的笑:"苏糖,刚刚有一阵大风刮过来,你的东西不会就这么被吹走了吧?"

"不可能。"苏糖焦急地望向海面,竟看到有一截丝绢布正在海上随风飘扬。

苏糖刚刚的特化工序做到一半,用了丝绢布系着银丝细线,将一些贝壳珍珠连在了上面,想作为美人鱼的小部分衣着装束,可现在全都不见了。

如果没有那些贝壳,她可能会失去这次的参赛资格,那她就没办法实现对许翊的承诺了。

孤注一掷的念头跃进苏糖的脑子里,她猛地跳进了海水中,想去"挽救"那些丝绢布还有贝壳。

冰冷的水包裹身体的那一刻，苏糖突然想起，她只会狗刨式游泳啊，还是小时候学的，现在完全不记得了！

她扑腾着水花，在海里憋气。

挣扎间，有一道身影跃入碧蓝的深海中，由远及近，苏糖还来不及看，眼前就陷入了一片黑暗中。

周祈安将苏糖从海里救起时，附近的人全都赶到他们的周围。周祈安的心脏不安地跳动，他大声地喊苏糖的名字，双手颤抖着为她做了胸外按压，一遍又一遍。

最后，他俯下身子，刚想为面前的女生做人工呼吸，"噗"的一声，苏糖蓦地咳出水来，微微转醒。

待到她回过神来时，就听到周围响起一阵阵议论声：

"我刚刚看到萝拉趁着苏糖不在的时候，在她的位置逗留了一下。"

"萝拉是不是忌惮苏糖在上次比赛得了最高分，所以就使阴招啊？"

"我们都是公平竞争，别搞这些邪恶论了吧。"

大伙议论纷纷，苏糖沉默不语，心里却细细地想着。刚刚大风刮起，海水涨潮，她的位置离海边比较近，如果把贝壳扔在地上的话，确实有可能会神不知鬼不觉地随海水漂走。

苏糖从来不以恶意去揣测别人，但如果人真犯我，那她也必定会用正当的方式，以牙还牙。

因为众说纷纭，没有人能真正证实萝拉的举动，所以周祈安只能拧眉对苏糖说："要不，我帮你找找有没有其他的贝壳可以替换？"

"没用的,我只要白色贝壳,能找的我刚刚都找过了。"苏糖望向远处,只见海边立着很多乔木。

她眸光转了转,寻思着总归需要找一些贴合海洋主题的物件才能继续参赛,与其漫无目的地费劲寻找贝壳,不如就割一些树叶,染成蓝色加以装饰。

苏糖尽最大的努力去做好手头的工作,直至比赛结束,她的作品虽然没能像之前一样得到全场最佳,但也因为独树一帜的特化技艺,获得了不俗的成绩。

而反观萝拉,她选用《山海经》中的鲛人形象,贴合主题,创意不错,但因为野心太大,在模特的侧脸上做出了诡异的獠牙造型,最终被评委打了低分,无缘晋级。

"没想到你这样也能赢。"

苏糖在收拾东西时,旁边的萝拉突然冷不丁地说。

苏糖抬起头,看见萝拉的眼里满是藏不住的嫉妒,蓦地笑了:"我从来不与人为敌,可一旦开战,我就会用我最好的武器,也就是我的实力来打败他。"

萝拉哑口无言,苏糖没有再看她,收拾好自己的包包,转身扬长而去。

今天比赛完,她约好了去公安局找许翊吃饭,所以哪有闲工夫管别的事情,不如抓紧时间,赶紧去撩撩她的许警官。

苏糖哼着小曲儿,刚想上路去打的士,一辆白色轿车却倏地开到她面前。

不是许翊。今天许翊工作太忙,早就提前发了短信说自己可能没那么早下班,没办法来载苏糖。

苏糖望向车内,周祈安扬起笑容,朝她说:"我送你吧。"

"不用了,我自己打车就好,不麻烦你了。"

苏糖说完,明显瞧见周祈安的脸色淡了几分,眸光也随之一黯。苏糖怯怯地说:"可能不太顺路,祈安。"

听到她叫自己的名字,周祈安展眉一笑:"没事,上车吧。让你一个女生留在这儿打车,可不是绅士之举。"

苏糖觉得却之不恭,于是就上了车。

她觉得有些不好意思:"真是谢谢你了,你之前已经帮了我两次。"包括在机场帮她提行李,还有上次酒店婚宴的事情。

"说谢谢就太见外了,你这样说我可就伤心了。"

"没有。"苏糖有些拘谨地回道。

"那既然如此,让我请你吃饭吧。"

"啊?"苏糖微微讶然。

"你说不用见外的。苏糖,我们是朋友,对吧?"周祈安小心翼翼地问她,像是碰触一片易散的彩云,或是想要捧起一件易碎的琉璃。

他说:"我可以请你吃饭吗?"他的语气带着怯怯的温柔。

苏糖沉默半晌,最终开口:"好啊,那就等比赛结束后,和其他的选手一起吧,庆贺庆贺。"

语毕,又是一阵沉默。

过了许久,苏糖才听到周祈安低低地应了一声:"好。"

车里的空间狭窄又逼仄,苏糖觉得有些窘迫,也有些闷,于是便摇下车窗,任由风呼呼地灌了进来。

一路无言。

当抵达警局时，苏糖没想到一眼就能看到许翊。

他穿着一身淡蓝色的警服，肩上缀钉四角星花，身姿挺括地立在门口，像是在等什么人。

远远地他便见到车子驶过来，车内的男人迈步下车，帮坐在副驾驶座上的人开了门，露出了自己等待许久的身影。

许翊的眉梢不禁微微挑起，看着眼前的男人朝他露出绅士而有礼的微笑，许翊也勾起嘴角，两人无声地对峙。

直至苏糖进了许翊的办公室门，他都全程沉默不语。

许翊向来高冷话不多，苏糖也没留意，打量了一下他的办公室。

窗明几净的房间里，桌上虽然摆放着摞成小山的案件资料，但整洁有序，十分妥帖，比起苏糖的特化工作区简直好太多。

她刚想夸他两句，却听他清洌的声音倏地响起："下次还是我去载你吧。"

苏糖微微一愣："没事，我可以自己来。"

"不行。"

见他这么斩钉截铁，苏糖的眼珠转了转，不禁问："为什么呀？"

许翊不自在地别过眼，轻声道："就是不行。而且，我的车技比他们好。"

原来是因为周祈安载她过来，他介意了？苏糖想了想，不禁莞尔一笑："好好好，你车技最好。"

语毕，苏糖突然觉得这话好像有点歧义啊，这车到底是开向哪儿的车？她的思绪不禁飘远，耳尖也微微泛起一抹红。

苏糖咳了两声说："你先工作吧，我去买点吃的过来。"

她刚想往门的方向走,许翊却蓦地拉住她的手。

苏糖的脚步一滞,下一秒,许翊握着她的手,更紧了些:"你的手怎么这么冰?"

她冰凉的手被他圈在温热的掌心里,苏糖能够感觉自己手上的每一根血管都在跳动。她的脑袋骤时一片空白,迷迷糊糊间,她听到许翊说:"你今天在海边是不是受凉了?"

"没有。"她下意识地摇头,说谎连草稿都不打一下。毕竟她可不能让他知道她今天差点溺水,她不想让他担心。

"那你的脸怎么这么苍白?"他伸手摸了一下她的脸。

苏糖感觉自己的脸颊一下子烧了起来。

她的心跳像擂鼓般,话都有些说不利索了:"我……我觉得挺热的。"

苏糖杵在原地不知所措,许翊看了她两眼,不禁吁出一口气:"你别出去了,今天单位不少人加班,我让陆勇帮我们买吃的来就好。"

"好。"苏糖乖乖地点头。

她望向窗外,只见许翊办公室的窗台边摆放着一个花瓶,上面插着一朵向日葵。

苏糖记得,几年之前,她有一次在国画班上被老师称赞画画有进步,所以放学后,她便屁颠屁颠地跑去向某人讨奖励。

彼时许翊垂眸看她,眼睛里带着一丝赞许:"那你想要什么?"

"我想要……"苏糖想了想,环顾四周,正好看见街边的小贩摊位上摆放着一束束鲜艳的花朵。苏糖笑着伸出手指,指向那儿,"我要那朵向日葵。"

灿烂的阳光洒了下来,跃进她的眼里,仿佛也开出了一朵金色的花儿。

苏糖知道,许翊一直觉得她喜欢向日葵,是因为向日葵明媚温暖,很像她。可其实,她喜欢向日葵,是因为它一直向着太阳。

而他,就是她的太阳。

窗外的日光透过枝丫罅隙洒了进来,苏糖站在办公室里凝视着那朵向日葵,她问许翊:"你喜欢向日葵?"

"嗯。"许翊肯定的答复,让苏糖陷入疑惑。毕竟以前的他总觉得向日葵太过明艳,而他素来喜欢淡雅素净的花色。

苏糖奇怪地问他:"为什么?"

"因为它一直向着太阳。"

苏糖呼吸一顿,旋即听到他说:"我说过,我们的家人就像是太阳。"

闻言,苏糖绷着的身子松懈下来,可又生出了几分失望。她讪讪地点头。办公室的门倏地被敲开,陆勇提着外卖,走了进来。

陆勇一看到苏糖,不禁憨憨地笑了两声:"苏糖,好久不见,又变漂亮了啊!"

苏糖噙着笑,客套地回了一句,然后就见许翊拆开了外卖的袋子,不紧不慢地对她说:"过来吃饭。"

他揭开外卖盒,看到里面的东西时,手却微微一顿。许翊转过头,问陆勇:"你怎么加了香菜?"

苏糖不吃香菜,但许翊是吃香菜的。

苏糖记得,她上高中时曾给许翊煮过一顿饭,差点把厨房烧了。不过那晚

许翊为她做了番茄面,当中就加了香菜。苏糖不吃,许翊便将她碗里的香菜都夹进了自己的碗里。

而如今,面前的男人握着筷子,若有所思地问苏糖:"你吃香菜吗?"

"不吃。"

"嗯。那我帮你夹掉。"苏糖看着他细心地夹掉她便当里的香菜,微微有些恍神,心想他是不是……记起了什么?

下一刻,陆勇在一旁有些不好意思地挠了挠头:"苏糖,我不知道你不爱吃香菜,我就老爱吃香菜了。不然,我来帮你夹吧。"

"不用了。"许翊护着自己的筷子,避开陆勇,淡声对他说,"走人,关门。"

陆勇撇了撇嘴,心想许队真是不近人情啊。他不就是想为苏糖好好服务服务,表表心意讨好一下未来的队长夫人嘛,怎么许队就摆出一副"生人勿近,别抢我媳妇"的表情。

半响,苏糖乖乖地坐在椅子上,接过许翊递给她的那盒挑干净的饭菜。她喃喃地说:"许翊,你知道我为什么不喜欢吃香菜吗?"

许翊没应答,琉璃般的眼睛静静地注视她,耐心倾听。

苏糖说:"因为在我很小的时候,我爸爸就很喜欢吃香菜。现在我其实已经快忘记他长什么样了,但那个味道在,我就会想起他。"所以,她不喜欢吃香菜,怕想起没有爸爸的事实。

苏糖抿了抿唇,问许翊:"你对你爸爸的印象呢?"

许翊微微思忖,沉默半响后,他轻声道:"他是警察,他很好,工作尽职又有责任感,但有时候也会力不从心,没办法将那些罪犯一网打尽。"

所以,许翊一直以来,就立志要当一名警察。为了继承父亲的遗志,也为了伸张正义,消弥罪恶。

"是啊,这世上的坏人太多了,所以我得好好保护自己,不能让警察叔叔太忙了。"苏糖想了想,很认真地应道。

可下一秒,她的耳畔传来了许翊的声音,嗓音带着极具魅惑力的磁性,温柔又缱绻。

他说:"没关系,我可以保护你。"

苏糖侧过头,只见他明亮的眼睛里,透着满满的认真。

苏糖的心脏又开始抑制不住地跳动,她蓦地转过头,低低地垂下,差点埋进面前的便当里。

"这饭真好吃。"苏糖顾左右而言他,耳郭处早已烧出了一朵彤云。

她突然觉得,这碗鱼香茄子饭肯定是加了糖,不然她为什么觉得自己从口齿到心间,都像融在蜜罐的糖浆里,甜滋滋的。

那天之后,苏糖为了实现和许翊的夺冠约定,更加努力地练习特化,全身心地投入到比赛中。她一路过关斩将,最终冲进了决赛。

在一个周末的清晨,苏糖跟随比赛队伍坐上了大巴车,驶离市区,来到了市郊的一片树林。

下车的那一刻,橡胶树的味道混合着缱绻的暖风迎面吹来。苏糖环顾四周,有一群不知名的鸟儿因他们的到来被惊得飞起,越过密林,飞向了天际。

这里静谧清幽,倒是一处好地方。苏糖自顾自地想着,随即就看到周祈安走上前来,向他们公布今天的比赛规则。

因为是四强决赛,主办方为他们设定了"绿野仙踪"的主题,要求他们抽签选取《绿野仙踪》故事里的四个角色,在树林里进行这场终极对决。

苏糖打开自己手上的签,是西方女巫。

她决定打破常规,制作一个美艳的女巫形象,走蒸汽朋克风格,酷炫地为这场比赛画上圆满的句号。

比赛的哨声响起时,有别于其他选手四处奔跑搜寻材料,苏糖看时间充裕,树林也很大,可以保证自己不用和别人争抢,就能获得原材料,于是,她先为自己的模特挑选了一套抹胸的黑色束身裙,然后在现有的特化道具中,进行加工设计,做出了女巫专用的暗夜手杖,还有金属色的假指甲等这些小物件。

将这些工作都做好后,苏糖才开始行动,走在树林里,认真地寻觅适合自己作品的原材料。

半晌,她走过一段石板路,看到地上有一些布满小孔的石子。她将它们拾起握在手上细细观察,觉得这石子挺特别的,如果用它来点缀女巫的头饰,应该能做出类似于甲虫干壳的造型,突显蒸汽朋克风。

打定主意后,苏糖加快了脚步,吸了吸周遭清新的空气,往树林的深处走去。她寻觅了好一阵,终于在攀上一段石梯时,找到了她想要的岩石。

苏糖满心欢喜,将那些石子放在自己预先准备的布袋里,正欲原路返回,可她发现自己迷路了。

这里手机没有信号,人迹罕至,苏糖叫天天不应、叫地地不灵,连天上的鸟儿都不理她,哗啦啦地从她的头顶迅速飞过。苏糖深深叹了一口气,难道自己得留在这儿啃树皮了?

此时夜幕降临,周遭黑漆漆的,苏糖有些害怕,越想越憋屈,刚想仰天长叹一声,却听到一阵熟悉的男声传进了她的耳畔,有人在唤她的名字。

苏糖抬起头,只见一片墨色中,有一束光影朝她投来,瞬间让她眸光一亮。

苏糖赶忙挥手,没一会儿便看见许翊提着手电筒,面色焦急地站在自己的面前。

"你怎么来了?"苏糖的声音里带着一丝哭腔,可更多的是惊喜。

许翊朝她周身看了看,确认她没有受伤,瞬间松了一口气:"我刚刚执行完任务,原本想过来看看你,可一来就听说你不见了。"

周祈安在比赛现场发现许久没见苏糖的身影,心想她是走丢了,便立即派工作人员们一起寻找。许翊到这儿听到消息后,也着急地加入搜寻。

"还好找到你了。"他垂眸注视她,视线好似舍不得移开,眼里满是温软。

苏糖被他这么看着,有些羞赧,不禁低头道:"那你怎么知道我们在这儿比赛,我之前没跟你说过呀?"

许翊掏出手机,将手机相册里的截图递到她眼前。

只见手机屏幕上,赫然是主办方运营的微博。最近为了宣传比赛,他们都将各种比赛花絮放在微博上。

许翊截的这条微博,正好是他们今早在树林比赛的信息,当中还加了定位信息。

那一刻,苏糖突然想起,那天她溺水时被周祈安救上岸的那段视频也被做成花絮发上了微博,标题是"敬业女特化师,为保作品下海寻物"什么的,十分雷人。

她悔恨地咬了咬牙,不知道许翊有没有看见,早知道就该联系工作人员把

那条微博删掉了。

苏糖正纠结着,下一秒,她的手已经被圈进温热的掌心里。

许翊的眼神有些不自然,他别过眼,语气却坦坦荡荡:"我知道你怕黑,我牵着你,慢慢走。"

"嗯。"苏糖的脸红了红,扬着嘴角,乖乖地点头。

她看着许翊走在前面的挺拔背影,他护着她,一步步地朝前走,这种感觉让苏糖觉得格外心安。

伴随光影的移动,他们从石子路走过灌木丛,通过北斗星找到了回去的方向,可中途苏糖走累了,许翊就提议在一个石洞里休息片刻。

夜色如墨,繁星闪烁。苏糖的肚子突然咕咕作响,她吐了吐舌头:"我饿了。"

他们现在还在树林深处,走出去还有一段距离,许翊想了想,启唇道:"你等我一下。"

语毕,他迈开长腿走出了石洞,苏糖跟上去,只见许翊走到了附近的一个小湖泊,湖中隐约能看见有鱼儿游动的影子。

许翊卷起裤腿,迈步走进湖里。水面荡起一圈圈的涟漪,他站在水中全神贯注,半晌,他竟徒手抓住了一条活蹦乱跳的鱼。

苏糖抬眼望去,只见月光下他爽朗清举,侧头朝她展眉一笑,那一刻,周遭仿佛梨花春水般生动了起来。

苏糖不禁漾起笑,兴奋地跑向他。

许翊在附近找到了一块坚硬的石头做"火石",他掏出随身携带的小刀,用刀背敲击火石,就着干草,生起了火。片刻后,他将烤好的鱼递给了苏糖。

鲜美的鱼肉伴着木炭香味飘进鼻间,苏糖咽下一大口鱼肉,瞬间唇齿留香。她眨了眨亮晶晶的眼睛看他:"你好厉害啊!"

要知道,这种野外求生技能不是一般人能掌握的。而事实证明,许翊确实不是一般人。

他说,他曾去丛林做过任务,在那儿只能摘野果吃,运气好的时候,才能捕点野味充饥。

就是通过这一次次的实战,才让他学到了这些本领。苏糖握着手里的烤鱼,听完他的话陷入了沉默。

她知道,他为了毕生的正义梦想,一直奋战前线,历尽艰辛。

苏糖觉得,这才是她的许翊,是她喜欢的模样。她默默地想着,突然露出了会心的笑,在莹莹月色中,望着漫天星辰,哼起了歌儿。

许翊问:"你在唱什么?"

"是日界线乐队的一首歌,名字叫作男神……"苏糖突然忘了,大多数时候,她总喜欢哼唱歌曲,但老记不住歌名和歌词。

她努力地在脑海里搜寻着记忆歌单,下一秒,就听到旁边的许翊提醒:"是《男神进化论》?"

"对对对,就是这名字!你怎么知道,你不是对这些不了解的吗?"苏糖好奇地问,毕竟上次他们一起去音乐节,日界线乐队也没唱这首歌。

"我……我无意间在网上看到的,我有过目不忘的本事。"许翊难得地说话有些含糊其词。

"哦。"苏糖悻悻地想,学霸果然厉害。

许翊用余光偷偷看了她一眼,他坐在火堆旁,抿了抿唇,表情有些不自然。

毕竟那天晚上,他可是花了好长一段时间在看日界线主唱的信息,这歌名,他看都看熟了。

夏风缱绻,树影婆娑。苏糖将手搭在下巴处,有些懒散地问许翊:"你知道我为什么要唱这首歌吗?"

"为什么?"

"因为我的男神是你呀。"奋战前线的英雄,是她的男神,是她的许翊。

夜空下的少女眼睛笑成弦月,夏风拂过她的脸颊,吹起了她鬓角的发丝。许翊垂眸看她,目光再也无法移开。

片刻后,苏糖在许翊的带领下,回到了集合地。

周祈安看到苏糖的那一刻,烦乱的思绪终于倏地散开。他走上前急声问:"苏糖,你没事吧?"

苏糖摇摇头,面上带着愧意:"不好意思,我走太远了,让大家担心了。"

"你人没事就好。"周祈安眸中带着淡淡的温存,对她说。

苏糖吁出一口气,她朝四周的工作人员道歉,随即看了眼手表,好险,距离比赛结束还有一个钟头的时间。

她将袋子里收集的石子放在桌上,火急火燎地制作女巫的头饰。随后她拿起一把喷枪,在已经穿好抹胸裙的模特身上喷上了金色漆,让她拥有金色的皮肤。

她做着特化工作时,许翊一直倚在不远处的树旁,静静地注视她,没有打扰。

忙活到最后,苏糖趁着还有时间,找了一块平坦的空地,在上面先涂上了凡士林，随后将一层黑色液体乳胶涂在地上。她涂得非常薄，以至于能够在胶干透后，随风飘动。

"你在做什么？"许翊忍不住上前问她。

"我在制作女巫的披风。"

苏糖看了一眼手表，时间差不多了，她掀起地上那片干透的乳胶材料，抖了两下，立即映现出一件黑色披风的样子。

"我厉害吧？"苏糖扬起下巴，满脸挂着小得意。

"厉害，孺子可教也。"许翊淡声说，苏糖却蓦地怔在原地。

因为几年之前，许翊也曾说过这样的话。

那天，苏糖坐在校园林荫道的石凳上，将画笔放下，瞧着自己完成的画作，笑容甜甜地问许翊："师父，你看我画得怎么样？"

"不错，孺子可教也。"那是他第一次认可她，称赞她，以至于时隔经年，苏糖仍记忆犹新。

比赛结束的口哨声骤然响起，所有特化师和模特都得集合，等待最终的结果。

苏糖三步一回头，她望向不远处的许翊，视线和他相触。

许翊伸出手指，指了指自己的胸膛，轻声道："你是最棒的。"

苏糖立刻心领神会，很有默契地懂了他的意思——在他的心里，她是最棒的。

经过漫长的等待，周祈安款款地走到众人的面前，响亮地宣读那个令人屏息期待的结果。

"冠军是——苏糖！"掷地有声的话语如击玉般瞬间打在苏糖的心上，她怔住了，随即看着周祈安走过来，兴奋地抱住自己。

周遭响起一阵阵的恭喜声与掌声，苏糖的心里雀跃不已，她终于用自己的实力证明了她是一个合格的特化师。

比赛结束后，苏糖朝众人挥手告别，旋即扬着笑，跑到许翊的身边："说吧，你的心愿是什么？"

苏糖一直记着和许翊的约定，也是因为他，她才会全力以赴地去摘夺这个桂冠。

"我原本想让你为我画一幅画，让我挂在公安局的办公室里。"

这样啊，那他这不就是睹物思人，想天天看到她吗？苏糖微微一笑，感觉自己的心像掉进了蜜罐里，甜滋滋的。

然而下一秒，她就听到许翊说："可我刚刚又改变主意了。"

"啊？"苏糖愣怔。

她抬眼望向面前的男人，他眼睛润泽明亮，眼神微妙，嘴唇翕动，半响才开口道："我……可以抱抱你吗？"

苏糖怔住了。

她突然想到了刚刚在公布比赛结果后，周祈安突然抱住自己的画面。那时太意外了，她还沉浸在得到冠军的惊喜中，没反应过来。

而如今，许翊对她这样说，苏糖的脸不禁泛起了红晕。她望进他琉璃般的眼中，里面透着她从未见过的认真，好似有什么在缱绻涌动。

"嗯。"苏糖听到自己的声音轻轻地响起。

下一秒，许翊伸出长臂，蓦地将她圈在了自己温暖的怀里。

扑通扑通……

苏糖听到了自己如擂鼓般响起的心跳声,还有许翊那轻轻浅浅的呼吸声。

他附在她的耳畔,清冽的嗓音悦耳又温柔:"苏糖,恭喜你,你果然是最棒的。"

那一刻,苏糖在心里真真切切地想,自己获得这个冠军,真的是太值了!

第七章
真心话大冒险

因为在特化比赛上得了冠军,苏糖摇身一变,从默默无闻的特化助理晋升为特化师,开始有一些公司直接找她洽谈合作。

近日以来,苏糖接了几个项目,每晚都熬夜画设计稿。为了满足甲方爸爸的一系列要求,她的眼睛熬得比熊猫眼还严重,都可以直接申请当一级保护动物了。

"我跟你说,他居然让我在狮子头上戴鸭舌帽,说这样才可爱,符合他们公司霸气又亲民的定位。你说好不好笑?还有还有,有一家公司让我做一个会呼吸的稻草人,要求很简单,就这几个字,可你说我该怎么做?"

苏糖握着手机,泄了一口气。许翊在另一头一边干活,一边听她发牢骚,不时地低声应和。

最近他俩总是这样,互相倾诉,互相鼓励,像是在工作的寒冬中获得满满的温暖。反正苏糖觉得只要听到许翊的声音,她就能够像打了鸡血般,继续努力。

有一天，许翊和苏糖聊天时，却发现她有些不对劲。

"你的声音怎么闷闷的？"许翊开口问。

"没什么啦。"苏糖放下手里的特化工作，轻声对他说，"刚刚我小姨又打电话给我了。"

当年苏糖上高一时，因为妈妈的突然离世，小姨便带着她去了香港。虽然寄人篱下，但小姨一家人始终对苏糖很好。

"她总让我回香港，说家人都在那边，彼此有个照应。但我觉得我现在已经长大了，不能一直待在他们身边，享受庇护。"苏糖有些烦恼，毕竟她想独当一面，她觉得自己就算是一个人，也可以闯出一片天。

许翊听了她的话，沉默半晌，旋即开口道："你不是一个人。"他顿了顿，"你还有我。"

"还有……裴梨他们。"许翊补充道。

苏糖一听，刚刚漾起的笑容不禁消散。她郁闷地回道："挂了。"

话音刚落，那头立刻传来了他急急的声音："别回香港。"

"别回去。"他又重复了一遍，声音低低的，像撒娇的孩子在要糖吃。苏糖还是第一次见许翊这样。

于是，她扬起嘴角，耐心地哄他："好，我不回去。"

我就在这儿，哪儿也不去。只要是你在的地方，我便一直在。苏糖默默地想。

隔天下午，苏糖突然接到了周祈安的电话。

她这才想起来，上次比赛结束后，他们就约好了今天要和其他参赛选手出来聚餐。

地点选在了市里一家生意很好的川菜店。吃完川菜火锅后，大伙嚷嚷着续摊，苏糖就跟随众人来到了附近的一家 KTV。

偌大的包厢里，有人唱着歌，其余人就开始玩"真心话大冒险"的游戏。

苏糖坐在他们中间，随意地抽了一张牌。可谁知翻开一看，真是出师未捷倒大霉，她抽中了大冒险。

苏糖呼出一口气，听着周遭的起哄声，无奈地摊了摊手，摆出一个"认栽"的表情。

坐在她对面的男生是个游戏老手，向来最会出难题。他笑着扬声道："苏糖，那现在请你找一个微信列表里的男生表白，就聊天最靠前的那一个吧。"

他说得轻巧，又不是他玩。苏糖讪讪地边想边打开微信，她列表里除了朋友就是工作伙伴，最靠前的话……苏糖刷了一下，屏幕上赫然现出许翊的头像。

苏糖摸了摸鼻尖，心想这个点，许翊可能还在加班。

大伙以为她退却了，纷纷起哄，让她赶紧加快速度。

周祈安在一旁拧起了眉，他最近几天都很少找苏糖聊微信，微微思忖后，他朝大伙开了口："要不就算了吧？"

"不行！"

"坚决不行！"

看着大家这么坚持，苏糖撇了撇嘴道："没事，愿赌服输。我向来不是会当逃兵的人，来吧！"

她话说得硬气，可当真点开微信语音功能时，苏糖的心跳还是忍不住加速。

那边很快就接通了，此时许翊正在公安局看文件，他压低嗓音，带着熟稔的语气："怎么了？"

"我……"苏糖抿了抿唇,思绪在脑海里转了转,随即眼睛一闭,心一横,脱口而出,"我宣你!"

"什么?"

许翊没听清,翻着文件的手微微一顿。坐在苏糖身旁的伙伴们也不满意,他们小声地给她纠错:"不标准,这个不标准。"

苏糖的舌头抵着腮帮子,她能够感受到自己的心脏正在扑通直跳,仿佛有只小鹿在里面横冲直撞。

她深吸一口气,半晌之后才怯怯地轻声开口道:"我喜欢你。"

话音伴随电流传递到另一边,就像一根轻飘飘的羽毛,倏地落在许翊的心上,却有着震荡心神的威力。

苏糖握着手机,见那边完全是静默的状态,她立刻想到了许翊那张向来清冷的俊脸,不禁有些急了,支支吾吾地说:"你……你别生气,我正在玩真心话大冒险呢。你不要生气好不好……"

她越说越小声,语气有点求饶的意味。她是真的很怕许翊会生气,因为她家的许警官可是超难哄的!都怪这些坏人。

苏糖倏地抬头向面前起哄的几个人投去一记自以为很狠厉的眼刀。

可下一秒,她听到许翊清冷微沉的声音从手机里传来:"你现在在哪儿?"

十分钟后,当许翊找到那家 KTV 的所在位置,一推开包厢的房门,就看见苏糖脸颊微红,倚在沙发上,带着明显的醉意。

她是出了名的半瓶倒,刚刚被人起哄玩游戏,喝了几杯就不行了。周祈安原想劝苏糖,给她当黑骑士,可她全都拒绝了,将那些酒照单全收。

她真的以为她是小霸王,很霸气吗?许翊费神地扶了扶额头。

他走近苏糖,坐到她的身边。察觉到旁边的沙发微微凹陷,苏糖抬眸一看,见是许翊,立刻眨着亮晶晶的眼睛朝他傻笑:"许翊,你来啦!"

话音刚落,话筒声传来:"下一首,苏糖点的歌,是一首男女对唱的情歌。"

"周教授和苏糖一起唱吧!"

"对啊,对啊!"

周遭响起了此起彼伏的起哄声,苏糖觉得有点吵,胡乱地挠了挠耳朵。

周祈安朝她走近,旁若无人地柔声道:"苏糖,我陪你唱吧,唱完这首歌,我送你回家……"

"我送就可以了。"许翊微绷着脸,打断周祈安的话。

周祈安看向他,脸上带着笑,可眸中毫无情绪:"许警官事务繁忙,还是回去工作吧。"

"不必了,刚好我也想唱歌,这首就由我和苏糖一起唱吧。"许翊毫不犹豫地说,旋即转头望向苏糖,微微勾起嘴角,"苏糖,可以吗?"

他琉璃般的眼睛灼灼地看她,眼波激滟,眸色动人。

苏糖哪里抵挡得住他这样的诱惑,她立刻扬起甜甜的笑,糯糯地点头道:"好哇!"

他们坐在沙发上,注视着对方,自在地吟唱。待到一曲唱毕,许翊搁下话筒,看到周祈安正坐在旁边喝闷酒。

苏糖凑到许翊的身边,朝他道:"许翊,我们回家好不好,我想睡觉觉。"

她喝醉酒的样子好乖,一点都没有耍酒疯。如果说她平常像只闹腾的小猫,现在的她则更像是一只柔软的小白兔。

许翊忍不住伸手揉了揉她头上的碎发,下一秒,他用余光瞥见周祈安朝他投过来的眼神。许翊眨了眨眼睛,不禁启唇道:"苏糖,你之前说谁是你的男神?"

"你啊!"苏糖毫不犹豫地说。

"那我是你唯一的男神吗?"

"嗯,唯一。"苏糖很认真庄重地点了点头。旋即像是想到了什么,她突然晃晃悠悠地唱起了歌——"唯一。Baby,你就是我的唯一。两个世界都变形,回去谈何容易。"

看来真的是喝醉了。许翊轻轻地摇头,嘴角却禁不住地往上翘。因为刚刚苏糖的回答,让他觉得很受用。

出了KTV的包厢门,许翊揽着苏糖一路走,直至进了他的车子里。

他倾身上前,帮她系上安全带,刚准备扣上,却听到身侧的女孩喊自己的名字:"许翊。"

她微合着眼皮,红润的唇张了张,像是撒娇般呢喃。

许翊的心跳像是漏跳了一拍。他系着安全带的手微微一顿,他看着眼前近在咫尺的女孩,她皮肤白皙,双颊透着浅浅的红晕,身上萦绕着一股很好闻的牛奶味,伴着淡淡的酒香,让人不禁想要沉沦其中。

许翊的喉结滚了滚,他虚压着她,温温热热的气息喷在她的脖颈间。下一秒,身侧的女孩忽然摸了摸脖子,意识模模糊糊地吐出一声:"痒。"

许翊的理智微微收拢,他蓦地从她的身旁退开。他深呼吸了两下,最终呼出了一口气:"苏糖,你以后不能再喝这么多酒了。"不然,他怕自己会忍不住。

不知道是巧合还是她真的听到了，坐在副驾驶座上的苏糖半梦半醒地点了个头。

许翊见状，微微沉吟，半响才朝她轻声道："下次要唱情歌，只和我一起唱吧。"

安静的车厢里响起他清冽而低醇的嗓音，可再也得不到回应，少女已然进入了甜美的梦乡。

周末的早晨，艳阳高照。

苏糖醒过来时，和煦的阳光正好透过窗户洒了进来，跃在她的眸上。

苏糖有些不适地揉了揉眼睛，迷茫地望向四周，发现自己躺在家里的床上，身上还换了新的睡衣。

苏糖有些恍惚，她在脑海里回放了下昨天的画面，许翊来KTV找她，然后他们好像一起唱了歌，再然后呢？

她垂下头，默默地看了一眼自己身上的睡衣，旋即瞪大眼睛，好像想到了什么不得了的事情！

她抓着白色床褥的手微微一紧，刚准备翻身下床，房门却倏地被推开，露出了裴梨那张似笑非笑的脸。

裴梨迈步走进房里，端着盘子，将煮好的醒酒汤放在一边，语气里带着揶揄："我的大小姐，你终于醒了，你昨晚到底喝了多少酒啊？"

"没多少啊。"苏糖揉了揉酸胀的脑袋，讷讷地问，"我怎么回家的？睡衣也换了。难道……是许翊帮我换的？"她小心翼翼地问，抿着唇，露出一副小媳妇的羞赧表情。

裴梨垂眸看她，不禁摊了摊手："不好意思，让你失望了，是我帮你换的。"

她假装没看见苏糖情绪复杂的样子，将那碗醒酒汤端到苏糖面前，眼底藏笑道："昨晚许翊在你的包包里没找到钥匙，又不知道你家的密码，就打电话问我，所以我就赶过来了。"

"你说，我是不是你的中国好闺蜜？"

"是，简直太是了，用不用我为你颁个奖？"

裴梨看她一脸不情不愿的样子，不禁失笑："你可长点心吧。我看他对你紧张得很，才不会乘人之危呢。"

"那可不一定。"苏糖鼓了鼓嘴。

"为什么？"

"因为我美若天仙，让人无法抗拒啊。"苏糖双手托着下巴，捧起自己的素净小脸，眼里灿若星辰。

裴梨呕。

苏糖见状撇了撇嘴，说："你真是不解风情。"

说完她讪讪地摇了摇头，随即直起身子，换上一副正经的模样，下床刷牙洗脸，还听话地将裴梨煮的醒酒汤喝了。

因为是周末，裴梨和苏糖不用上班，所以两人就慢悠悠地一起煮了个番茄肉酱意面，还有蔬菜汤当早餐。

吃饭的时候，苏糖忽然露出一脸玩味的笑，正经不过三秒。

她眼珠子转了转，咬着筷子问："哎，大梨子，你平常喜欢去什么地方玩啊？"

裴梨的蛾眉下意识地挑起，每次苏糖这么叫她时，准没好事，不是有求于她，

就是想让她陪着去干点什么神神秘秘的事情。

裴梨一直记得,有一年除夕夜,她大晚上被苏糖从家里拉了出来。彼时她笑靥粲然地说:"大梨子,我们一起去放烟花吧!"

本市是禁止燃放烟花爆竹的,裴梨不敢,可苏糖向来是天不怕地不怕的性子,苏糖兴奋地拉着她一起跑到街边,怂恿着她和自己一起点仙女棒,可她们还没点着,就被附近巡逻的警察抓了个正着。

到现在为止,裴梨都一直记着那种被"警察叔叔教育"的恐惧。于是,她放下手里的筷子,面露警惕地问苏糖:"你想干吗?"

"就是……我突然很想了解一下你嘛。你跟我说说你具体的兴趣爱好,最喜欢什么食物啦,什么颜色,什么运动之类。"

语毕,苏糖忙不迭地拿出一支笔和小本本,准备认真地记下来。

"我大概的爱好,你不都清楚嘛。"裴梨不解。

"不行,彭风驰让我跟你要具体的信息。"苏糖一边握着笔在纸上画画,一边随口说道。

话一出口,她立刻噤了声,捂住了自己的嘴巴。

糟了,说漏嘴了!

裴梨微微眯起眼,手指向她,像审犯人似的:"说,你为什么这么听他的话?"裴梨不信,向来独占鳌山当霸王的苏糖,会这么轻易地满足别人的要求。

"就是……他答应我,如果我把你的信息给他,他就给我许翊的,我俩互相交换。"苏糖越说越小声,余光偷偷地瞥向裴梨,暗中观察她的表情。

果然,裴梨一听立刻炸了:"你……你们这是狼狈为奸!"

最近几天,彭风驰对裴梨展开了热烈的追求。裴梨知道他向来是"万花丛中过,全都不错过"的主儿,所以她不敢答应他。即便彭风驰使出浑身解数,她也不为所动,不因他的追爱攻势而折腰。

苏糖抿了抿唇,朝她弱弱地反驳:"我们这不叫狼狈为奸,顶多叫……爱的联盟。而且我觉得,他对你挺认真的。我听许翊说,彭风驰从没对一个女孩子这么上心过。"

这段时间以来,听说彭风驰三不五时地就跑去裴梨的报社,给她送花送礼物,蹲点守候她下班,给她讲笑话说段子,用尽全力逗她开心,满足她的一切要求。

苏糖知道裴梨对待爱情,不像她表面上那样柔柔弱弱,她其实很有自己的主见。无论如何,苏糖都希望她能幸福。

所以,苏糖一改往日的疯癫闹腾,耐下性子,平心静气地问裴梨:"那你对他到底什么心思?"

裴梨沉默半晌,她回想起彭风驰那张不羁的笑脸。他好像从不将自己的烦恼示人,活得潇洒又自在。

当裴梨做成一个难办的采访时,他会在旁边替她开心;而当她写的采访稿不如意,被领导批评时,他又会悉心地安慰她。

只要有他在,仿佛就有了一针快乐的安神剂。一想到这儿,裴梨不禁苦恼道:"我也不知道。"

她不知道彭风驰对自己而言意味着什么,可如果没有彭风驰,她觉得自己的生活估计就缺少了很多颜色。

所以,她思忖再三,对苏糖说:"我最喜欢的颜色是橙色,最喜欢的运动

是瑜伽,最想去的城市是瑞士的苏黎世。"

她想,无论怎样,听从自己内心的声音吧。在这一刻,她想告诉他,自己的一切。

隔天下午,苏糖从彭风驰那儿得到了许翊的详细信息。

她盯着手机屏幕傻笑了好久,最后她的视线定格在了信息的最后一行——许翊最喜欢的书:《存在与时间》。

这是什么书啊?苏糖挠了挠头,知识储备不足的她立刻振奋精神,打开"度娘"开始搜索,力求接近许翊的思想境界。

可她刚翻了几页电子书,就不禁泄了气。

苏糖有些怀疑人生,这个叫海德格尔的哲学家好像跟她不太对路,他写的这本哲学著作里面的字她都认识,可连在一起,她就看不懂了。

"男神果然是男神,不是我等凡人能够随便染指的。"苏糖摇了摇头,忽然像瘪了的气球,瘫倒在沙发上。

可片刻后,她又重新从沙发上直起了身子,心想她苏糖是谁,怎么能够这么容易就轻言放弃呢!

你以为她会因此用尽全力去学习这些难懂的哲学知识吗?她又不傻。

苏糖摸了摸自己的小脑袋,她决定,为了正视自己的心意,同时表达她的诚意,还是直接去书店购买海德格尔的书籍,当作礼物送给许翊好了!

这么一想,苏糖的心情愉悦了不少。她满心欢喜地去书店挑好了书,旋即脚步轻快地踏上回家的路。可刚拐进家门前的一条小巷子,苏糖脸上的笑意不禁松了松,因为她隐隐约约听到了一阵奇怪的口哨声。

苏糖蓦地回头，空荡荡的巷子里没有任何人影。她觉得有些奇怪，原以为是自己的错觉，可接下来连续几天，每回她下班回家，都感觉身后好像有人在跟踪她。

彼时夜幕沉沉，月上树梢。

苏糖疾步走在回家的路上，又要经过那条狭窄的小巷。她越想越忐忑，刚想全速通过，却看到远处有一道漆黑的人影，像鬼魅般在晃动。

苏糖登时倒吸一口冷气，赶紧转身疾疾地朝反方向跑，她想跑出巷子去临近的大街，那里有走动的行人和明亮的街灯，方便她求救。

苏糖的身子微微颤抖，脚步不停，奋力向前跑，可还是明显感觉到身后的人影离自己越来越近。

须臾间，苏糖感觉到背后有一股劲风袭来，那人伸手搭上她的肩。苏糖蓦地转身，心一横，猛地就对准那人的手臂狠狠地咬了下去。

伴随"嘶"的一声，来人清冽的声音蓦然响起："你怎么咬人啊？"

苏糖抬眼定定地望向他，瞬间怔在原地。她喃喃地开口："许翊。"

许翊垂眸，看着面前的少女睁着湿漉漉的眼睛，像一只受惊的小兔子。他眉梢微微皱起，不禁问："怎么了？是不是我吓到你了？"

许翊原本想着苏糖最近整日早出晚归忙工作，怕她的身体吃不消，于是去她平日里最喜欢吃的那家饭馆打包了一份热腾腾的香粥，想给她当夜宵吃。可他在对面的巷子口驻足多时，视线里终于迎来少女的身影，她却径自跑开了。他疑惑，只得倾身追上前。

"我没想到你跑这么快，我差点追不上你。"

还不是因为满满的求生欲嘛。苏糖叹了一口气。

许翊看着她心有余悸的样子,不禁有些心疼,抬起手轻轻地揉了揉她头顶的碎发,语调低沉又温柔:"没事了,有我在,别怕。"

苏糖看着他,心里慢慢地放松。片刻后,她重新换上了以往的笑颜,问他:"你刚刚说差点追不上我,那如果我跑得慢一点,你能来追我吗?"

她的眼里泛着期待的光,伸手怯怯地拉住许翊的衣角,小声地嘟囔:"其实我很好追的。"

苏糖以为自己的意思已经表达得很明显了,她就差在自己的脑门贴上一张粉色字条,上面写着:你的小可爱已经上线,赶紧来撩!

可惜,许翊的脑回路明显异于常人。他微微沉吟,旋即开口道:"被我追……一般不是什么好事。"

苏糖:"?"

许翊:"因为我一般都是追逃犯的。"

苏糖:"好的,我知道了。"她郁闷地咬了咬牙,蓦地甩了他的衣角,佯装面无表情地往家里的方向走去。

许翊看着她疾走的身影,眼角偷偷地弯出一个笑。他迈开长腿,绕到她面前,挡住她的去路。

许翊弯下腰,直视她,眸中藏着细碎的笑意:"那你还让不让我追了?"

"不追了,不追了!"苏糖生闷气,推了他一把,可谁知他立即"啊"了一声。

"怎么了?"

"疼。"他按着手臂,是她刚刚咬到的那个伤口,上面还有淡红色的咬痕。

苏糖鼓了鼓腮帮子,突然气自己刚刚怎么咬得这么卖力。她陷入自责,以至于心里刚藏着的那些闷气,立刻就烟消云散了。

回到家后,苏糖连忙拿出医药箱为许翊擦伤口。

明亮的白炽灯照得她那张小脸更加白皙透亮。苏糖轻轻地朝许翊的手臂呼了呼,自言自语道:"没事的,呼一呼,很快就不疼了。"

她伸手刚想查看他的伤口,许翊却拉住了她的手,低声说:"不疼了。"

"嗯?"

"有你帮我呼一呼,就不疼了。"许翊目光如水地看她,随即扬起清隽的笑。他牵着她的手,将她带到餐桌前坐下。

他将打包好的粥倒在碗里,不紧不慢地对苏糖说:"粥得趁热喝。"

温热的香粥递到她的面前,可苏糖没有动碗筷。许翊面露疑惑,只见她抿了抿唇说:"你也吃。"

他最近工作也很忙啊,苏糖希望他也能多补充点营养。

"好,一起吃。"许翊顺从地点头。

片刻后,他们将粥吃得干干净净。许翊见时辰不早,刚想离开,苏糖却拉了拉他的衣袖。

许翊回眸,见面前的少女怯怯地说:"我有东西要送给你,在那边。"

许翊顺着苏糖手指的方向,踱步上前。打开一看,只见袋子里放着几本书。他随手拿起一本,不经意地念出了书名,语调有些怪怪的。

许翊:"《警官大人不可以》?"

苏糖听完,肩膀不禁一抖,她"啊"了一声说:"不是这本!这是我自己想看的。"

她连忙跑到他跟前,着急地朝他伸出手:"你把书给我吧,我帮你换一本。"她想送给他的明明是超正经的哲学书啊!

许翊看着她紧张的神色,不禁挑了挑眉,将书本揣在怀里,眼中带着点意味不明的笑:"如果我不给呢?"

"那我就抢!"苏糖伸长了手臂,可谁知许翊蓦地将书抬向空中。他手长脚长,苏糖根本不是他的对手,她踮起脚尖,使出了吃奶的劲儿还是够不着。

许翊低垂眼眸,笑意盎然地看她。可谁知苏糖眼珠转了两转,竟一脚踩到了旁边的沙发上,想伸手抓住那本书。

许翊怔了怔,下一秒他反应敏捷地将书藏在背后。苏糖咬了咬下唇,气得跺脚,心想果然没办法和警官斗武力值。

既然如此,那她只能智取了!

苏糖踩在柔软的沙发上,伸手搭上许翊的肩膀,她的声音像刚做好的威化,酥酥脆脆的,还带着几分撒娇和委屈:"许翊,求你给我啦。"

她纤细的小手缠上他的脖颈,微微凑近他。许翊可以清晰地看到她那张粉嫩的小脸,浓密卷翘的睫毛扇了两下,樱桃色的唇瓣微张着,带着一种不言而喻的魅惑力。

许翊静静地看她,眼神逐渐变得深邃而炽热。苏糖和他对视,感觉到他的脖颈热得发烫,向来有贼心没贼胆的她不禁往后缩了缩,可面前的男人却伸出了温热的手掌,蓦地掐在她的腰间。

苏糖一怔,下一秒,许翊轻而稳地将她从沙发上抱了下来,那一瞬,她的脸噌地红了。

屋内气温不高,但因为旖旎的气氛,让人热得有些透不过气来。苏糖佯装不经意地扇了扇风,许翊也沉默。

半晌,他打开了话匣:"我来看看,你究竟为什么不让我看这本书?"

他随手翻开,刚看了两行,他的喉结不禁滚了滚,再次陷入沉默。

苏糖好奇,将他手里的书蓦地抢过,只看了一眼里面的文字时,她的脸瞬间更红了。

许翊轻咳了两声:"你的小脑袋瓜子里,究竟装着什么?以后别看这种书了。"

苏糖怯怯地低下头,刚准备接受他的批评,可下一秒,男人低哑微沉的声音缓缓响起:"这本书不科学,警官的体力没那么差。"

警官的体力没那么差……苏糖在脑海里重复着这句话,那一晚,她的脸完全烧成了火烧云,躺在床上来回翻动,辗转难眠。

苍天啊,她真的不知道该怎么办才好了啊!

不久后,苏糖为了成立自己的特效化装工作室,从刘誉的特化中心辞职出来单干,用自己这几年攒下来的钱租了一间小公寓。

她决定孤注一掷,正式成为一名步上正轨的专职特化师,努力地朝自己梦想的方向前进。

为了给工作室注入新鲜血液,苏糖在网上发布了招聘广告。刚发出去没多久,某天苏糖正在工作室里做着特化工作,耳畔就传来了一阵熟悉的女声。

她抬头一看,竟是花花,还有两个以前在刘誉的特化中心和苏糖要好的伙伴。他们得知苏糖的工作室刚起步,纷纷表示想投入她的阵营,希望能为她

助力,共同创造出一片新天地。

于是,大伙开始紧锣密鼓地继续招兵买马,他们将简历进行筛选,最终将应聘者全都约在同一天统一面试。

让苏糖惊奇的是,在这一群面试者中,竟遇见了当年跟在她身后撒欢玩闹的一个叫小虎的小屁孩。

谁能想到,当初聿京高中威名赫赫的"小霸王"苏糖摇身一变,成为职业特化师,而整日缠在她身边、让她给自己买冰棍吃的小虎也已然成了一名艺术系的大学生。

苏糖发现,小虎对特效化装有着自己独特的见解,在校成绩优异,做事也肯吃苦耐劳,所以她最终敲定了他和另一个女生。

苏糖笑着将小虎送出工作室的门时,正好撞上进门的许翊。

他捧着一束向日葵,递给苏糖,眉目温柔地说:"开业快乐。"

因为前阵子许翊出差去外地执行任务,所以今天才有空过来向苏糖祝贺。

苏糖嗅了嗅沁人的花香,心情十分愉悦:"你人来就好,带什么礼物啊。"她话虽这么说,嘴角却止不住上扬。

许翊垂眸看她,两人相视而笑,眼中都只有对方的身影。气氛正好时,一个稚嫩的男声忽然响起:"糖姐,我觉得这哥哥怎么瞧着有点眼熟啊?"

小虎向来虎头虎脑的,没什么眼力见,但自诩记性还不错。小虎朝许翊上下打量,可就是想不出在哪儿见过他。

许翊见状,微微敛眉,朝面前的小男生道:"抱歉,我好像没见过你。"

小虎纳闷,不禁摸了摸脑袋。苏糖看着他绞尽脑汁的样子,便将花递给了许翊,对他说:"你先帮我把花儿插在我办公室的花瓶里,我再和新同事说几句话，待会儿就过去。"

"好。"

待到许翊走开后，苏糖才吁出一口气，她朝小虎解释道："你没记错，你们确实见过。你还记得我们上学的时候，曾在学校附近的小巷子里堵过人吗？就是他。"

"哦！对对对！"小虎恍然大悟，"糖姐那时候想泡男人，就是跟这个哥哥要过电话！"

闻言，苏糖立刻敲了他一记栗暴："什么叫我想泡男人？我那是替我闺蜜办事，顺便增进一下与男同学之间的感情交流罢了。"

"这样啊。"小虎半信半疑地看苏糖，随即见她老神在在地摆了摆手："是啊！所以呢，他不记得你也是正常，毕竟他连我都忘了。"

苏糖呵呵了两声，小虎立即瞪大双眼，十分吃惊地说："不会吧！糖姐，这个哥哥是不是失忆了啊？"

"别乱说话。"苏糖撇了撇嘴，却听小虎忙不迭地说："我没乱说啊，要不然，他怎么会忘记糖姐你呢？糖姐你的美貌可是让人一眼难忘的！"

这彩虹屁夸得她倒是觉得格外动听，苏糖笑着拍了拍小虎的肩膀："小子，算你嘴甜。"

她笑了一阵，突然就生出了一个惊诧的想法，许翊不会真的是失忆了吧？她怎么从来没想过这个问题呢？

顷刻间，苏糖立即在脑海里上演了一出八点档的狗血剧。

待送小虎离开后，苏糖赶紧跑进自己的办公室找许翊。

刚推开门,只见房间里的男人身姿挺拔,正静静地站在窗前,悉心地给花瓶里的向日葵浇水。

从她的角度望过去,可以看见有阳光跳跃在他柔软的黑发上,像是镀了一层镏金色的光,衬得他眉眼如画,明朗温柔。

要是他真的失忆了,或者有什么病情上的难言之隐,苏糖决定,就算砸锅卖铁也要养他一辈子!

想毕,她觉得自己的逻辑上好像有哪里不太对劲,可是管他呢,只要能够一直陪在他身边,照顾他就好。

苏糖笃定地点了点头,抬脚走到许翊身边,试探性地开口问:"那个……你以前有没有出过车祸?或者出任务的时候被人打伤,然后摔倒撞到石头上之类的?"

"你想问什么?"许翊有些疑惑,不知道她的小脑袋瓜子又在想些什么东西。

"我就是想问,你……有没有失忆?"苏糖的表情极其认真,注视他的眼睛一动不动。

下一秒,她看见许翊蓦地失笑:"我的记性向来不错,枪支弹药的型号规格能够倒背如流。就算不是这些,我还可以给你背一首读书时候学过的古诗,就《出师表》怎么样?"

好似为了证实自己的记忆实力,许翊随口背道:"先帝创业未半而中道崩殂……"

他自顾自地背着,苏糖越听脑袋耷拉得越低。她还宁愿他失忆呢,这样才不会显得自己那么可怜,那么容易被他遗忘。不对,呸呸呸,她怎么能这么想呢？苏糖看向许翊，她就站在他的旁边，距离不远不近刚刚好，是"友达以上，恋人未满"的亲密距离。这样就挺好的了，苏糖在心里默默地想。

于是她扬起笑，问他："不是中道驾崩吗？先帝创业未半而中道驾崩。"

许翊："……哪个老师教的你'中道驾崩'？"

"古装剧里面都这么演的啊。"苏糖睁着杏眼说，"那些电视剧里的太监都会那么喊：'娘娘，皇上驾崩了！'然后那个丧钟就哐哐哐地响。"

许翊微微一噎，旋即伸出手，轻轻地点了点她的小脑袋："你少看点电视剧，多读点书吧。"

"哦。"苏糖摸了摸自己的额头，上面还留有他的余温。她的眼睛和他对视，只见他的眼眸中映现出她的样子。那一刻，苏糖觉得自己仿佛是他世界里唯一的光影。

这样就很好了。苏糖想，当一个感恩满足的姑娘吧，运气一定不会太差。

第八章
想念你，如隔多秋

时光飞逝，转眼间，万圣节就到来了。

市里的星河广场举办了一场全民狂欢的万圣节派对。

为此，苏糖召集了工作室的小伙伴们一起去参加万圣节活动。她给自己化了一个女巫的装，戴上尖尖的女巫帽，还披上了黑色的斗篷。

倒腾了好一阵，当晚苏糖带着花花和小虎他们，雄赳赳气昂昂地来到了星河广场。

广场上灯火璀璨，人潮熙攘。街上来来往往的人都穿着奇装异服，带着诡异的妆容。

有商家在现场做活动分发糖果。苏糖挑了几颗太妃糖塞给小虎他们吃，随后独自一人走到角落，掏出手机给许翊打电话。

等了一阵，电话没打通，自动挂线了。苏糖又试了一次，还是没打通。她焦急地蹙起了眉，旁边的小虎突然凑上前来拉苏糖，嘴里叫嚷着："糖姐，糖姐，快跟我来！"

苏糖被他扯到一个占卜摊边，她抬眼一看，只见摊上坐着一个化着僵尸装的人,面前摆着一颗水晶球。那人闭着眼睛,装腔作势地摸着水晶球,嘴里念念有词。

小虎兴奋地说:"糖姐来玩吧,我们刚刚都测过了,感觉好像挺准的。"

"没心思。"苏糖讪讪地摆了摆手,心里还在想许翊的事情,却听到那个占卜师开口道:"姑娘,你是不是在想你的有情人啊?"

苏糖心里咯噔一响,睨了他一眼:"你怎么知道?"

"我的水晶球什么都知道。"占卜师故作深沉地说,"你在桌面上随便抽一张牌,我帮你测测未来的运势,如何?"

苏糖看了他两眼,倒生出了一点兴趣,心想就让他测测呗。

她随手抽了一张牌,对面的占卜师看了几秒牌面后,就径自闭上眼睛,摸了摸他的水晶球,嘴里嘀嘀咕咕地说着苏糖听不懂的咒语。

半响,占卜师掀开眼皮,瞪大眼睛对她说:"你这是大凶之兆,未来的很长一段时间,可要多加小心。"

语毕,周遭好似有一阵冷风吹起,苏糖顿时觉得脊背有些发凉。她佯装无所谓地撇了撇嘴:"不可能,我才不信呢。"

可是,她握着手机的手还是禁不住微微一颤。苏糖的心里确实有些后怕,因为许翊已经连续三天没有跟她联系了。她几次打电话给他,他都没有接。

不会真的出了什么事吧?苏糖越想越担心,回去的路上也是行色匆匆,完全心不在焉。

她一个人神思恍惚地走在回家的路上时,还在想着,明天一定要找个时间去公安局问问情况。

正思索着,苏糖就听到有人喊自己的名字。她抬眼望去,只见不远处昏黄

的街灯下,那个她心心念念的人就站在她家的楼下,驻足等待着她。

"许翊!"苏糖怔然,她快步跑上前去,一把抱住了他。

许翊的手僵了僵,抱着她软软的身子,能够明显感觉到她在微微地颤抖。

他蹙起眉,不禁伸出手轻抚她的后背,眼里满是心疼:"不好意思,害你担心了。"

最近许翊进行了为期三天的封闭集训,去特警基地训练一批新入职的警察。因为是上级临时通知,他的手机立即被收走了,所以没来得及和苏糖说明情况。

苏糖仰着脸,水灵灵的眼睛望着他,喃喃地说:"那你现在是不是不用封闭训练了?"

"嗯。"许翊点点头。特训任务一结束,他就马上跑到她这儿来了。

苏糖看着他毫发无损的样子,微微松了一口气,转念想了想,又咬牙切齿地说:"都怪那个道士,哦不对,是僵尸。"

她语无伦次,有些心急。许翊垂眸看着怀里的她,虽然她穿着女巫的宽松外套,但身子小小的,脸也小小的,身上还带着好闻的牛奶味。他不禁嗅了嗅,勾起嘴角道:"别着急,你慢慢说。"

苏糖哼了一声,义正词严地向他打"小报告":"反正就不是什么好人,他吓我,说什么我未来会遇到灾难。"

"没事,有我在,别担心。"许翊柔声宽慰她。

苏糖心下放松了些,她乖乖地点头,可忽然发现自己竟还靠在许翊的怀里。她的脸不禁红了红,默默地抽回手,从他的怀里退了出来。

许翊抿了抿唇，沉默半晌，他说："我该走了。"

"这么快？"苏糖下意识地说，可说完她就有点后悔了。她虽然舍不得他，但表现得也太明显了，一点都不矜持，不符合她温柔贤淑的气质。

虽然她每次在裴梨面前这样自诩，裴梨都会朝她摇头，说她对自己可能有什么误解，说她不符合这种人设。

"你千万不要压抑你自己，就尽情释放自我好了！"

耳边响起裴梨曾跟她说过的这句话，苏糖突然决定，她应该听从裴梨的意见，释放一次。

于是，她伸手拽住许翊的衣袖，咬了咬下唇说："你可不可以再陪陪我，我都三天没见你了。"

一日不见，如隔三秋。她这都过去好多个秋了。

许翊："我……"

看着他支支吾吾的样子，苏糖明白了，她支起了手，别过头道："算了，没事。我还是自己回家吧，我刚好想起我也有其他事要做。"

她可不想就这样被他拒绝，她要守住她女生的尊严，呜呜呜。苏糖在心里流泪，可刚流了两滴，就听到许翊说："不是，我得回公安局一趟。最近市里出了新的案件，刚刚一结束训练，领导就在催我，让我回去看看。"

许翊耐心地跟她解释，然后轻声道："等过两天，等我一有空，就来找你好吗？"

"嗯。一言为定。"苏糖伸出小拇指，要和许翊拉钩。他自知磨不过她，伸手拉住她的手指，两人用大拇指盖了个"章"。

莹白的月光下衬着一对俪影。

男人目光宠溺，女人目光熠熠。

苏糖原想换个台历本，只要能够和许翊见一面，就在上面打个钩，让时间见证他们的进展。

可没承想，这才过了不到一天，隔天下午就有警察打电话给苏糖，让她去公安局一趟。

苏糖来到公安局时，朝四周张望了一下，没瞧见许翊的身影。按照刚刚的电话内容，她得去找那个打电话给她的李警官。

等她找到那人，坐在公安局的桌前时，这个穿着警服的男人对着她一副公事公办的冷硬口吻："苏小姐，昨天我们在星河广场上发现了一只被砍断的手臂，经过查验，上面有你的指纹。我们怀疑，你和本市最近发生的一起少女失踪案有关。"

"手臂？"苏糖想了想，她忽地记起昨晚她走得急，确实在广场掉落了一只特化的假肢。

她不禁失笑："那是假的。"

苏糖刚想跟他解释，可谁知对方是个认死理的愣头青。他蓦地将那只假肢摆到她面前，厉声道："你自己看看，这肤色、纹路还有手感，怎么可能是假的！苏小姐，我劝你速速招供！"

招供？苏糖气笑了，她没想到自己的特化技术这么好，足够以假乱真。

恰好此时，许翊和陆勇他们做完任务回来了。

许翊甫一抬眼，就看见不远处，少女坐在公安局的桌前，懒散地跷着腿。她伸手拿过桌上摆放的一把剪刀，对面的警察想把她拦住，她却掷地有声地说：

"我证明给你看。"

语毕,她三两下就把摆放在她面前的那只"手臂"剪开,露出了里面的材料。

她递到那人的面前,不紧不慢地说:"这里面都是乳胶材料,能看不能吃,吃完会拉肚子。你说人肉煮熟吃了会拉肚子吗?"

听到她的话,那个警察的脸上登时红一块紫一块,半晌说不出话来。

陆勇在旁边不禁憋笑出声,他朝许翊说:"苏糖的胆子也太大了,看把小李尴尬的,我得去帮帮他。"

他抬脚刚想走过去,许翊便拦住了他:"我去。"

陆勇张了张嘴巴,心想许队原来这么有同事爱,平常居然没看出来。

谁知下一秒,许翊就淡淡开口道:"我得去帮帮苏糖,不能让人欺负她。"

陆勇:"?"

明明是她欺负人家,哪里有别人欺负她的份。这护妻也不能这么护啊,讲点道理好不好?

苏糖替自己讨回了公道,刚想开口让对面的警察给她道歉,耳边突然传来了一阵脚步声。

她一回头,就撞上许翊那琉璃般的眼眸。苏糖的眼睛亮了亮,下一瞬,她不禁垮了脸,噘着嘴对许翊说:"那个人吓我。"

李睿看着面前的女生伸手直直地指向自己,她的脸上挂着几分委屈,感觉眼泪都快掉下来了。他不禁瞠目,心想这姑娘变脸也变得太快了吧?

许翊吁出一口气:"是我的下属办事不力,我替他向你道歉。"说完,他又侧过头,冷冷地看向李睿,"下次工作做严谨了才可以传召,自己写好检讨书,下班前送到我办公室。"

语毕,他迈开长腿,走到苏糖面前,柔声道:"我先送你回去。"

看着他俩走出公安局的大门,李睿还没缓过神来。他觉得自己的队长现在好像也学会变脸了。他跟自己说话时像是一块冰块,可怎么跟那个苏小姐说话,就立刻变成温柔体贴的模样。

"这就叫妇唱夫随。"陆勇不知道什么时候站到了李睿的身边,他双手环胸,一副老神在在的样子,对李睿说,"你知道许队天不怕地不怕,最怕什么吗?"

"什么?"

"最怕媳妇受委屈。"陆勇意味深长地看了李睿一眼,随即语重心长地拍了拍他的肩,呼出一口气道,"保重,兄弟。"

那一刻,李睿终于意识到了什么。

他突然好想掏出手机,到知乎上发一条提问——得罪领导未来老婆该怎么办,在线等,急!

二十分钟后,苏糖被许翊载到了家门口。

许翊帮她打开车门,对她说:"最近局里正在调查一起少女连环失踪案,你一个人出门在外,一定要多加小心。"

闻言,苏糖突然想起,她之前一直觉得回家时有人跟踪她,会不会刚好就是那个犯人在尾随她?

她将心中的担忧说了出来,许翊听完,立即开口道:"那我以后接你上下班吧。"

"好哇!"苏糖眉眼一弯,瞬间笑成月牙儿。

"那明早八点,我在楼下等你。"

"嗯!"她欣喜地应道。

那天晚上,苏糖一想到以后每天都能见到许翊了,不禁高兴得在床上打滚,差点一晚上睡不着觉。

隔天清晨,苏糖早早地就起床,她给自己倒了杯白开水,就着两块饼干吃了下去。随后,她从房间的衣柜里挑出了一件红色高腰连衣裙,衬得她唇红齿白,纤细又好看。

苏糖将平常穿的小白鞋放进鞋柜里,换上了一双水钻高跟鞋。

她看着全身镜里的自己,漾起了甜甜的笑。如果让她给自己今天的装扮打分的话,她会打九分。至于剩下的一分,她要看许翊的反应。

苏糖迈着轻盈的步子,满心欢喜地下了楼,一抬眼,就看到了站在对面街边的许翊。

他倚在车门处,一派自在慵懒的模样。苏糖走到他面前,提起裙子,扬着笑问他:"好看吗?"

周遭几个路过的男人纷纷回头看,还有人油油腻腻地朝她的方向吹了一声口哨。

苏糖的注意力都放在许翊的身上,没留意,许翊却发现了,眉头深深地蹙起。

"不好看吗?"苏糖等了片刻,见他没反应,不禁抿了抿唇。

"嗯。"许翊看了她一会儿,别过眼,不自在地说,"太短了。"

苏糖想了想,才意识到他说的是裙子太短了。她不禁反驳:"这都过膝盖了,不算短啊。"

"回去换。"言简意赅的三个字,毫不犹豫地从他嘴里吐了出来。

苏糖觉得有些憋屈,她这可是精心挑选,刚换好的。她不禁鼓了鼓嘴:"我不服!"

"你想让嫌犯注意到你吗?"许翊冷冷地看她。

又是这副高冷的样子,苏糖咬了咬下唇,可心里知道他说的是对的,特殊时期还是谨慎为好。所以她最后还是不情不愿地上楼换了卫衣和牛仔裤。

换好后,许翊朝苏糖上下打量了一阵,又看了看周遭路人的反应,果然没有人再色眯眯地朝苏糖这儿看了。

他满意地点点头,看着他突然露出开心的样子,苏糖简直一头雾水。

上车后,许翊拿起一袋早餐,递给了苏糖。她打开一看,里面有两个肉包子和茶叶蛋。

苏糖讷讷地说:"我吃过了。"

"吃了什么?"

一听他这么问,苏糖不禁有些支支吾吾:"水……还有饼干。"

许翊微微叹了一口气,表情变得认真又严肃:"早餐很重要,你一定要好好吃早饭。以后你的早餐我都包了。"他语气里带着些许不容置疑的霸道,可苏糖的心却突然放了晴。

她不知道自己这是怎么了,连被训都觉得好开心。

而后几天,苏糖每天都在许翊的"监督"下,穿得严严实实的。

她躺在家里的沙发上,拿着手机,不禁仰天长叹:"这样下去,我根本没办法在他的面前展示我迷人的魅力啊!"

裴梨在视频的另一边刚刚敷好面膜,一听苏糖这么说,她一时没控制好表情,面膜差点掉落在地。

她按了按自己脸上的面膜,对苏糖摇头道:"我觉得你都可以不用再敷面膜了。"

"为什么?"

"因为你的脸皮已经够厚了。"

苏糖:"……"她突然很想问,微信能出一个"一键穿屏"的功能吗?她要穿到屏幕的那一边,和裴梨"决一死战"。

此后几天,苏糖都会和裴梨汇报每天和许翊相处的状态。可很显然,裴梨并不是很想听,因为她每次听完,都觉得有冷冷的狗粮在自己脸上胡乱地拍。

可即便如此,裴梨还是每天都会和苏糖聊天调侃,乐此不疲。

这大概就是真闺蜜情吧。

然而某天,当苏糖打电话给裴梨时,她却没有接。苏糖原以为裴梨在忙工作,想着她到时看到就会回电,毕竟裴梨每次看到未接的已知来电,都会打回去。

可隔天,她仍没有回电。

此时苏糖刚干完手头的活儿,她看了眼自己的手机,想了想,还是决定再给裴梨打个电话,可那边依旧没人接。

这是怎么了?苏糖有些纳闷。她坐在滚轮椅上,瞥了一眼电脑上还挂着的微信,不禁伸手开始敲键盘。

苏糖:裴梨,你没事吧?

半晌,那边竟发来了一条信息:没事。

没事为什么不接电话?苏糖疑惑,眉梢渐渐拧起。

苏糖突然想到,裴梨前两天有跟自己提过,她最近正在实时报道那个少女失踪案,跟进后续的发展态势。

苏糖想了想,试探性地敲下了三个字。

"小梨子~!"

等了许久,那边始终没有回复。平常这种时候,裴梨都会在微信上回复她"小糖果~"。

苏糖的心里突然涌现出一种不太好的预感,她双手微微颤抖,呼吸也变得有些急促。

她想了想,在键盘上打下了一段文字。

苏糖:裴梨,我们上次去礜石山放烟花爆竹,简直太好玩了,下次我们再一起去吧。

过了一阵,那边终于又发来了一条信息。苏糖紧张地点开,只见上面赫然写着——好。

那一刻,苏糖呼吸一滞,身子不禁发冷。因为她根本没有和裴梨去过礜石山,而且后来即便她拉了裴梨好几次,裴梨也死活不肯陪她一起去放烟花爆竹。她说怕像上次那样,被巡逻的警察逮住。

苏糖害怕地捂住嘴,握紧了拳头,尽量让自己不要发抖。她拿起手机继续打裴梨的电话,一遍又一遍地打,可最后竟听到了那句冰冷的女声"您拨打的电话已关机"。

苏糖抿了抿发干的唇,紧张地一把拿起桌旁的包包,迅速赶到许翊所在的公安局。

当许翊看到苏糖时,脸色不禁一变。

她仰着一张苍白的小脸,带着哭腔对他说:"许翊,你快帮帮我。裴梨……裴梨她好像失踪了。"

她现在十分怀疑裴梨是不是因为找到了少女失踪案的线索,所以被歹徒抓走了。

许翊眉梢紧皱,他将手放在苏糖的肩上,轻声地安抚她:"我一定会帮你把裴梨找回来,别害怕。"

他思忖后,开口问苏糖:"你之前是不是说过,你们工作室的小虎是C大的学生?"

"是。"苏糖不知道许翊为什么突然这么问,可还是补充道,"小虎就在大学城里的C大读书。不过他最近刚好回学校准备毕业论文的事情。"

"那刚好。"许翊敛眉颔首。

他告诉苏糖,近来的少女失踪案件中,第一个和第二个失踪的都是本市大学城的女学生,而后面一个则是便利店兼职的售货员,但也是女大学生。

"根据犯罪侧写,我们现在初步锁定嫌犯是一个男大学生,为人傲慢,智商很高,在校的学习成绩也很好。他敢将对象全都瞄准女大学生,就证明他不屑分散我们的注意力,也不怕我们查。"

苏糖听完,不禁在心里捏了一把冷汗。她不敢想象裴梨如果落在这种人手里,事情会发展成什么样。

她心慌意乱,赶紧抓住许翊的手说:"我们快去C大找小虎,兴许能在

那边问出点什么线索。"

为了不打草惊蛇,他们决定先直接找小虎问问情况。可到那儿后,小虎却告诉他们,最近学校里没什么可疑的事发生。

"最近大学城出了两起少女失踪案,人心惶惶的,学校也发出通知,让学生们,特别是女孩子,不要在外面随意走动。"小虎认真地说,表情有些担忧。

"那你能向你的同学问问,打听一下最近有出现过什么反常或可疑的事吗?"

"我刚好要去饭堂吃饭,要不你们跟我一起去吧,到那边我们再问问其他的同学。"

"好。"他们三人疾步去了饭堂。小虎约了几个舍友一起吃饭,众人坐在餐桌的两排,许翊和苏糖坐正对面。

他将打好的饭菜夹了几筷子给苏糖,可她的表情始终怏怏的,吃着吃着,就连脸蛋上粘了一粒白米饭,都没注意到。

许翊叹了一口气,伸出手轻轻地将她嘴边的米饭拾了下来,对她说:"认真吃饭,吃饱了才有力气做别的事情。"

"可我没胃口啊!"苏糖抬头看他,眸中染满了忧色。

许翊沉默了一会儿,他站起身,拉开椅子,踱步去小卖铺买回一瓶甜牛奶,插好吸管,递到苏糖的面前。

"把它喝了,喝完了我才带你继续去找线索。"他目光灼灼地看她,苏糖抿了抿唇,听话地吸了吸瓶子里的牛奶。

周遭的几个大学生见状,不禁在心里感慨,俊男美女的组合就是赏心悦目,就算是玻璃碴儿里吃狗粮,也让人吃得心满意足。

小虎的舍友在旁边看着,突然就想起了一件事情,想当作笑话讲给大伙听,活跃一下眼前低迷的气氛。

"我跟你们说,前两天我无意间经过我们学校的那间废弃车库,那里因为有闹鬼的传说,不是很少人去那边吗?可我在那儿听到了男人的呻吟声。我估摸着,可能是最近学校不让学生出去外面随便走动,所以有小情侣忍不住了,就在学校附近的废弃车库里……"

他讲一半,忽然就不讲了,周遭的几个男同学不禁都露出意味深长的眼神。

可苏糖听完,手里握着的筷子不禁一顿,一个胆大又恐怖的想法蹿进她的脑子里。

如果歹徒劫走了失踪少女,那她们肯定会被绑紧,没办法呼救出声。而且许翊说过,罪犯为人傲慢,智商很高。都说最危险的地方就是最安全的地方,既然他将前两个目标瞄准大学城里的学生,那他便有可能把女生关在了这附近的地下车库。

苏糖越想越觉得冷汗涔涔,像有刺骨的寒意从心底泛出,侵蚀了她的整个身子。

许翊听着男学生的话,眉间的"川"字也逐渐加深。很显然,他和苏糖想到一块儿去了。

"许翊。"苏糖伸手揪住许翊的衣袖,急声唤他。

许翊微怔,伸出手轻轻拍了拍她的手背,旋即转头望向那几个男生:"那个车库在哪里?"

得到确切位置后,许翙反应迅速地起身,说:"你们都在这儿别轻举妄动,小心危险。"

"小虎,好好照顾苏糖。"语毕,他深深看了苏糖一眼,立刻转身离开。

"不行,我得跟他一起去!"苏糖眼眶骤紧,刚想起身,小虎却拦住她:"许哥说了,那边可能有危险,你不能过去。"

小虎奋力拉着苏糖,她却拼命挣扎,眼眶通红,急得都快哭了。

身旁的男学生此时也终于意识到事态的严重性,有两个胆子大的男生说:"我们过去帮忙!"

下一刻,苏糖看着他们急急走远的背影,在心里干着急。

苏糖和小虎拉扯了好久,最后终于趁着他一不留神,飞快地跑出了饭堂,拐过校园的教学楼,直直地跑向那个废弃车库。

无论发生什么,她都要和许翙在一起!

而当她终于气喘吁吁地跑到现场时,却见嫌犯已经被随后赶来的警察羁押,带上了警车。

听说那个犯人是因为失恋了,所以心生怨恨,想要通过犯罪的方式来报复广大女性。之前许翙找到废弃车库,营救出了所有的女生,却差点让那个嫌犯逃走。

幸亏小虎的舍友提前报警,警方才能及时将那人抓捕归案。

苏糖四处张望,终于在人群中看到了裴梨的身影。苏糖立刻跑上前,将裴梨拥住,两人都眼泪涟涟。

片刻后,苏糖看到许翙站在不远处,垂着头,看不清他脸上的神情,可他的对面站着一个年纪稍大的警察,朝他厉声道:"许翊,你身为特警部队的队长,竟然无视规定,擅自行动,简直太让我失望了。"

三言两语后,许翊被带上了警车。苏糖有些担心他,正想上前问问情况,可身旁的裴梨却"嘶"地发出了一声痛呼。

原来她被劫到废弃车库后,就把腿给摔伤了。苏糖面露忧色,刚好陆勇朝她们走了过来。他面色严峻,一改往日的嬉皮笑脸:"苏糖,我送你们去医院吧。"

待到医院的检查结束之后,警方人员迅速地撤回了局里汇报工作。苏糖扶着裴梨,拿着病历单走到了医院的走廊处。

她们刚坐在长椅上,不远处就迎面走来了一个人,苏糖定睛一看,竟然是顾舜然。

"真是好事不出门,坏事传千里。"裴梨瞥了面前的顾舜然一眼,不禁冷笑出声。

顾舜然有些尴尬,他刚刚听到医院的人在讨论这次的案件,得知了裴梨的遭遇,就赶紧过来看看。

他托了托脸上的金丝眼镜,表情有些不自然:"裴梨,我就是想来看看你。而且这也不算什么坏事,毕竟你也是受害者。"

别说裴梨,苏糖看着顾舜然的模样都有些气不过,她扬起头道:"裴梨有我照顾,不需要你的关心。顾院长请回吧。"

顾舜然听完,无视苏糖,径自看着裴梨,继续说:"裴梨,以前都是我不好,是我不懂得珍惜。我现在每天跟茉莉相处,她霸道又刁蛮,我不知怎的就想

起我们以前……"

话还没说完,一只拳头猛地落在顾舜然的脸上。

彭风驰刚刚收到许翊的消息,火急火燎地赶到医院,没想到竟撞上这一幕。他气得青筋暴绽:"顾舜然你算是个男人吗?结了婚就后悔了,你当裴梨是什么啊?"

他气得倾身上前,刚想再打顾舜然两拳,裴梨却开口拦住了他。

彭风驰不可置信地看向裴梨,下一秒,他见面前的女生挺直了腰板,扬声道:"顾舜然,我们已经没有任何关系了。风驰现在是我的男朋友,我们不欢迎你,请你离开吧。"

彭风驰听完一怔,连苏糖也吓了一跳。

等到顾舜然灰头土脸地离开后,苏糖很识趣地走到了走廊的一处角落里。她其实不想偷听裴梨和彭风驰的对话,可那些话还是溜进了她的耳朵。

彭风驰有些手足无措,他抿了抿唇,对裴梨说:"我知道你是为了激怒顾舜然,我……无所谓啦。"无论怎样,裴梨能够彻底和顾舜然决裂,他便觉得格外欣慰。

"我刚刚说的不是假话,是真的。风驰,你能当我男朋友吗?"裴梨目光灼灼地看向彭风驰,眼中满是认真。

其实这几天,裴梨终于想明白了。当她陷入险境中时,她脑海里第一个想到的人,就是彭风驰。那一刻,她终于看清自己,其实他早已藏在她的心底,是她此生最信任的人。

裴梨望着彭风驰,眼中没有一丝怯意。

彭风驰见状，不禁愣怔在原地。

别说他了，就连苏糖也惊得下巴都快掉到地上。她咬着手指，暗中观察。

半晌，她看到他俩微笑着拥抱在一起。苏糖不禁打了个响指，在心里替他们撒起了花，成啦！

须臾间，彭风驰慢慢地俯身朝裴梨靠近。就在他俩要吻上的那一瞬，苏糖的耳畔突然传来了熟悉的男声，而她的眼睛，也随之被人一把蒙上。

"非礼勿视。"是许翊的声音。

他温热的手掌覆在她的眼上，她顿时觉得脸颊一热，微微有些失神。可下一秒，她立刻反应过来，伸手想挪开他的手掌，他却一动不动。

苏糖不满地咕哝："看一下怎么了，我又不是小孩子，凭什么不能看？"

"苏糖，你不害臊。"他的声音沙哑而低沉。

苏糖一听，不禁有些气急："你才不害臊呢。你捂住我的眼睛，自己却偷偷看是不是？"

苏糖执拗地一把扒拉下许翊的手掌。她握着他的手，小脸仰起，正好撞上他灼灼的目光，带着几分意味深长。

苏糖顿觉有些羞赧，不禁别过视线，自顾自道："不看就不看。"

说完，她就跑开了。

许翊望着她逃开的身影，无奈地笑了笑，迈开长腿追上她。

彼时日光正好，他俩来到医院的后花园。这里白砖红墙，阳光明媚，还能感受到阵阵鸟语花香。

苏糖不禁深深吸了一口气，说："看到他们能够修成正果，真开心。"

语毕,她想了想,突然意识到了什么。她转头问许翊:"你怎么这么快就过来医院?公安局的事情都处理好了吗?"

许翊听完,眸中的光微微一黯。他无所谓地笑了笑:"没事了。"

"没事?"苏糖细细地看许翊的脸。

女人的第六感告诉她,许翊的表情并不是没事的样子。她拧起眉梢,问他:"你们领导是不是批评你了?他们怎么说,是会有什么处罚吗?"

等了半晌,苏糖见许翊欲言又止,有些急了:"到底怎么了?"

"没什么……就是我接下来有一段时间可能得当无业游民了。"许翊说完,见苏糖的小脸瞬间皱成一团,不禁朝她解释,"我不是被辞退,就是停职一段时间而已。"

他专门在"而已"二字上加了重音,可没用,苏糖一听更难过了,她陷入自责:"都怪我,要不是我紧张裴梨,让你马上去帮我救她,你也不会不顾命令,擅自行动。都是我害了你……"

她说完,深深地垂下头。

许翊看着她如此愧疚的模样,叹了一口气,刚想安慰她,却见面前的少女突然挺起胸膛,目光灼灼地看他,一字一句道:"许翊,没事,我养你!"

许翊:"……"

他微微一噎,不禁笑了:"你要怎么养我?"

苏糖很认真地思考了一会儿,才做出了回答:"我努力赚钱,给你买一套大房子。你喜欢格斗,那我就专门建一个小房间,你没事就可以在里面打打拳、踢踢腿什么的。然后你喜欢吃什么就跟我说,我全都买给你!"

她说得笃定又神采飞扬,就差没拿出自己的银行卡,朝他扬声说"都给你,随便刷"。

许翊失笑，可一想到她规划的未来蓝图里有自己，他便心下一软，像是心里有什么地方在渐渐塌陷。

他伸出手，轻轻地摸了摸苏糖的头发，扬起清隽的脸笑道："小傻瓜，我不用你养。而且现在买房子很贵的，你还是以后……攒着当嫁妆吧。"

苏糖一听，脸噌地红了。她低下头，按捺住跳动的心，轻而快地说了一声："好。"

一周后，许翊确实如他所言，不用苏糖养，因为他很快就找到了一份新的临时工作。

因为有同伴在警校任职，所以许翊被邀请去市里的警校当助教。

今天是许翊上班的第一天。苏糖掐准了时间，给他打电话。手机接通的那一刻，低沉的男声传进耳畔，随之而来的还有那边响亮的放学铃声。

苏糖开了口："许老师，今天上课第一天，感觉如何啊？"

她的声音低软绵长，就算许翊此时没能看见她，也能想象得到她那张眉眼弯弯的粲然笑靥。

这样想想，他不禁微勾嘴角："嗯，还可以。这里的学生都挺认真的。"

"那就好，如果他们不认真，给你捣乱，我一定……"

"你一定什么？"许翊截住她的话，温馨提醒道，"他们可都是身强体健的少年郎。"

"我……我一定帮你去学校领导那边告状。"苏糖义正词严，"我知道你向来不爱跟人起争执，人好，脸皮又薄，所以这种唱黑脸的事就由我来做吧。"

她摆出一副"舍身取义"的样子,可想了想,突然觉得许翊这人,其实也就看着高冷,但待人还是蛮和善的。要是以后结了婚,他肯定是猫爸,而她就只能当虎妈喽。

一想到这种家庭教育问题,苏糖就不禁在心里"啧啧"了两声。

她的思绪飘得有点远,最后还是许翊的声音将她拉了回来。

他说:"不会的,他们都是未来要报效社会的警察,不会随便捣乱。"

苏糖听完有些放心,可谁知接下来,许翊却将"炮火"转移到她的身上:"倒是你,最近有没有调皮捣蛋,早餐有没有按时吃?"

因为许翊现在需要早起去警校上课,所以就没有再来接送苏糖上下班了。

苏糖微微一噎,有些支支吾吾地说:"有啊。"

她的声音比较小,周遭又有些吵闹,许翊听不太清,不禁问:"你在哪儿?"

"我现在在星河广场呢,最近这边举办了一个动漫展,展区设置了很多二次元的场景活动。我们就在特效化装体验区,给游人提供特化服务。"

苏糖说完,突然想起一件事,自个儿开始笑起来:"我告诉你,刚刚小虎给一个小男孩化了一个《千与千寻》里的无脸人妆容,然后那个男孩被镜子里的自己吓哭了。所以小虎只能重新帮他化装,一边化还一边给他和他的家长道歉。"

虽然很不厚道,但苏糖还是忍不住笑了。

"好像挺有趣。"许翊难得这么说,他向来都是高冷如山,不闻窗外事的。

苏糖不禁提高了音量:"是啊是啊,可好玩了,你要来吗?"

她屏息期待着,下一刻,电话那头传来他淡笑的声音:"苏特化师这是在邀请我吗?"

"当然！"苏糖郑重地说，"你可是我们展区的VVVIP，随时欢迎光临！"

许翊挂了电话后，嘴角止不住地上扬。他在办公室里收拾好书本，正打算从座位上离开，办公室里的几个老师却突然叫住了他。

离他最近的男同事对他说："许老师，今天是你第一天任职，我们大伙想着和你一起吃顿饭，为你开个迎新会，怎么样？"

"是啊。"有男老师在一旁笑着说，"我们几个男同胞都想好了，就定在东厦路那边新开的一家潮汕菜馆。就是不知道，我们的'警花'肯不肯赏脸一起去啊？"

语毕，众人的视线都投到坐在一旁的萧瑶身上。

她留着一头清爽短发，面容精致，唇红齿白，即便安静地坐在办公室里，也很难让人不将目光停留在她的身上。

一听到大伙提起自己，萧瑶不禁羞赧地笑了笑，说："如果许老师愿意去，我自然是得赏脸的。"

话音一落，众人不禁起哄，当中还掺杂着一两声酸涩的语调。

众所周知，萧瑶是警校里出了名的"警花"，为人漂亮，能力又强，多少男生想跟她吃一顿饭，都不能如愿。

可如今，同事只是客套地问了她一遍，原以为她不会出席，谁想她竟破天荒地答应了。

正当大家兴致勃勃之际，许翊却抿着薄唇，淡声开口道："抱歉，我还有事，就不参加了。"

语毕，他径自迈开长腿离开，留下办公室的人面面相觑。

当许翊开车抵达动漫展的现场时,说实话,他是有些蒙的。因为他从没来过这样的地方。

他迈步穿过一个个展区,有的人戴着金色假发,身穿奇装异服正在舞台上唱歌表演;有的人则围在一起,捧着手机不知道在玩什么,还时不时高喊"吃鸡万岁";还有几个穿着女仆装、戴着猫咪耳套的女生凑近他,微笑着问他要不要去女仆咖啡店喝杯咖啡。

许翊在婉拒了好几个展区的体验邀请后,终于找到了苏糖所在的特效化妆区。

她穿着一身白雪公主的蓬蓬裙,手里拿着一个红彤彤的苹果。一见到许翊的身影,立刻"呀"的一声,咧起嘴笑道:"许老师大驾光临,真是让我们这儿蓬荜生辉!"

许翊垂眸朝她上下打量了一会儿,苏糖见他不说话,不禁提起裙子,转了一圈问:"不好看吗?"

许翊摇了摇头:"没有,就是觉得很新奇。"

苏糖眸中的笑意不禁加深,她扬眉道:"更新奇的还在后头呢,你跟我来!"

她带着他来到了一处空地,四周的桌面上摆放着许多特化模型,而中间的物件被灰色的幕布盖着。

"这是我特地为你做的!"苏糖倏地揭开那层"神秘面纱",下一秒,一头机械象赫然映入许翊的眼帘。

它的身子动了动,许翊讶然,随即看到苏糖拿着控制器,手舞足蹈地朝他介绍道:"这头特化象可以用机器控制它的眉骨、眼睛还有鼻子,我花了好长时间才做出来的。"

为了做出这头机械象，苏糖最近一直在苦练特化技艺，在表皮材料和电子机械方面下功夫。经过无数次的失败，无数次的重制，最后才制作出这头栩栩如生的象。

她小心翼翼地问："你喜欢吗？"

"喜欢。"许翊目光温软地看她，内心像是有一根弦突然绷断，他好想上前抱抱她。

可下一秒，面前的女生却笑着说："对了，我还给它取了个名字，叫作小翊翊。"

许翊挑眉，不禁有些失笑。他指了指自己："为什么我是大象？"

恰逢此时，展厅里响起了卡通片《蜡笔小新》的歌曲："大象，大象，你的鼻子为什么这么长，妈妈说鼻子长才漂亮。"

闻声，许翊微愣，眼中闪过几分隐晦不明。

苏糖一听，突然意识到什么，赶紧朝他道："不是不是！"她的头摇得跟拨浪鼓似的，坚决否认，"你不要误会，不是你想的那样！"

"那是哪样？"许翊抿着薄唇，佯装一副微怒的样子，突然很想逗逗她。

"就是……"苏糖吭哧吭哧地说，"我小时候最喜欢《小飞象》的故事了，所以一直以来，最喜欢的动物就是大象。"

而我最喜欢的人就是你。最后的这句话被苏糖藏了起来，她在心里默默地说。

沉默半晌，苏糖决定转移话题，将注意力放到许翊的身上。她问他："那

你小时候喜欢什么童话故事？"

许翊思忖再三，发现自己好像真的没有特别喜欢的童话故事。

"小时候我很少看童话，我爸妈经常给我买中外名著，那时候我最喜欢的应该是《三国演义》和《汤姆·索亚历险记》。"

苏糖一听，无声地在心里叹了一口气。果然男神不是凡胎肉体，当她抱着童话书听儿歌的时候，人家早就博览群书，翻阅各国名著了。

怪不得她现在跟他还存在着差距，这就是输在起跑线上的原因！

苏糖郁悒地想，她抬起头，忽然就被隔壁展区喧闹的声音吸引了。

她拉了拉许翊，一脸兴奋地说："我们去玩那个，好不好？"

看着她跃跃欲试的模样，许翊不禁点点头，跟随她的脚步，陪她来到了隔壁的 VR 展区。

他俩跟随工作人员的指示，戴上了 VR 眼镜，瞬间进入了海底冒险的画面。苏糖起先还觉得挺新奇，可当鲨鱼张着血盆大口朝她袭来的那一刻，她吓得尖叫了一声，随即抓上了身边许翊的手臂。

她纤细的手将他攥得紧紧的，下一秒，苏糖感受到有温热的手掌握住她的手，轻轻地朝她的手背拍了拍，像是在轻哄。

恍惚间，苏糖的脸不禁染上了几分红晕。等到她再次看见那些海底生物恐怖刺激的画面时，也不觉得怎么害怕了，因为有他在身边。

从 VR 展区走出来后，苏糖还是意犹未尽。她感慨道："好爽啊！你觉得呢？"

她侧过头看向许翊，可他面色平淡，单手抄在裤兜里，平静地朝前走："没什么感觉。"

苏糖抿了抿唇,她觉得自己在许翊面前,很像一个幼稚的小孩。于是,她决定挽回尊严,玩她擅长的游戏。

"要不,我们去玩点更刺激的吧?"

听说最近广场里新增了不少游乐设施,苏糖最喜欢玩云霄飞车、海盗船了。

她搓了搓双手,蛾眉一挑道:"我们可以做点'咻咻'的事情。"

"羞羞?"许翊重复,他的眼睛漆黑如墨,朝她意味深长地看了一眼。

苏糖察觉到他眼神的变化,先是一愣,而后立刻反应过来道:"我指的是咻咻,火箭飞出去的那种声音,咻咻咻!"

她怕表达不清,开始比手画脚地向他详细解释,可感觉好像没什么用,反倒越描越黑了。因为她发现许翊望向自己的眼神,好像更加暧昧了。

今天一整天怎么都遇上些奇奇怪怪的事情,让人容易想歪。苏糖有些委屈,她觉得这个展区可能有毒。

待到他们逛完广场,玩了一整圈后,许翊带着苏糖去了附近的饭馆吃饭,随后将她载回了家。

他俩站在街灯下,苏糖仰起白皙的小脸,眼睛笑成一弯月牙:"我今天很开心,下次我带小翊翊给你表演更多的节目。"

"它还会别的?"

"当然,你可别小瞧它。我再深入研究一下,让它能够用鼻子喷水,还能卷起鼻子抱住你的手。"

"你示范一下?"许翊露出一脸疑惑。

苏糖以为自己表述不清楚,随即耐下性子跟他解释:"我想过了,我到时

就这样,操控它的鼻子,然后把人的手这么一钩。"

她双手交叉,一只手伸直,另一只手抓着耳朵,作势钩住他的手臂。可下一秒,许翊突然长臂一缩,另一只手蓦地拂上她的背,将她往怀里带。

"嗯,抱住了。"苏糖抬起头,看着面前的男人扬起狡黠的笑,眼如繁星,熠熠发光。

他说:"我很期待。"

第九章
间接之吻

回到家后,苏糖的心依旧止不住地扑通直跳。

裴梨发微信语音给她时,响了好半晌苏糖都没听见,直至感受到兜里的手机来电振动,她才回过神来点了通话键。

那边裴梨问她:"今天的动漫展怎么样?"她是手办爱好者,二次元狂热粉,可惜今天要外出采访,所以没法去现场。

"这次动漫节可好玩了,你明天来不?"因为动漫节举办三天,所以苏糖明天还是会去那边摆摊布展。

可让她没想到的是,裴梨居然拒绝了,说不去。

"为什么,你不是说你最喜欢巴卫吗?我今天在动漫节上正好看到有人COS 巴卫,头上戴着一对狐狸耳朵,很可爱呢。"

"我明天有事。"

苏糖听到裴梨小声地说。

她想了想,明天不是周末吗?正欲开口问,另一头就传来了女生羞赧的声音:"明天我要和风驰约会。"

真是"兴趣诚可贵,爱情价更高",苏糖差点忘了,裴梨这朵花儿现在已经被彭风驰摘走了,只剩下自己这株可怜的小草,在秋风中瑟瑟飘摇。

她在心里替自己默哀了两秒钟,低下头时,才注意到裴梨的头像居然换了。她点开大图一看,是电影《这个杀手不太冷》里玛蒂尔达的Q版头像。

难道是情侣头像?

苏糖正想去翻彭风驰的头像,却发现裴梨的微信名也变了,改成了"万里随风驰"。

苏糖:"?"

她一脸蒙,退出来搜彭风驰的名字。果不其然,他换成了杀手里昂的Q版头像,而且微信名还从万年不变的英文名改成了"我是风驰"。

万里随风驰,我是风驰。我随你。

苏糖不禁控诉:"你们用不用这样秀恩爱啊?"

裴梨在电话那头小声地说:"风驰说他喜欢这部电影嘛,还说要像里昂疼玛蒂尔达那样,将我当成萝莉小公主,捧在心上。"

苏糖:"……"

她觉得自己的心受到了一万点的暴击。

这一刻,苏糖突然想起了《这个杀手不太冷》里的一句经典台词——人生总是那么艰难吗?还是只有童年才会这样?

苏糖卧倒在沙发上,仰望着头顶的白色天花板,不禁学着电影中里昂的口吻,悠悠地回应:"总是如此。"

如果将裴梨和彭风驰的发展速度比喻成火箭的话,那苏糖觉得,她和许翊的发展速度肯定就是乌龟级别的,而且是池塘里最长寿的老乌龟。

连续几天,苏糖都在思考,应该怎么加快和许翊之间的进展。要不也像裴梨他们那样,让许翊陪自己换个情侣头像?

不行!像他那么高冷的人,估计是不会做这种事情的,况且她连个名分都没有,许翊怎么会肯。

苏糖摇了摇脑袋,又想,不然就发条微信卖卖萌,写上一句"许哥哥,人家也想当你的萝莉小公主哇。"

不行!像他那么正经的人,估计看完信息后会把她拉黑,顺便把她本人给扔出去。

"哎呀,怎么这么麻烦啊!"苏糖苦恼地捶了一下身边的小熊抱枕。她倚在柔软的沙发上,捧起手机,咬着自己的手指头冥思苦想。

她觉得自己至少应该找个机会去见见许翊。不然像他们现在这样,三天两头都见不着一次面,别说"近水楼台先得月"了,再这么等下去,恐怕他们就要变成"十年生死两茫茫"了。

她正胡思乱想间,手机微信消息的提示铃声突然响起。苏糖点开一看,竟然是许翊!

屏幕上明晃晃地显示着一行字,虽然只有几个字,但已经让苏糖禁不住在心里放起了绚烂的烟花。

许翊:你最近有空吗?

苏糖捧着手机,立马敲字:有有有!敲完,她突然觉得自己这样好像不太矜持,于是抿了抿唇,想了一下,删掉重新开始编辑,发送:有的。

许翊:我们警校最近打算拍一部校园宣传片,通过实战演练的方式去进行,

当中有一些子弹射伤等特化内容。所以,我向我们校领导推荐了你。"

苏糖忽地一个鲤鱼打挺从沙发上蹦了起来,欢呼雀跃地喊道:"真是天助我也!"

然后,下一秒,她理了理自己身上满是褶皱的家居服,正襟危坐地打下了一行字:"好的,愿意效劳!"

翌日。

苏糖和许翊约好了具体时间,去警校谈谈这次宣传片的合作事宜。

刚抵达校门口,苏糖就马上朝四处张望,但没有看见许翊的身影。

有一个男学生看见她,立刻跑过来,朝她微笑颔首:"请问是苏特化师吗?"

"我是。"苏糖应道,随即见男生朝自己扬了扬手,笑容爽朗地说:"您好,我叫路泽。许老师正在上课,他让我来领您过去。"

苏糖点了点头,随即跟着路泽穿过了校园的教学楼,来到一处操场空地。那里立着一些枪靶,苏糖这才知道,许翊他们正在上射击课。

此时许翊站在空地中央,双手举着枪支,正准备为学生们演示射击。只见在他不远处,摆放着一张桌子,桌面上立着一根点燃的蜡烛。

听他们说,许翊需要将那一簇火苗射灭。苏糖不禁抿了抿唇道:"这个看起来很难。"

"何止是难。"站在她身旁的路泽忽然开了口,向苏糖解释道,"许老师现在用的那把枪支子弹直径是9毫米,而烛火高度仅有8毫米。也就是说,只有非常高精度的射击,才能够射中烛火。"

一听他这么说,苏糖不禁杏眼圆睁。

路泽的眸中闪着光,很是兴奋地说:"我刚上学那会儿,就听过许老师的鼎鼎大名了。他可是我们市里特警战队中有名的'神枪手'。难得今天能够见到这样的射击场面,我得睁大眼睛,好好学习学习。"

闻言,苏糖下意识地望向许翊。只见他身姿挺拔,熟稔地手握枪支,暗自观察四周的风向后,他静静地瞄准不远处的蜡烛,果断沉稳地扣下扳机。

伴随"砰"的一声,子弹穿过烛火,火光瞬间熄灭。

周遭响起了众人热烈的掌声,许翊快速收枪转身,一回头就看见不远处立着的女孩身影。

苏糖朝许翊挥动手臂,眉眼含笑,像是一阵兜头吹来的春风,令人顿觉欣悦与舒畅。

许翊的嘴角不自觉地微勾,半晌,他才将目光缓缓地从她身上移开,转向了她身旁的男生身上:"阿泽,你过来。"

路泽应声跑上前去,许翊放下手里的短枪,换成了一把气弹枪,交到他的手上:"你的射击技术是目前班里最强的,我相信你可以。"

三言两语后,许翊径自走到靶场中间,双手提起两个气球。苏糖这才明白,他想要做什么。虽然知道训练用的不是实弹,可苏糖还是禁不住肩膀微颤,紧张了起来。

她看着路泽朝许翊的方向瞄准,然后扣动扳机。子弹出膛的那一刻,苏糖握紧双手,蓦地闭上了眼睛。

不知过了多久,她的耳畔响起了许翊低沉的声音:"别害怕。"

苏糖睁开眼,眸中闪过一丝紧张,薄唇抿着,有些委屈巴巴的:"你为什么要亲自上场啊?"这样,她会担心他。

"没事。"许翊眸中露出淡淡的温存,轻声朝她解释,"只有亲身示范,才能让他们感受到我的信任。"

语毕,许翊倾身上前,望向面前那列整齐有序的队伍,朝大家扬声道:"训练,是为了更好地战斗!在战场上,你要百分百地信任你的战友,将性命交付给对方,才能拼出一条血路。你们明白了吗?"

"明白了!"震耳欲聋的声音瞬间响彻整个靶场。

那一刻,苏糖看到了许翊的眼里仿佛泛着灼灼的光,似有星火,能够燎原。这样的英雄气概,让她深深撼动。

射击课结束后,许翊带着苏糖去见校领导。

他俩穿过操场,来到教学楼,刚踏上四楼的走廊,经过教师办公室的门前时,就看到一个身姿绰约的女人从里面走了出来,拦住了他们的路。

女人单手捧着一本教科书,另一只手拿着一瓶矿泉水。一见到许翊,她眸光不禁亮了亮,朝他打招呼:"许翊,你这是刚上完射击课吗?"

"嗯。"许翊点头。

他们办公室的墙上贴着各科老师的课程表,稍微留意就能知道彼此的课程安排。

许翊刚想抬脚继续走,面前的女人却又开口道:"我这里刚好有瓶水,你在户外上课,站在太阳底下肯定很晒。"

三月的天气,乍暖还寒,哪儿来的大太阳。苏糖翻了个白眼,舌头抵着腮帮子,心里顿时生出一丝不悦。

看着她伸手就想将矿泉水递给许翊,苏糖立刻开口,制止了来人的动作。

"许翊,这位是?"苏糖佯装漫不经心地问,眼睛却快速地在女人的身上扫了一圈。

"这是我们警校的老师萧瑶,主教犯罪心理学。"

萧瑶一听,伸手撩了下自己耳后的短发,随即掀起眼皮,佯装惊诧道:"不好意思,我刚刚没注意到旁边还有其他人,请问您是?"

我这么大个人站在许翊的身边,你现在才看见,是瞎了吗?苏糖腹诽,乌黑干净的眸子看向她,舌尖划过下牙膛,面上却挂着一丝若有似无的笑:"您好,我叫苏糖,是来参与拍摄校园宣传片的特化师。"

苏糖专门避开介绍和许翊的关系,毕竟她现在还不是他的女朋友,没办法宣示主权。

话音刚落,后头的一间办公室里探出了一个身影,有人催促他们赶紧上楼,领导正等着呢。

语毕,站在许翊他们对面的萧瑶立刻侧过身子,朝他们比了个"请"的手势:"许翊,那你快带你的朋友过去吧,我就不打扰你们了。"

她在"朋友"二字上稍稍加重了语气,意思不言而喻——你们也只是朋友而已。

苏糖愣怔,看向萧瑶时,竟见她的脸上挂着一丝得意,像是完全猜中了苏糖的心思。

她该不会是个妖精吧?苏糖讪讪地想,随即记起刚刚许翊介绍过,萧瑶是研究犯罪心理学的。

这人竟然把她当犯人审,好家伙,这梁子算是结上了!

苏糖瞪了她一眼,随即在心里"哼"了一声,跟着许翊快步离开。

三天后，苏糖按照和校方的约定，来到了警校拍摄第一组宣传片的视频。

今天他们模拟刑侦勘查，在一宗密室杀人案中，进行现场搜证，以求通过宣传教育的方式，让广大学员能够身临其境，学习这方面的相关技能。

苏糖坐在摄像灯的旁边，打开了自己带来的特化道具箱，开始为一个长相清秀的女学生进行特效化装。

"这位姐姐，你待会儿能不能帮我化得好看一点啊？"女学生咧起嘴角，对苏糖说。

她不禁失笑："妹妹，你演的是'女尸'，化得好看了，会不会出戏啊？"

"毕竟第一次上镜嘛，我想拍得漂漂亮亮的。"语毕，她微微侧过身子，偷偷地抬眼望向某个方向。

苏糖顺着她的视线望过去，只见许翊穿着淡蓝色的警服，身姿挺括，正跟旁边的人一起检查现场的准备工作。

苏糖心中警铃作响，她抿了抿唇，试探地问："怎么，你喜欢你们许老师啊？"

"开玩笑，怎么可能！"女生忙不迭地摆手，"许老师可是我们心中的白月光。他是高岭之花，只能仰望不能亵玩的。"

高岭之花？苏糖望向许翊，蓦地笑了。

他确实很像高岭之花，高不可攀，冷艳无比。可即便如此，她也偏要采摘。无论多高，苏糖都笃定，只要自己努力地往上攀，终有一日能够将他摘下。

这么想着，苏糖眼睛一弯，挑起眉道："那你想亵玩谁啊？"

女生一听，脸颊微微泛起红晕。她怯怯地抬手，指了指站在许翊身边的路泽。

苏糖的嘴巴张了张，立即露出了心领神会的笑："好，我待会儿帮你化好看一点。我尽力。"

"嗯！"

达成口头协议后，苏糖开始将事先准备好的假皮粘贴在女生的额头处，然后在假皮上涂抹蓖麻油，使之呈现出与皮肤一样的质感。

然后，苏糖将调制好的血浆涂抹在女生的额头上，进行伤口化装，同时抬起她的手，在手背上做了一个被硫酸泼到的特化装容。

待到这些特化工作完成后，苏糖拿出化妆刷特地给女生化了一个今年流行的淡妆，将她的面部线条打出了一点棱角感，这样既出挑，又不会显得她的脸色太过苍白。

特化工作结束后，苏糖看着大伙投入拍摄，自己无事可做，就跑到了学校食堂的小卖铺里，买了一瓶草莓牛奶。她心想等拍摄结束后，再回去帮那个小女生卸妆好了。

苏糖坐在林荫道的石凳上，感受着春天的风缱绻地拂过自己的脸颊，舒爽欣悦的感觉油然而生。

她嗅了嗅周遭清新的空气，望向远处，只见操场上立着几根双杆。苏糖顿时玩心四起，跑上前去，将自己吊在了双杆上，一边喝着草莓牛奶，一边眺望绚烂风光。

许翊过来找苏糖时，就看到她坐在双杆上，悠闲自在地晃着小脚。

"原来你在这儿。"许翊将手搭在双杆上，抬眸看她，"你怎么不去看拍摄？"

"我不太喜欢那种环境氛围，还是密室，看着就有点瘆人。"

许翊面露惊讶,不禁歪了歪头问:"你的胆子什么时候变小了?"他记得她之前在非洲的时候,可是连走私犯都敢挑衅,和对方据理力争的。

"因为遇到你了呀。"她睁着亮晶晶的眼睛,目光灼灼地看他。

虽然她没有说出下一句话,但许翊懂了。因为遇到他,有他的保护,所以她不用假装很强大,可以卸掉伪装,卸掉坚强,只做自己。

那一刻,许翊的心跳好似漏了一拍。他伸出手,情不自禁地朝她凑近。

苏糖见状,微微弯起嘴角,下意识地低下头。她知道,他肯定是想揉揉她的脑袋。

苏糖发现许翊每次心情不错的时候,就会揉揉她的头发。所以为了方便他,她愿意为他微微低下美丽的头颅。

可下一秒,他抬至她头顶的手却缓缓滑落。许翊伸出双手,将苏糖的小脸轻轻地捧起,他看着近在咫尺的她,在日光的照耀下,漾出了明晃晃的笑:"就你聪明。"

他偏不按套路走。

苏糖的耳根立刻红成一片,她的心脏紧张得扑通直跳,身子差点就从双杆上摔下来,幸好许翊动作敏捷地扶住了她。

半响,苏糖从双杆处下来,羞赧地别过眼。她看向不远处的草丛边,一只小野猫登时映入她的眼帘。

"这里怎么有只小野猫,它看起来好饿的样子。"苏糖抬脚走近它,伸手轻轻地摸了摸小猫柔顺的毛。

"好乖哦。"苏糖笑着感慨,她看了一眼自己手上的草莓牛奶,想了想,刚伸出手想将牛奶拿来喂小猫,许翊却出声拦住了她。

苏糖转头,不解道:"怎么了?"

许翊微微沉吟,半晌才说:"你等一下。"

苏糖一头雾水,她站起身等他,片刻后,就看见许翊从饭堂的方向回来,手里提着一瓶草莓牛奶,还有一个小面包。

"拿这个喂吧。"他将面包撕成一小块一小块的,又拆开了牛奶吸管的包装纸,将吸管插在了新买的草莓牛奶瓶口。

苏糖疑惑,摇了摇自己手里的草莓牛奶说:"我这瓶也可以喝啊,里面还有很多呢。"

"那刚好。"许翊摸了摸自己的鼻尖,淡声说,"我渴了,给我吧。"

下一秒,苏糖看着许翊拿过了自己手里的草莓牛奶,就着吸管喝了一口。

他的喉结滚了滚,有金色的阳光洒耀而下,浸着他的鼻子,他的脖颈,甚至连他的耳后,都好似染上了一抹可疑的红。

那一刻,苏糖的身子像被电流击中般瞬间杵在原地,完全动弹不得。

这……算是间接接吻吗?

苏糖舔了舔嘴唇,感觉自己的心里像是住进了一只小鹿,撞击她的胸膛。

所以,他刚刚是在吃一只猫的醋吗?苏糖恍然大悟,他也……太可爱了吧!

翌日。

苏糖带着小虎等人,提着特化工具箱来到警校时,就看到许翊他们正在现场讨论如何拍摄。

今天他们要拍一段群体性事件处置的实战演练视频,通过展现警员间的团

队协作,告诉民众当面对斗殴伤人等暴恐事件时,该如何处理解决。

苏糖坐在一架摄像灯旁边,全程看他们录完整场拍摄。

因为经历了昨天的"间接接吻"事件,苏糖不知道该如何面对许翊,所以一整个上午,她都没上去和他搭话。

苏糖觉得自己还是矜持一点吧。也许她表现得矜持一点,许翊就会觉得她比较好追。这样,说不定她就能当一次钓鱼的姜太公,让愿者上钩。

苏糖美滋滋地想。可等到结束后,她坐在摄像灯旁边,帮路泽卸妆时,却看到萧瑶穿着衬衫窄裙,身姿摇曳地朝许翊靠近。

萧瑶拿着一瓶矿泉水,含情脉脉地看着他:"许翊,能不能帮我开一下矿泉水,我拧不开。"

许翊见状,无声地接过她的矿泉水,将瓶盖拧开后递给她。可萧瑶没有接,反而推给了他。

"你喝吧,你看你都流汗了。"她伸出手,想要去擦他脖子上的细汗。许翊下意识地避开,抿着薄唇,冷声道:"不用了。"

苏糖在一旁看见这一幕,登时脑海里像点燃了一个煤气罐,蓦地炸了。她恨不得跑上去拍开萧瑶的手,朝萧瑶大吼,离许翊远一点!

"心机女。"苏糖愤懑地小声嘀咕,心思全都飘到不远处那两人的身上,手下没收好力道,耳畔传来了"嘶"的一声。假皮扯开的那一刻,旁边的男生吃痛地喊了一声:"疼!"

闻声,苏糖赶紧回过神来,忙不迭地对面前的路泽说:"不好意思,不好意思!"

她轻手轻脚地重新帮他整理了一下,待到卸好装后,苏糖收拾好特化道具箱,一旁的小虎问她:"糖姐,待会儿一起回工作室吗?"

她望向不远处正在进行收尾工作的许翊,想了想,摇摇头道:"不了,你们先回去吧。"

苏糖算是想明白了,矜持这一套是不适用于许翊身上的。

他是高岭之花,好多年轻漂亮的小姑娘都想追。面对这样严峻的形势,如果她还装矜持,那不就是坐以待毙,将自己心心念念的"江山美人"拱手让人吗?

自己可没这么傻。苏糖想,自己需要好好争取一下!

于是,她握紧拳头,在心里先给自己打个气,随即迈开步子走到许翊的面前,拍了拍他的肩,露出一个自认为超级无敌可爱的微笑。

"你下午有课吗?"

"没有。"

苏糖对这个答案很满意,她张了张嘴,刚想问那要不要出去玩,趁机约个会什么的,许翊清冽的声音却忽地传入她的耳畔:"我下午想留在学校。"

"为什么?"难道他想和萧瑶待在一起吗?!

"我得去图书馆备课。"

听到许翊这样说,苏糖瞬间松了一口气。她扬起笑靥粲然的小脸道:"那我陪你!"

此时的图书馆窗明几净,安静幽谧,唯有偶尔响起的翻书页的声音。

苏糖跟着许翊,走过一排排的书架。她的手指掠过架上的书籍,自顾自地小声念道:"《刑法》《治安管理处罚法》《犯罪的密码》,怎么都没有言

情小说之类的,好枯燥啊。"

闻言,许翊拿起书本的手微微一顿。他转头看向她,轻声道:"这里是教书育人的地方,不是谈情说爱的地方。"

"哦,那我走了。"苏糖的小鼻子皱了皱,作势就要离开。下一秒,她的手臂被人一把拉住。

许翊握着她的手臂,手指微微施了力,苏糖也不急着挣开,朝他眨巴了一下眼睛,眸中带着狡黠的笑:"不是不能谈情说爱吗?我又不会教书育人,留下来能做什么?"

"陪我。"他轻轻吐出两个字。

苏糖的心里像是冒起了甜气泡儿,可嘴上还是说:"那你说服我呀,说服我留下来陪你。"

许翊挑了挑眉:"怎么说服?"

"我不知道。"苏糖抿了抿唇,抬脚就想走人。许翊立刻跨步拦在她面前,他轻声道,"你走一步,我就追一步,怎样都不放你走。"

他要追她,就算追到天涯海角,他也愿意相随。

那一刻,苏糖心里像是放起了粉红色的气球,可刚放到半空中,气球却蓦地漏气了。

她听到许翊郑重其事地说:"你得多读书,书是人类进步的阶梯。我们得共同学习,才能学有所成。"

谁要跟你学习啊,我想谈恋爱!苏糖在心里控诉,可面上却不敢发作。

许翊垂眸看她,琉璃般的眼睛里闪过一丝狡黠的笑。他拉起她的手,将她带到了一处人少的地方,挑了一处靠窗的位置坐下。

许翊翻开手里的书，就着书中的知识点，开始认真地做笔记。

苏糖坐在他身旁，看着日光透过窗外的枝丫罅隙洒落在他的身上，仿佛将他整个人都揉进了一片细碎柔和的光影里。

她不禁有些看呆，缓缓地凑近他，喃喃地问："你在做什么？"

"在备课。"许翊停下手中的动作，抬眼看她，"我准备开设一节主题课，课程名字叫作'常见警情现场处置'。"

看着苏糖露出一副懵懂的样子，许翊耐心地向她解释："我们一般接到110报警电话后，会赶往现场去处理一些常见的案件。这是一个入门级别、适合给新生宣讲的课题。"

苏糖似懂非懂地点点头，随即好奇地问："那一般会遇到什么案件？"

许翊翻着手里的书，思忖再三后，问她："比如，你现在接到报警电话，到现场后发现有一个正在实施暴力行为的肇事精神病人，你应该怎么办？"

"打120啊，让他们把人带回去治病。"

"直接打120的话，要警察来干吗？"许翊用手轻轻地敲了一下她的脑袋，"应该先疏散围观群众，然后安抚施暴者的情绪，再依据具体情况，采取相应的举措去阻止暴行的发生。"

许翊吁出一口气，淡淡地说："这道题没得分。"

"啊？"苏糖撇了撇嘴道，"那下一题。"

"好。"许翊再次提问，"如果你现在遇到了一个流浪乞讨者，你应该怎么办？"

苏糖想了想，很笃定地说："那他肯定很饿，应该给他买点吃的。"

"嗯,还可以。"许翊微微颔首道,"然后送去哪儿?"

"肯德基?"苏糖立刻说道,却见许翊眸光微变。她面露警惕,小心翼翼地说,"真功夫?"许翊的眼神更加深不可测了。

苏糖怯怯地说:"那要不……海底捞?"她看见他眸光一沉,不禁提高了一点音量,"哎呀,太贵了,平时我自己都舍不得吃。"

许翊吁出一口气,扶了扶额后,淡声道:"当然是先送去救助站。"

"这道题还是没得分。"他伸手又轻轻敲了一下她的小脑袋。

"别敲了,再敲就变傻了。"苏糖捂住自己的头,嘟囔道,"还有呢,还有其他题吗?"

她就不信了。明明她小时候,妈妈总夸她机智聪颖,拳脚功夫也厉害,上能踢床被,下能踩尿壶,是块当警察的料,可现在怎么几道小题目就把她撂倒了。

苏糖有些不服,听到许翊说出"最后一题"四个字时,立刻摆出一副"一夫当关,万夫莫开"的架势,沉声道:"来!"

许翊启唇:"如果现在你遇到外国人肇事,应该怎么办?"

"我……我……"苏糖支支吾吾了半天,最后压低了声音,怯怯地说,"我英语不是很好,可能没办法跟他进行深入交流。"

许翊捏了捏眉心,顿时无言以对。

苏糖也叹了一口气,她没想到自己竟在这样一场小测验中,一败涂地。

她为自己感到惋惜:"可惜啊,一颗原本可以冉冉升起的未来警察之星,就这样陨落了。"

许翊抿了抿唇,伸出手摸了一下她的脑袋,淡声道:"乖,咱们不做梦了,好好看书。"

苏糖鼓了鼓嘴,恹恹地拿起桌上的书。可她看了一会儿,眼皮就不禁耷拉了下去。片刻后,苏糖在沉沉困意的包裹下,趴在桌子上睡着了。那一刻,她的嘴里还嘟囔着:"我不傻,不傻。"

"真是个小傻瓜。"许翊垂下眼睑,弯起嘴角,静静地望着她酣睡的容颜。窗外的阳光洒在她的颈上、脸上,他不禁抬起手,为她遮挡住阳光。

少女远离了炙热,更加舒心地浅眠酣梦。许翊看着她微笑的面容,眸中的笑意更深了,连他自己都未察觉。

从图书馆出来时,天色已经暗了下来。许翊没有载着苏糖直接回家,而是将方向盘打了个弯,带着她来到了一家火锅店门口。

"海底捞?"苏糖愣怔地望向许翊,只见他面色如常,眸中却带着淡淡的温存:"你刚刚不是说平时很少吃吗?我们今天就吃海底捞。"

苏糖一听,不禁眉眼弯起,轻声道:"许翊你真好。"

"我不对你好,谁对你好。"他伸出了手,又揉了揉她头上的碎发。苏糖的脸立刻又噌地红了,她别过视线,立刻跑进了火锅店里。

待到两人坐好,点了一桌的菜后,刚吃了一阵,周遭就响起了掌声。

只见一个穿着川剧服饰的人身插彩旗,手执扇子,朝他们款款而来。

下一秒,来人迅速转身,挥动了一下扇子,当他的脸重现在人们面前时,已经变换了颜色。

原来是变脸表演。苏糖饶有兴致地看了一下,接着便听见现场的工作人员拿着话筒说:"接下来是猜拳游戏的互动环节。"

苏糖循声望去，只见那个变脸师傅的手上正提着几根糖果吊坠，在现场灯光的照耀下，精致的小糖果泛着斑斓的光。

真好看！苏糖在心里感叹了一声，随即跟着周围的客人一起举起手，想要参加互动环节。

许翊愣怔，他问对面的苏糖："你很想要？"

"嗯！"

看着她斩钉截铁地点头，许翊思忖了下，也跟着苏糖举起了手。

见状，苏糖微微有些怔住。因为高冷如许翊，是不屑参与这样幼稚的活动的。

苏糖记得那年刚上高中，他们班和其他几个班级一起合开庆祝中秋节的班会。

同学们纷纷举手，上台猜谜赢奖品。

最后一道谜语是猜词牌名，难度系数很大，在场的同学全都被难住了。老师见状，便点名让向来成绩优异的许翊上来回答。

彼时他肃肃而立，面无表情地冷声道："八归。"

答对，周遭掌声雷动。老师问许翊想要台上的什么礼物，可他却摇头，轻轻吐出"不用"两个字，就径自坐下了。

虽然他当时什么也没说，可苏糖知道，他内心的声音肯定是在说：啧，真幼稚。

可就是这样的他，此时此刻正举着手，目光直直地望向那个穿着戏服的变脸师傅。

苏糖的心湖像是落下一颗石子,荡出了一圈涟漪。可涟漪还没完全扩散开来,她就听到一阵浑厚的男声响在她的耳边。

此时变脸师傅已经走到了苏糖的面前,朝她微笑道:"这位美丽的小姐,你是今晚最后一位玩家,准备接受我的挑战了吗?"

苏糖点点头,一拳定输赢的赛制之下,她最终以拳头输给了对方的布。

苏糖憋闷地坐在位置上,叹了一口气。待到吃完火锅后,她拉起椅子刚想起身离开,许翊却叫住了苏糖,让她等一下。

片刻后,他从远处回来,手里提着那个璀璨的糖果吊坠。

苏糖的眼睛不禁一亮,惊喜地问:"你怎么拿到的?"

"我就跟他们说,如果你要不到这个吊坠的话,就赖在这里不走。"

"我哪有那么撒泼赖皮。"苏糖嘴里不满地咕哝了一声,嘴角却弯出了一个笑。

她摸了摸那个吊坠,像是捧着一件稀世珍宝。

半晌,苏糖和许翊朝门口走去,正好瞧见从楼梯处走下来的周祈安。

周祈安原本在二楼的包间,没有留意楼下的情况,这会儿见到苏糖,不禁眸光一亮,扬起明晃晃的笑:"苏糖,好久不见。"

"好久不见。"苏糖也微微一怔,没想到竟在这儿遇到熟人。

周祈安说:"对了,恭喜你,正式成为特化师,还开了个人工作室。"

"谢谢。"苏糖突然想起了什么,笑着说,"谢谢你上次送的花。"

"不客气。"周祈安展眉而笑。

许翊看着他俩一来一往,不禁冷眉微挑,开口道:"什么花?"

"就工作室开业那天，祈安送来庆贺的。"苏糖解释道。

她没有留意许翊的脸色，因为周祈安立刻对她说："我们艺术学院过段时间有一个开放日活动，会展出一些毕业生设计的特化作品，你有兴趣来看吗？"

苏糖一听关于特化的内容，不禁来了兴致，点头道："好哇。"

闻言，周祈安的眉眼舒展，蓦地笑开："那就一言为定，到时不见不散。"

"嗯。"苏糖回道。

半晌，她看向身旁的许翊，却见他目光直直地望着周祈安的背影。因为他刚刚看到周祈安离开时，朝自己露出了一个挑衅的笑。

苏糖见许翊一动不动，不禁有些疑惑："怎么不走？"

"你们什么时候这么亲昵的？"许翊绷着俊脸，不答反问。

"啊？"见苏糖没反应过来，许翊朝她温馨提示："祈安？我怎么不知道你从什么时候开始和这位周教授如此亲密了。"

"不是。"苏糖摇摇头道，"我们这都认识，他不让我叫他教授，那叫人全名也不太好吧，感觉有点不礼貌。"

"那你就答应去艺术学院的开放日活动？"

"去啊，干吗不去？"苏糖眨了眨亮晶晶的眼睛，天真地看着他。她是真想去看艺术学院的毕业生展览，说不定还能再挖几个好苗子呢。

"傻。"许翊轻吐出声。

一听这话，苏糖不禁咬了咬牙，她已经忍他很久了："我傻？那你就是自大狂！"

一时间，苏糖闹起了别扭，硬是不让许翊送她回家。

"让我送你回去。"

"不用。"她甩开他伸过来拉她的手。

"那我陪你走走消消食。"

"不要。"

"那你要去哪儿，我载你去？我们去兜风？"

"没兴趣。"

许翊无奈，他向来不太会哄人，特别是苏糖生气的时候。此时他沉默不语，内心却焦躁得很，完全不知道该怎么办。

苏糖见他不说话，终于忍不住先开口："你是不是嫌我笨？"

确实笨。他生气，她都看不出来他到底为什么生气。许翊默默地想，可还是在心里叹了一口气，随即柔声道："苏糖，你有你的优点。你看到那颗星星了吗？"

顺着许翊手指的方向，苏糖看见了夜幕中挂着一颗若隐若现的星星。

许翊自顾自地说："当初冥王星被踢出太阳系的时候，大家都说它好可怜，但我觉得，即便它相比其他行星是黯淡的，但它一直在努力发着光。就像我们面前的这颗星星一样。"

"在我看来，它是最强大的星星。虽然星光黯淡，但依旧闪亮地发光。在最煎熬的时候，仍旧坚持着不放弃，这才是真正的励志。"

"你说我像冥王星？"苏糖拧了拧眉道，"可是……我不太想当冥王星，它很孤单。"

闻言，许翊不禁弯起嘴角："它其实并不孤单。因为冥王星还有唯一的行星卡戎，与它相伴左右。"

"如果你是冥王星，我就是你的卡戎，永远守护你。"

那一刻,苏糖对上许翊的眼睛,像是有万千星辰尽数铺在她的眼底,闪烁在她的心上。

她突然心情就变好了,朝他露出了甜甜的笑。

翌日,苏糖又来到警校进行特化工作。

今天他们要拍摄一段解救"人质"的实战化演练的宣传视频。

苏糖将能够进行微弱爆破的红色颜料袋藏在了几个扮演凶徒的男学生的衣服里,让他们待会儿贴在"中枪"的胸口处。

刚弄了一半,苏糖的视线里就闯进了一个急急忙忙跑过来的工作人员。来人说,那个扮演人质的女学生突然身体不适,想在现场找一个女生帮忙顶替。

坐在苏糖身旁的路泽一听,立刻转了转眼珠子道:"让糖姐来演人质吧。"

"我?"苏糖怔然,不可置信地伸手指了指自己。

下一秒,她看到许翊循声朝她的方向望过来。与此同时,萧瑶也迈步走向他们,毛遂自荐道:"还是让我来演吧。"

今天拍摄解救人质事件的主角是许翊,他将作为主力人员对人质进行施救,能有这样一个和"高岭之花"亲密相处的机会,萧瑶自然是不会放过的。

一时间,大伙纷纷将视线投注在许翊的身上。

苏糖抿了抿唇,目光灼灼地看向许翊。她问他:"你想选谁?"

她屏息等待他的回答,心脏扑通直跳。而当听到他从嘴里轻轻吐出"萧瑶"两个字时,苏糖觉得自己的心不禁一颤。

她长舒一口气,让自己的心脏能够渐渐恢复平静,可当她看到许翊抱起作为人质的萧瑶,从"枪林弹雨"中逃出来的那一刻,她坐在摄像灯旁边,静静地目视一切,心里像是浸泡在柠檬水里,冒出了酸泡儿。

什么冥王星,什么卡戎,还说要守护自己,苏糖原以为自己和许翊的关系已经有了进一步的发展,可原来这只是她自作多情的独角戏罢了。

一旦面临抉择,他竟舍弃她,选择了萧瑶。

"大猪蹄子。"苏糖低声嘟囔了一声,她觉得心里堵得慌,很是难受。

所以当她看见许翊录制完视频,朝她走近时,苏糖别过头,无声地起身,越过那架摄像灯,径自走去给路泽他们几个男学生卸装。

许翊杵在原地,思忖了一下,刚想倾身上前去找苏糖说话,萧瑶却跑了过来,笑着对他说:"原来你在这儿,我们一起去饭堂吃饭吧。"

许翊刚想拒绝,话未出口,就听到耳边传来了"咔嚓"一声。

他循声望去,立刻反应敏捷地将萧瑶扑倒在一旁。伴随周遭众人的惊呼声,一旁的摄影灯应声坠落,忽地砸到了地上。

站在一旁的苏糖吓得呆住了,她赶紧跑过去,所幸许翊和萧瑶都没什么大碍,萧瑶只是摔倒时,擦伤了手腕。

如果刚刚苏糖没有走开的话,这架摄像灯就会直直地砸在她的头顶。

许翊的眼睛微微眯起,他探下身子去检查那架摄像灯,发现灯架的螺丝微微松动,像是被人提前动了手脚。

苏糖做特效化装时,经常会坐在摄像灯旁,借着光线工作,这明显是冲着她来的。

许翊不动声色地望向四周,观察着众人的表情。而路泽则跑上前来查看,发现蹊跷的他不禁想起了一件事情,立刻对许翊说:"许老师,今天上午有

个男人过来送外卖,我看见那个男人就在这架摄像灯旁停留了一下。不过当时大家都在忙着拍摄的准备工作,我便没留心。"

"那后来呢?"许翊问。

"后来那人说是自己搞错了,外卖送的不是这个地址,就走了。"路泽回忆道,"那个男人全程戴着外卖头盔,看不清面容,不过他身材高大魁梧,听声音年纪也不小,大概三四十岁的样子。"

许翊微微沉吟,他和路泽,还有另外两个有刑侦经验的同事一起在现场进行搜查,却没有发现任何线索。

当天晚上,许翊将苏糖送回了家。

苏糖虽然心里有些害怕,可还是对许翊说:"没事的。我吉人自有天相,什么妖魔鬼怪都难不倒我。"

她挥手朝他说再见,迈上了楼梯。许翊看着她上楼,正想着等苏糖家里亮起灯后再走,楼道处却骤然传来一阵女生的尖叫声。

是苏糖的声音!许翊赶紧跑上楼,苏糖家就住在二楼,当他疾速赶到时,就看见苏糖捂着嘴巴,瞪大双眼,一动不动地看着自家的大门。

许翊顺着她的视线望去,只见门上被人泼了红色的油漆,犹如流淌的鲜血般刺目恐怖。上面赫然写着——游戏继续。

下一秒,苏糖好似听到了什么声音,她立刻揪住许翊的衣角,带着颤音说:"你听到了吗?里面有声音。"

苏糖的手指颤巍巍地指向大门处,呼吸不禁一滞。许翊扶住她,朝她轻声道:"别怕,把钥匙给我。"

苏糖咽了咽口水,在袋子里找了一会儿,将钥匙递到许翊的手上。

他让她先往后退,看着苏糖离大门远些后,许翊才快速插入钥匙,扭动门锁,同时将另一只手搭在腰带处,准备随时待命,掏出匕首防御。

打开门的那一刻,许翊疾速地掏出匕首瞄向四周,只见屋内并无人影,而地上正摆放着一支录音笔。录音笔的开关打开着,里面断断续续地传来了一阵奇怪的口哨声。

苏糖记得这个口哨声,她之前回家时总感觉有人在跟踪自己,不时就听到这个诡异的声音。

原来,当初跟踪她的根本不是失踪案的罪犯,而是另有其人!

苏糖的身子止不住地颤抖,她看向许翊,脸上的表情都快哭了,她真的被吓到了。

许翊默默地看她,心里不禁微微泛疼。他蓦地伸出臂膀,将她抱在怀里。他的下巴抵在她的肩胛骨处,轻声道:"没事了,坏人已经跑了。"

他刚刚巡视了一圈,发现苏糖家的落地窗开了一道缝。她家就住在二楼,那人估计是爬窗进来的,随后将录音笔放在了这里。

怀里的少女听完后,怯怯地问:"真的吗?那人真的走了吗?"

她躲在他的怀里,偷偷地探出小脑袋,朝四周看了一眼,但也只一眼,就重新缩了回去。

"嗯,我不骗你。"许翊低声道,"你知道我为什么解救人质的时候选择了萧瑶吗?"

苏糖没想到他突然说这茬,有些发蒙,可还是顺着他的话问:"为什么?"

"因为我不想你冒险,即便只是演练,我也不想你冒险受伤。所以我不会

骗你,更不会将你置于险境。"

苏糖仰起头,正好撞上许翊那双琉璃般的眼眸。他目光如水地看着她,嘴唇翕动,半晌,终于说出了一句话。

他说:"苏糖,我不想你受伤,所以跟我回家吧。"

第十章
星星落进我眼里

直至走进许翊的家,苏糖的脑袋还是像一团糨糊般,乱得发蒙。

她看了看自己手边带来的行李箱,不禁抿了抿唇。

虽然许翊冠冕堂皇地说,为了她的安全,所以将她带到这儿,借宿一段时间,苏糖也觉得自己是过来避难的,可再怎么想,苏糖都觉得他们俩……好像是要开始同居的节奏啊?!

她站在许翊为她安排的客房里,忍不住伸手捂住自己微微泛红的脸。

她轻轻地打开房门,只见对面就是许翊的房间。隔着门缝,苏糖可以看见里面透出了昏黄的灯光,还能隐约看见他的床边一角。

还是不要看了,赶紧洗洗睡吧。苏糖连忙别过眼,拿起换洗的衣服和毛巾走进了浴室。

等到她洗完头,泡好澡后,苏糖却发现,房间里没有吹风筒。

她蹑手蹑脚地踏出房门,此时许翊的门已经闭上了,苏糖站在门口,伸出手想敲门,可一直踌躇不定。

该敲还是不敲呢?正当她犹豫不决的时候,门倏地被人从里面一把拉开。

苏糖愣怔，悬在半空的手也微微一僵。

许翊穿着淡青色的睡衣，手搁在门上，当看见苏糖的那一刻，眼瞳不禁一缩。

她的脸蛋向来粉嫩可人，沐浴后更显得白皙透亮。她的嘴唇殷红，双眸湿润清澈，头发也湿湿地耷在肩上，浸着肩头的淡色睡裙更显透，隐隐约约还能看见少女的肩带。

许翊的目光略微有些慌乱地瞥向一边，他刚刚就是看见对面她的房间开了一道门缝，不愿多想，才把门关上，可谁知她竟自己找上门来了。

许翊佯装漫不经心地问：“有什么事吗？”

“那个……”苏糖有些不好意思地说，“你这儿有吹风筒吗？我想借一下，吹吹头发。”

许翊微微沉吟，将她带进了房间。

这是苏糖第一次进到许翊的房间，天空蓝的墙纸，缀着朵朵白云。窗外的晚风吹拂而入，浅色的纱布窗帘轻轻摇曳。墙角边摆放着一张洁净的书桌，上面的书架上放着一整排整洁有序的书籍。

许翊倚在书桌边，拾起了一本书，随即指了指自己床头柜的方向道：“吹风筒在那儿，你用吧。”

“哦。”苏糖顺着他的手指望过去，就看见摆放在他床头柜上的吹风筒。她见旁边有插座，便将插头插了进去，站在一旁开始吹起了头发。

许翊背靠着书桌，站立着随意地翻看手里的书，余光却瞥向了苏糖。

只见不远处的她墨发如丝，顺着香肩倾泻而下。她的身姿纤细，浅色睡裙下衬着少女修长的两条腿。

他登时倒吸了一口气，犹豫片刻后，他迈开腿走到苏糖的身边，伸手拿过了她手里的吹风筒："我帮你吹吧，这样快一点。"

她面带疑惑，转过头，湿漉漉的眼睛看向他，仿佛带了电流，酥酥麻麻地刺进许翊的心脏。

他的心跳顿时漏了一拍，不禁哑着嗓子道"早点吹完，你就赶紧回去休息。"

怎么一副赶客的语气？苏糖的身子背着他，鼓了鼓嘴，刚想转头再看他一眼，许翊却扳正了她的脑袋，压低嗓音道："别乱动。"

她见他周遭的气息有点骤降变冷的感觉，心里疑惑，可想了想，还是乖乖听他的话，一动都不动好了。

许翊修长的手游走在她的发间，轻抚着她的发丝，顺势而下。他的手轻轻碰到她的腰，苏糖觉得有些痒，不禁咧嘴笑。

下一秒，她听到许翊的声音缓缓响起："我一直很想问，你身上为什么会有牛奶的味道？"

"啊？"苏糖想了想，她从来都没有留意过自己身上的味道。不过听许翊这样说，她突然想起一件事。

"我以前在香港读书的时候，也有舍友这么问过我。后来我去网上查了一下，说有可能是因为我小时候很喜欢喝牛奶。"

她转头看他，毛茸茸的睫毛扑扇了一下，问："不好闻吗？"

"好闻。"许翊静默了几秒，轻声说。

他一边和她聊天，一边垂下头帮她吹头发。她柔软的发丝扫过他的鼻尖，许翊轻轻地嗅着那点儿味。

真好闻。他满足地在心里喟叹了一声。

那一晚，许翊帮苏糖吹好头发后，两人就各自回房睡觉了。可即便月上树梢，三更已过，两人依旧彻夜难眠。

这是他们在同一屋檐下，度过的第一个夜晚。

隔天一大早，许翊有课，他为苏糖煮好白粥，煎了荷包蛋，还准备了一碟橄榄菜后，便上班去了。

因为警校的宣传片拍摄已告一段落，所以苏糖今天偷得浮生一日闲，给自己放了一天假。

她从被窝里磨磨蹭蹭地醒过来时，发现许翊早就不在家了。

她揉着惺忪睡眼，走过客厅，想去备餐台处倒一杯水喝，却见餐桌上摆放着精致的早餐。

苏糖的眼睛亮了亮，她凑上前去，看到桌上还放着一张许翊留给她的便利贴——记得吃早餐，全都要吃光，回来检查。

命令式的口吻，可苏糖看着那行行云流水的小楷，还是十分让她心动。

这世上怎么会有这么有魅力的男人，竟还被她遇上了。苏糖的心愉悦得就像挂在了一颗氢气球上，蓦地就飞到了高空。

她一边哼着歌儿，一边喝着碗里的粥，手上还刷起了微博。可刚刷了一会儿，苏糖心里的那颗氢气球突然"嘭"的一声，就炸了。

此时微博的热搜界面上，正挂着一个话题——#警花警草的铁血浪漫#。她好奇地点开，竟发现里面都是许翊和萧瑶的照片。

因为昨天的摄像灯坠落事件，许翊反应敏捷地将萧瑶护在一旁，这个画面被在场的人录成了视频，放到网上，没承想竟一下子冲上了微博热搜的排行榜。

看着那些他俩亲密接触的照片,苏糖不禁咬了咬牙。而当她刷到底下的评论时,更是憋闷得想要"咬舌自尽"。

因为底下全是感叹和赞许声。

@我的ID不可能这么可爱:天啊!这对警花警草好般配啊,羡慕这种神仙爱情。

@近我者甜:五分钟,我要这对金童玉女的全部资料!

@洛小湘:啊!这个警草小哥哥好帅啊!!我也可以!!!

苏糖没想到,最近这段时间以来,她一直在防火防盗防萧瑶,最后竟栽在一段别人无意间拍摄的视频上。

她郁闷了整整一天,就连点了最爱的螺蛳粉外卖,也觉得吃起来不香了,看了裴梨推荐的古装甜宠剧,也觉得毫无兴致。

苏糖觉得自己需要修身养性,于是她点开了智能电视的搜索栏,为自己点播了一首《地藏经》。

她倚在沙发上,一边听着悠扬绵长的曲子,一边在草稿纸上沙沙地开始作画。

当许翊回到家时,就看见了这诡异的一幕。

客厅里佛经吟诵的声音绕梁不绝,苏糖倚在柔软的沙发上,眼睛微阖,正在浅眠。

许翊小心翼翼地脱下皮鞋,将公文包搁在沙发旁的置物架上,脚步轻盈地走近茶几,拿起桌上的电视遥控器,按下了暂停键。

顷刻间,周遭的声音消散,万籁俱静,好似只余少女轻轻浅浅的呼吸声。

许翊走近她,看见沙发上散落着几张特化设计的草图,而苏糖的手里,还捏着另外一张图。

许翊蹲下身子,悄悄地凑近,只见那张白色的画纸上,赫然勾勒着他的模样。

这是睡觉也舍不得放下自己吗?许翊心里默默地想,嘴角忍不住微微上扬。

他看着近在咫尺的苏糖,纤细的双手搭在脸侧,小脸雪肤凝脂,在暖黄的灯光下能够清晰地看到质感通透的小绒毛。

许翊情不自禁地伸出了手,想要碰触一下她粉嫩的脸颊。可手刚伸到半空中,眼前的少女却蓦地动了动,她的手微微一松,画纸掉落在地,发出了轻微的声响。

苏糖甫睁开眼的那一刻,就看见了近在咫尺的许翊。

她怔然,揉了揉眼睛道:"你在干吗?"

她撑着身子坐了起来,只见许翊面色如常,不紧不慢地拾起了地上掉落的画纸,说:"捡纸啊。"

她还以为……他在偷看自己的睡颜呢。苏糖觉得自己又自作多情了,而后她又想起刚刚看到的微博热搜,立刻气不打一处来,说:"你撒谎,你刚刚是不是想对我做什么不可告人的事情?"

她鼓起嘴,满脸挂着不高兴。

许翊不明白她的心思,只以为她是在犯起床气。他微微一噎,不知该如何作答。

苏糖见许翊不说话,刚想趁着话头继续往下说,却见许翊的手里还攥着她的画。苏糖立刻伸出了手,扬声道:"还我。"

许翊看了一眼自己手里的画纸，不禁挑了挑眉："那你倒是解释一下，为什么画我？还一边睡一边攥着这画不放，是想让我陪你睡？"

"什么啊？"苏糖杏眼圆睁，被他的话堵住，老半天憋不出一句话来。

许翊的眸中闪过星星点点的狡黠："苏糖，你是不是想对我做什么不可告人的事情？"熟悉的话语，原封不动地还给她。

苏糖气得咬了咬下唇，一把扯过他手里的画，说："算你狠。我……我就是随便画画。"

"那你为什么只画我，不画别人？"许翊穷追不舍，苏糖逃无可逃。

要是平时，她肯定会说"因为你好看，你帅气，你是宇宙超级无敌美男子"，可现在她正生着气，于是只撇了撇嘴，随口说："我乐意，你管不着。"

"我偏要管。"许翊目光灼灼地锁着她。

"你想怎么管？"苏糖垂着头，好整以暇地揪了揪自己的衣角，"我们许警官看来本事大得很，什么都要管。上到铲奸除恶，下到英雄救美，样样都要管。"

许翊听出了她的话有些不对劲，终于拧了拧眉问："我什么时候英雄救美了？"

"你的光荣事迹都已经展现在全国人民面前了。"苏糖掏出手机，将微博热搜的页面递到许翊的面前。

许翊不禁低头失笑，他终于知道她今晚究竟是怎么了。

今天白天上班的时候，办公室里就有人用这事拿他打趣，可许翊只将其当作空气，根本没去理会。不一会儿，他就将这事忘得一干二净了，好像微博

故事里的主角，压根不是自己一样。

许翊抬手揉了揉眉骨，半晌，他抬起眼，目光灼灼地看向她："苏糖，别人我管不了，也不想管。"他顿了顿说，"可是，我在意你的感受。"

许翊一字一句地说："如果你不开心，我怎么做才能让你开心点？"许翊有些为难，毕竟他很少哄女孩子。

他的脸上带着难得的认真，苏糖垂下眼睑，可眼角早已偷偷弯出一个笑。她的声音软软糯糯，朝他道："那你为我画一幅画吧。"

几年之前，许翊就曾给苏糖画过一幅画，可当时苏糖匆忙搬家去香港，没能留住那幅画。

"好。"许翊轻声允诺。

他拿起桌上的笔，铺开了一张白纸。苏糖坐在他的身旁，手肘支在桌面，撑着脑袋，侧头看着他。

莹白的月光透过窗户洒了进来，浸着许翊认真的眉眼，跃进苏糖的心里。她觉得，这样的画面，自己一辈子都看不够。

然而时间过得飞快，许翊修长的手沙沙地在纸上翩跹而过，苏糖望着他挺直的鼻梁，精致的侧脸，只觉得还没看够，可下一秒，许翊就搁下了笔，将画递给了她。

画中的女孩长发翩翩，笑靥粲然，仿佛星光般璀璨。

苏糖将画捧在手里，细细地看着，心里像打翻了蜜罐般，甜滋滋的。可半晌，许翊却伸出手，想拿过她的画。

苏糖立刻像护小鸡似的，将画揣在怀里："它是我的了。"

"知道。"许翊低眉浅笑，"请这位画像的主人，能不能将画借我一下呢？"

见苏糖面露疑惑,许翊的眉眼舒展开,轻声说:"我想拍照留念。"

当天晚上,苏糖躺在房间的床上,捧着手机,径自刷微博。

她伸手往下滑手机屏幕,只见微博界面上显示着许翊十分钟前发布的一条新内容。

苏糖定睛一看,只见上面写着一行字:今晚月色真美。

还附有一张图。图中是窗外的一轮明月,而窗台边的桌上,正摆放着那张苏糖的画像。

画像中的女孩长发翩翩,温婉可爱,有别于警花的模样。

谣言,至此不攻自破。

隔天周末,许翊不用上班。他早早地起床,在厨房里做早餐。

苏糖磨磨蹭蹭地从床上爬起来,走到厨房时,正好瞧见许翊站在灶台前,往热锅里倒油。

她揉了揉惺忪睡眼,凑到他面前问:"你在煮什么?"

"煎香肠。"许翊拿着锅铲,将一盘准备好的小香肠倒进锅里。

苏糖站在他的旁边,拿起一双筷子,夹了两下道:"我帮你吧。"

她倾身上前,可许翊却蓦地伸出手,拦住了她前进的脚步:"不用了,小心被油溅到,你站远点。"

苏糖抿了抿唇:"可我想帮你嘛。"她的声音软软糯糯的,好似还带着早晨特有的清新味道。

许翊微微一顿,他伸手指了指旁边早已做好的蔬菜沙拉,对她说:"那你

帮我把那个放到餐桌上吧。"

"好!"接收到任务的苏糖立即行动,她端起那盘蔬菜沙拉,只见上面铺满了小番茄、紫甘蓝、玉米粒还有黄瓜,鲜翠欲滴的蔬菜上涂抹了蛋黄沙拉酱,还有白兰地酒的香醇味道氤氲着飘入鼻尖。

苏糖小心翼翼地捧着手里的瓷盘,突然脑海里闪过一个想法,她赶紧回头想叫许翊,可脚下突然一个趔趄,差点摔倒在地。

瓷盘摔落的那一刻,伴随"嘭"的一声,苏糖摇摇欲坠的身子被动作敏捷的许翊一把抱住,堪堪将她扶稳。

苏糖看着地上的一片狼藉,不禁垂下头,低声道:"对不起,我不是故意的。"她怕他训她,头垂得低低的,根本不敢看他的表情。

许翊微微拧眉,他拉起她的手,朝她四下打量:"有没有受伤?"

苏糖摇摇头,许翊垂眸看她,淡淡地问:"你刚刚是不是有话想对我说?"

"嗯。"苏糖轻轻地点了一下头,"我想让你把厨裙穿上,别被油溅到了。"可谁知,她的温馨提示还没说出口,自己这边就遭遇了"滑铁卢"。

许翊吁出一口气,他从阳台拿来了一把扫帚。两人一起将地上全都收拾干净后,才重新开始煮早餐。

苏糖从柜子里拿出了厨裙,戴到许翊的脖子上。他张开臂膀,任由苏糖摸索着为他系厨裙。

隔着薄薄的布料,苏糖捏着厨裙的带子,绕到许翊的身后,手若有似无地掠过他的腰间,在他的背后打了一个蝴蝶结。因为怕待会儿松了,苏糖还特意绑紧了些。

"你看我做得好吧？"她仰起素净的小脸，露出一副求表扬的表情。

"很好。"许翊的眸中掺着笑意，伸手揉了揉她头上的碎发。

苏糖一听，立刻喜上眉梢。她捧起双手，伸到他的面前，像是个要糖吃的孩子："那我要奖励。"

许翊想了想，微微颔首道："行，奖励你……待会儿把桌上的食物都吃光。"

"这算哪门子奖励，你不说我也会吃光的啊，我那么乖。"她歪了歪骄傲的头颅，自信满满地说。

许翊蓦地笑了，伸手刮了一下她的鼻子。苏糖愣怔，对上他宠溺的目光。

此时他俩靠得很近，苏糖可以清晰地看到，有阳光透过窗户洒在许翊的脸上，他浓密卷翘的睫毛沾着镏金色的浅光，伴随他扇睫的颤动，轻轻地扑腾出光点。

他眉目温软，鼻梁挺拔，薄唇红润得像是点了朱砂，色泽诱人。

苏糖舔了舔唇，顿时色向胆边生。她踮起脚尖，眼中毫无怯意，一字一句地说："许翊，我想要的奖励，其实是你的……"

话音未落，屋子的门突然"啪嗒"一声，被推开了。

王静如踩着高跟鞋走进屋子时，正好看见这一对男女暧昧的身影。

今天王静如从外地出差回来，心想好多天没见到儿子了，难得地赶紧提着一大袋精致小菜来许翊家看他，可谁知竟撞见眼前这一幕。

王静如杏眼圆睁，面上满是藏不住的欢喜，嘴里不禁嚷嚷着："你们继续，继续！"

语毕，她就想推门离开，可许翊蓦地叫住了她："妈！"

王静如脚步一顿，心里生出了几分憋闷，腹诽自己来得真不是时候，破坏了这么难得的氛围。

她优雅地回头，转身，迈步走到他俩面前，话是对许翊说的，可眼睛却直勾勾地看着苏糖。

"小翊啊，你什么时候带女孩子来家里了，也没提前和妈妈说说，好让妈妈给准备个见面礼什么的。"

这么快就见家长了吗？苏糖眨了眨眼睛，脑袋有点蒙。

许翊也微微一噎，刚想向自家母亲解释，王静如却立刻摆了摆手，笑着说："别解释，妈妈都懂的，妈妈是过来人。"

这么多年来，王静如的心里其实一直很担忧。因为自家儿子从来没有过交往对象，甚至连个女性朋友都没有，活得跟修仙似的。

然而，自从上次在医院见到苏糖后，王静如的心里就点起了希望的火苗，而如今，那团火焰竟这么快就熊熊燃烧起来了。

她现在真的恨不得立马去买各种烟花爆竹，噼里啪啦地大放一场，好好庆贺一番。

片刻后，许翊将煮好的早餐放在餐桌上，王静如也将带过来的小菜全都拿了出来。

苏糖一见到这些琳琅满目的小菜，不禁"哇"了一声，问："阿姨，这些都是您做的吗？"

王静如摆了摆手，捂嘴笑道："我哪会做这些啊，这都是我让我秘书做的。以前许翊爸爸在的时候，都是他爸爸做的饭。自从他爸走了之后，我就再也吃不到那种味道了。"

语毕，她又开始忍不住抽抽搭搭，可当瞧见许翊投过来的清冷眼神时，泪珠子立刻收了回去。

"今天是个好日子，以前的事咱就不提了。"王静如目光如水地看着面前的这对璧人，语重心长道，"你们一定要好好的啊，许家未来开枝散叶，就靠你们了。你爸要是泉下有知，也会很欣慰的。"

苏糖一听，脸颊噌地就烧了起来，耳根红得通透。

许翊看了苏糖一眼，抿了抿唇，不禁打断道："妈，你这说得也太远了。"

"阿姨，其实我和许翊……"苏糖怯怯地开口，话刚说一半，许翊就夹了一筷子菜放到她的碗里，淡声道："吃菜。"

王静如见状，立刻露出了欣慰的笑："我们小翊现在长大了，会疼人，像他爸。以前我们夫妻俩呀，也喜欢互相喂着吃。那时许翊坐在餐桌上，脸色冷淡得很，还说我们幼稚呢，真不知道他这性子是随谁。"

许翊回想了一下他们以前的模样，夫妻和睦，恩爱有加，可那腻歪的画面确实让人有些受不了。

王静如挑了挑眉，促狭地看了他一眼，问："那你现在还觉得幼稚吗？"话音落下，刚好苏糖夹了一筷子菜到许翊的碗里。她抬眼望向许翊，只见坐在身旁的他沉默半晌，随即薄唇动了动，说："不了。"

那一刻，苏糖耷拉下脑袋，脸颊泛红，专心致志地喝起了碗里的豆浆，可谁知她喝得太快，倏地就被呛到了，忍不住咳嗽了两声。

许翊见状，立刻伸出长臂，抚了抚她的背，轻声细语道："慢点喝。"

王静如静静地看着他俩，会心一笑。

不久后，许翊接到公安局的通知，让他复职，重返警队。

当天晚上，陆勇等人约许翊出来聚会，庆祝他官复原职。可谁知酒过半巡，许翊就拉开凳子，说想先回去了。

陆勇放下手里的酒杯，调笑道："许队，这还早着呢，跟兄弟们再喝几杯嘛，又不是家里藏着美娇娘。"

众人顿时起哄，让许翊再留下多喝几杯，可他却站直身子，声音淡淡的，有些懒洋洋地说："确实有人在等我，我就不奉陪了。你们也少喝点，不然以后娶不到媳妇。"

看着他利落离场的身影，众人不禁面面相觑。

同事甲："许队这是什么意思？欺负我们没对象？"

同事乙："不会吧？许队有对象了？家里真的藏了美娇娘？什么时候的事？万年铁树开花了？"

看着他们一个个生出满脸问号的样子，陆勇也捉摸不透，不禁挠了挠脑袋，心想许队就休职了一段时间，这段时间里自己是不是错过了某些大戏？

许翊原以为，他回到家时，苏糖会像往常一样，飞奔着跑过来，帮自己提起公文包，朝他笑着说："欢迎回家！"

可今天许翊一迈进家里，就发现家中漆黑一片。他打开灯，环顾四周，确定苏糖确实不在家。

他坐在客厅里等了一阵，旋即迈着长腿走向阳台。拉开落地窗的那一刻，缱绻的风拂上了他的脸。

许翊倚在阳台边，朝下望去。半晌，就看见有一辆白色轿车缓缓地开到他家楼下。

下一秒，车子里走出了两个熟悉的身影——苏糖和周祈安。

今天周祈安带了艺术学院的几个应届毕业生，去到了苏糖的特化工作室，说是观摩，实则是拜师。

他希望能够为学生们提供好的就业机会，也希望能让苏糖招到更多新鲜的血液。

"那几个学生都是好苗子。"周祈安倚在车门旁，对苏糖说。

"我知道，今天大致观察了一下他们的特化手艺，确实不错。谢谢你，祈安。"

"别客气，我们之间不用说谢谢。"周祈安随口道。

他看着苏糖微微语塞，不知该如何作答的样子，不禁开口道："对了，过几天就是艺术学院的开放日活动，到时欢迎你来参加。"

"嗯，我记得的。"苏糖朝他点点头。

半响，她和周祈安挥手告别。上楼回到家时，苏糖发现客厅的灯亮着，但许翊不在。

她喊了一声，没人应答，于是便踱步向前走，经过阳台时，苏糖看见了那一抹挺拔的身影。

她抬脚走进阳台，当靠近阳台边时，苏糖便瞧见周祈安的车子这会儿才缓缓离开的画面。

许翊是看见了吗？苏糖侧头看向许翊，默默地想。

刚刚周祈安送苏糖回来的路上，她就跟周祈安说过，为了安全，现在自己暂时住在许翊这儿，可周祈安却反问她："你确定你住在他那儿，就是安全的吗？"

苏糖原本不懂周祈安的意思,可如今,她看着许翊紧绷着脸,周遭泛着凛冽的气息,确实有一点点危险的感觉。

苏糖搓了搓手指,正思考着应该用什么说辞,就看见许翊薄唇轻启:"你今天回来晚了。"

"我和祈安见了一面,他给我介绍了几个学生。"明明没什么,可苏糖竟莫名地生出了几分心虚,声音也不禁低了几度。

许翊像是不在意,不紧不慢地坐到阳台的凉椅上,声音冷冷地说:"我今天复职了。"

"恭喜你啊!"苏糖开心得弯起嘴角,展眉一笑。

"可我不开心。"许翊面色淡然地说。

"为什么?"

"因为没人帮我庆祝。"许翊的手指有一下没一下地敲击着凉椅的把手,撒谎都不用打草稿。

"我帮你庆祝哇。"苏糖忙不迭地说。

她坐到他的对面,声音清脆又悦耳:"你想要什么,我都给你。"

"什么都给?"许翊挑眉。

"嗯。"苏糖毫不犹豫地点头。

许翊倾身朝她凑近了一寸,目光灼灼地凝视她:"我要你的眼睛,一直看着我。"

"我一直看着你呀。"苏糖睁着清澈如水的眼睛,与他对视。

"不,我需要保证。"许翊的眼里漆黑深邃,带着几分意味不明。

苏糖刚想问怎么保证,就看见他薄唇动了动,径自说道:"得先盖个章。"

语毕，他倾身上前，伸出双手搭在苏糖的凉椅上，蓦地将她一把圈住。

苏糖怔然，下意识地闭上了眼睛。下一秒，她感受到有一片清凉轻轻地落在她的眼上。

肌肤相触的那一刻，柔软又轻盈。

耳边响起了他微微有些沙哑的声音："苏糖，你以后都只看着我，好不好？"

苏糖的心微微震动，她慢慢地睁开眼睛，讷讷地看着他，鬼使神差地点了点头。

然后，她看见他清隽的眉眼蓦地舒展开，露出了温柔的笑。

那一刻，苏糖觉得好像有星星落入自己的眼底，炽热璀璨。

那晚之后，苏糖觉得自己和许翊之间变得格外暧昧。

他每次看向她时，她都会不自觉地别过头，眼睛里藏着几分羞赧。

某天，她待在房间，正坐在垫子上做瑜伽，许翊敲响了她的房门，将一盘水果递到她的面前。

苏糖伸手拿起一块切好的苹果，朝他说谢谢。

可许翊却蹲下身子，和她平视，苏糖不禁舔了舔唇，移开视线。下一秒，许翊就伸出食指，微微勾起了苏糖的下巴，对她说："我们不是说过了吗？你以后得看着我。"

苏糖看着他眉眼含笑的样子，目光略微游离了一下，最后还是鼓起勇气，和他对视。

苏糖觉得，再这么下去，自己都快要犯心脏病了！而且她的病历单上会写

着,因为心跳过于急促,导致心脏衰竭。

于是,某个周末,苏糖决定去特化工作室加加班,研究一下新接项目的那份特化设计稿,平复自己的心情。

可刚赶到工作室,还没上楼,苏糖就接到了一通电话。她掏出手机一看,竟是王静如。

那天她俩在许翊家里见面后,王静如就以迅雷不及掩耳之势,要到了苏糖的联系方式,俨然一副未来婆婆想讨好未来媳妇的模样。

苏糖:?

她想了想,晃了晃脑袋,将思绪收拢后,立刻接通了王静如的电话。

十分钟后,一辆白色的卡宴开到了苏糖的面前。王静如拉下车窗,热情地和苏糖招手,让她快上车。

最近星河广场新开了一家商业城,入驻了很多时尚大牌。王静如许久没逛街了,于是便拉上苏糖,让她陪自己一起逛街买衣服,顺便拉拉家常,联络联络感情。

一整个下午,她俩逛完了所有喜欢的店,提着一袋袋衣服去餐厅吃饭。

等上菜的间隙,王静如拉着苏糖的手,笑着跟她说:"其实我很久以前,就想养一个女儿了。那时我在医院看见你,第一眼就好喜欢。想来,老天知道我有这个心愿,所以让我们家小翊遇见你。"

闻言,苏糖敛眉一笑。她忽然就想起了自己的妈妈,虽然妈妈早已不在人世,但苏糖一直很想妈妈,以至于到如今也无法忘怀那种失去的痛苦。

而今,苏糖看着许翊的妈妈,感觉特别亲切,让她的心微微得到了慰藉。

王静如看到苏糖有些闷闷不乐的模样,想逗她开心,于是开口道:"你知道吗？我之前因为很想生女儿，曾打算给小翊穿女装的，可他爸爸不让。所以，我就偷偷地拍了一张照片，一直都存在手机里。"

王静如低声道，像是在说什么重要机密，苏糖不禁咧嘴笑了。

王静如一看，眸中的笑意更盛。她掏出手机，像献宝似的，扬扬得意地说："我拿给你看啊，我到现在一直都珍藏着。"

苏糖脚步轻盈地回到家时，就看见许翊坐在客厅的沙发上，正认真地看案件资料。

一听到脚步声，许翊放下手里的资料，抬眸看向她："回来了？我妈没折腾你吧？"

"阿姨可好了，比你可爱多了。"苏糖将一摞购物袋倏地放在茶几旁的椅子上，随即坐到沙发上，侧头看许翊，却见他剑眉微挑，眼里带着一丝寒意。

苏糖不禁咳了两声，屈于他的"淫威"之下，她悠悠改口："没有啦，你比较可爱。"

语毕，许翊刚想纠正她，却听苏糖话锋一转，捂嘴笑道："不过……是小时候比较可爱。"

他的脸上登时露出了几分疑惑。苏糖憋着笑，蓦地掏出手机，递到他的面前。

只见手机屏幕里，一个小男孩穿着花布小裙子，嘴唇涂着樱桃色的口红，粉雕玉琢，稚嫩可人。

"噔噔噔，是不是很可爱，像个小公主！"

因为刚刚王静如拿给苏糖看时，苏糖觉得这张照片实在是太可爱了，所以

便让她发给自己,心想以后每天都翻出来看看,让心情愉悦舒畅,说不准还能保持满满的少女心。

苏糖在这边傻乐,而另一边,许翊的脸色骤变,下颌线绷紧,话从牙齿缝里慢慢地挤了出来——"苏、糖。"

他抽出手,蓦地就想去抢她的手机:"你哪儿来的?给我。"

命令式的口吻,苏糖却下意识地将手缩到背后。她难得有一个他的把柄,怎么肯轻易给他。

"我不给,你休想毁尸灭迹。这么可爱的照片,我要一直留着。"

说完,她快速地从沙发上跳下来,直直地想跑回房间。可下一秒,她感觉自己的腰间突然一紧,蓦地被人捞进怀里。

此时许翊的双臂围住她的腰,胸膛紧贴她的后背,温热的嘴唇若有似无地碰上她的耳朵。

他的呼吸沉重而急促,哑着嗓子道:"给我。"

苏糖的心顿时像擂鼓般跳动,她感觉自己的耳尖早已红得发烫。可是输人不能输阵,她堂堂"小霸王"怎么能被美色所惑?

于是,她佯装镇定地深吸一口气,旋即侧过头,朝他眨了眨眼睛:"想要我给你?叫一声姐姐来听听。"

许翊:"……"

苏糖看着他吃瘪的样子,憋着笑,嘴角的酒窝却微微一陷。

许翊垂眸看着怀里的她,像是一只偷腥的狡黠小猫。他的眼睛不禁眯起,下一秒,许翊伸出长臂,使了巧劲,蓦地将苏糖打横抱起。

身子悬空的那一刻,苏糖怔怔地伸出手,圈上了许翊的脖颈。她的身子伴随他的走动起起伏伏，心情也像扁舟入海般潮起潮落。

半晌，许翊抱着她，将她轻轻地放倒在沙发上。陷入柔软沙发的那一刻，苏糖看着许翊朝她俯下身子，她下意识地将身子往后缩，拿起手机挡住了自己的脸。

耳边顿时响起了他调笑的声音："现在可以给我了吗？小妹妹。"

苏糖的脸涨得通红，咬了咬下唇，心里郁悒，她和许翊的第N次拉锯战，以她的"认怂"宣告失败。

一阵电话铃声突然响起，许翊从裤兜里掏出手机，接听了来电。

苏糖直起身子，双腿蜷缩在沙发上，侧头看许翊。只见电话那边一直在说话，而许翊则低声应着。

半晌，许翊挂断电话，沉默了一会儿，对苏糖说："有一件事我想跟你说，萧瑶来我们公安局工作了。因为我们局里最近需要一个研究犯罪心理学的人员，负责审讯与调解，所以萧瑶就主动申请调派到我们这里。"

苏糖讪讪地鼓了鼓嘴，随即听到许翊说："然后……刚刚领导打电话来，说萧瑶是新手，让我作为队长将她收归队里，好好带带她。"

许翊顿了顿说："你觉得，我应该答应吗？"他佯装漫不经心地问，余光却偷偷地瞥向苏糖。

苏糖沉默，她的心里自然是不愿意看到萧瑶和许翊共事的。那个女生就像只狐狸，苏糖不喜欢她。可是，许翊刚刚复职，如若此时违背上级的命令，总归不太好。

于是，苏糖思忖再三，对他说："我觉得挺好的，带带新人、引进人才，

有利于发展和进步嘛。"

苏糖竭力地弯起嘴角,可许翊见状,脸色却微微一沉,冷声道:"嗯,那我先去睡觉了。"

语毕,他头也不回地朝自己的房间走去,徒留苏糖一个人待在寂静的客厅。

她讪讪地想,我都没不开心、没发脾气呢,他这是怎么了?

苏糖想不通,所以当裴梨打电话给她时,她就向裴梨述说了自己的苦恼。

"你说许翊这是怎么了?是不是因为我太善解人意,所以他感动得无言以对了。"

电话那头的裴梨一听,立刻翻了个白眼,给了她一记当头棒喝:"小糖糖,你是不是傻?许翊他想听到的,当然不是你大度地让他接受萧瑶啊。"

"我这不是为了让他安心嘛。"苏糖咕哝道,"可谁知,他竟然不高兴了。"

苏糖顿了顿,问:"那我现在怎么办?"

"哄呗。"裴梨在电话那头开始出馊主意,"要不然,你就牺牲一下你的美色,去造福他!"

"什么啊,你跟彭风驰在一起都学了什么啊?"

苏糖抓狂,可令她更抓狂的事还在后头呢。某一天,她突然收到了裴梨给她寄的一箱东西。

苏糖打开一看,发现里面竟然是几套情趣内衣,性感蕾丝,吊带小粉红,款式齐全,应有尽有。

苏糖抽了抽嘴角,手机同时接收到一条微信,是裴梨发过来的信息:"宝贝,准备一顿烛光晚餐吧!先搞定他的胃,然后再搞定他的身体。加油,姐妹!"

这真的能行吗？苏糖的脸颊微微泛红，她想了想，又晃了晃脑袋，旋即将那一箱情趣内衣全都藏到了床底下。

虽然嘴上说着不乐意，但苏糖的身体却很诚实。当天下午，她去了一趟附近的超市，买了红酒和牛排。

回到家后，苏糖根据烹饪菜单，进行了无数次尝试，终于做成了一桌色香味还算合格的菜式。

夜幕降临，繁星闪烁。苏糖倚在阳台边，一边数星星，一边等许翊回家。可等啊等，都没见到那个心心念念的身影出现。

苏糖看了一眼满桌的菜，又看了一下墙上的钟，最后她掏出了手机，给许翊打电话，可电话一直无法接通。

她微微拧眉，又打了几次，依旧无人接听。

不会是出什么事了吧？苏糖的心里生出几分担忧，连忙打开手机里的通讯录，找到了陆勇的电话。

电话响了几声，终于接通了。苏糖向陆勇询问许翊的情况，可谁知他竟告诉她，许翊今晚出任务遇到暴徒，现在正在市人民医院呢。

苏糖一听，立刻挂断电话，她不敢想象许翊究竟受了多重的伤，赶紧马不停蹄地赶到医院。

可到了那儿，苏糖看见许翊站在病房门口，正在和穿着白大褂的医生说着什么。

"许翊！"苏糖赶紧跑上前去，喘着气，朝他上下打量。

许翊怔然："你怎么来了？"

"我听陆勇说你在医院就赶紧过来了,你是不是受伤了?"

许翊微愣,面色松了松道:"别紧张,我没受伤,我只是……"

话音未落,病房里骤然传来一个熟悉的女声,有人在唤许翊的名字。

闻声,许翊跨步上前,苏糖也跟着他走进了病房,只见萧瑶穿着病号服,躺在病床上,面色苍白地看着他们。

苏糖这才知道,原来今晚许翊他们去执行任务,有人想偷袭许翊,千钧一发之际,是萧瑶上前替他挨了一刀。

许翊为她查看了一下吊瓶的药水,放缓了输液速度:"你好好养伤,医生说休息一段时间,很快就会好了。"

"可是我好疼。"萧瑶睁着水汪汪的眼睛,露出一副楚楚可怜的模样,惹人心疼。

苏糖看着她,抿了抿发干的唇,缄默不言。

许翊将苏糖带出了病房,轻声地说:"萧瑶的父母都在外地,这边没人照顾她。她毕竟是为我受的伤,我得留下来。"

苏糖讪讪地点头,勉力地弯起眉眼,朝他说好。

傍晚的海滨长廊,人潮熙攘,微风缱绻。

苏糖慢慢地走在街上,街灯将她孤单的影子渐渐拉长,她迎着晚风,只觉得身子有些泛冷。

半晌,苏糖的手机忽然响起。她点了接听键,男人清亮通透的声音顿时传入耳畔。

"苏糖,今天艺术学院的开放日你有过来吗?我没看见你。"周祈安顿了顿说，"今晚还有一个答谢晚会，现场颁发各种设计作品的奖项。你来吗？"

"抱歉，我忘了。"苏糖停下脚步，垂着头，声音里带着些许愧疚，"我可能去不了了。"

周祈安听出她的声音有些不太对劲，不禁问："你现在在哪儿？"

"我……我准备回家了。"苏糖支支吾吾，周祈安则穷追不舍，最终追问出了她的具体位置。

片刻后，周祈安赶到了海滨长廊。一下车，就看见不远处的少女穿着黑色连衣裙，倚在长廊的栏杆处，晚风拂过她的侧脸，吹起她的发丝，娇小的背影尽显落寞。

周祈安倾身走近她，苏糖看见他时，不禁吁出一口气："其实你不用专门过来，我一个人待着就好，害让你错过晚会。"

"你比晚会重要。"周祈安斩钉截铁地说。

他目光灼灼地看向苏糖，苏糖像是预感到什么，不禁移开视线。

下一秒，她就听到周祈安温润的声音响起："苏糖，其实我第一次见到你的时候，就……"

"不好意思！"苏糖脱口而出，脸上带着几分慌乱与窘迫，就想逃走。可她刚迈开一步，身后的人就疾步上前，一把拉住她的手。

苏糖呼吸一滞，她垂着头，尝试着将手从他的手掌中抽出来，可他却使了劲。

苏糖拧起眉，思忖再三后，她终于抬起头，目光直直地看向周祈安，说："对不起，我已经有喜欢的人了。"

周祈安的眉心一跳，他的左手攥紧了拳头，右手却顿了许久，最终缓缓地将她的手松开。

沉默半晌，周祈安终于露出释然的笑。他对苏糖说："我明白的。"他其实早就看出来了，可还是想尽力一试。

苏糖垂下眼睑，她嘴唇翕动，刚准备和周祈安说再见，可面前的人却突然说："虽然很冒昧，但我想说，你很像我认识的一个人。"

苏糖抬头，看见他的眼中溢出了悲伤与寂寥，不禁问："虽然很冒昧，但请问，是你的前女友吗？"

其实，苏糖不太相信周祈安真的是对自己一见钟情，因为他看起来，不是一个为爱冲动的人。反之，他含蓄内敛，绅士儒雅，像是一个有故事的人。

周祈安一听，蓦地笑了："是的，她和你一样会画画，有才华，不过她跟你又有所不同。她从来不懂得拒绝，对所有人都如此，以至于忽略了自己的感受。"

"你比她潇洒。"周祈安最后笃定地说。

闻言，苏糖没有继续追问，因为她可以感受得到，周祈安说起那个人时，双目都盛满了悲伤，感觉那个人应该是去了很远很远的地方。

而如今，她和周祈安也要挥手告别，去往不同的人生方向。

正如这个世间，有数不尽的团聚，也有话不完的别离。

友人之爱会指向团聚，父母之爱会指向别离。而恋人之间的爱，则需要缘分的考验，才能决定最终的归属。

那么，自己和许翊之间，又将会走向怎样的结局呢？苏糖讪讪地想。

她回到家中，将一桌的菜全都倒掉，思考了一夜，一夜无眠。

连续几天，许翊不是去公安局上班，就是去医院照顾萧瑶。

苏糖的思绪早就跟随他不知道飘到了哪里,她握着手里的笔,坐在办公桌前暗自发呆。

突然,门口响起了一阵敲门声,苏糖笔尖一顿,回过神来。她低头看了一眼自己正在画的特化设计稿。得了,又画废了一张图。

她将纸张揉成团,扔进了垃圾桶,深深叹了一口气,旋即朝着门口扬声道:"请进。"

"嗒嗒"的高跟鞋踩在地板上的声音传来,苏糖抬眼望去,竟然是王静如。

她穿着一袭裁剪合身的长袖纱裙,脸上化着精致的妆容,笑靥粲然地走近苏糖,扬了扬手里提着的精致礼盒。

"小糖,你看我给你买来了什么?"

她献宝似的打开了盒子,只见里面摆放着浓郁香甜的小泡芙,甜甜的果酱搭配奶油,顶部还有糖粉点缀,看起来可口又诱人。

王静如笑着说:"上次我们去逛街的时候,你不是说吃得太饱了,吃不下甜食吗?喏,今天我就把它给买来了,咱们一块吃。"

"谢谢阿姨。"苏糖弯起嘴角,心里不禁生出了几分感动。

然而在吃甜点的时候,王静如发现苏糖的兴致却不高。

她心下了然,眼珠子转了转,开口道:"我听小翊说,他最近挺忙的,单位里有个同事受伤了,所以他就和其他同事一起过去帮忙。听说那个姑娘的父母都在外地,身边也没什么朋友。出于同事之情,大家守望相助,互相扶持,也是人之常情。"

苏糖讪讪地点头,说自己知道的。

然而下一秒,王静如却拉起她的手,语重心长地对她说:"小糖,你可

千万别胡思乱想。阿姨可以向你拍胸脯保证,我们家小翊是最喜欢你的。"

一听这话,苏糖不禁红了脸,微微低下了头。

王静如以为她不信,忙不迭地说:"我还没老眼昏花,看得真切着呢。还有,我这儿有物证!"

语毕,她从随身的袋子里掏出了一个相框,递到了苏糖的面前。

苏糖一看,登时杏眼圆睁。因为这个相框里,镶着的是他们当初高中绘画班的集体大合照。

"我当初第一次看见你时,还没有留意,但那天我们逛完街后,我就突发奇想,去了小翊原来的房间,找到了这个相框。果然,当中有一个女孩就是你。"

因为王静如经常出差,许翊也想独立,所以这几年他们一直不住一块儿。可许翊的房间里,却一直摆放着这张集体大合照。

王静如原本不明白自己的儿子为何如此珍视这张照片,现在想来,已是有迹可循。

"原来许翊是记得我的。"苏糖喃喃地说。

王静如不晓得他们之前的来往,只以为苏糖是在为和许翊的久别重逢感慨和欢喜,不禁说:"他当然记得你啦,学生时代那么多张毕业照他都不放,单单放这张绘画班的相片,我想这肯定和你有关!"

苏糖听完,如鲠在喉,她握着那个泛黄的相框,手不禁微微攥紧。

苏糖不明白,许翊为什么不承认记得自己?饶是她想破脑袋,也想不出个所以然来。

难道他是嫌她以前像块口香糖一样跟着他,太黏人了,所以想躲开她吗?

又或者，他是觉得她画工太差，这么多年来没有半点建树，让他这个师父丢了面子，所以就不想理她了吗？

无论是哪一种，苏糖觉得都像是许翊不愿和她相认的佐证。她怔怔地想，许翊该不会是讨厌自己吧？

向来擅长胡思乱想的苏糖开始在脑海里撞南墙，撞着撞着，她的头脑就蒙了。就在她有些找不着北的时候，她决定找裴梨出来喝酒，让裴梨为自己理一理思路。

二十分钟后，苏糖坐在酒吧桌前，给自己点了一杯伏特加。周遭音乐声响彻耳畔，苏糖微微拧眉，抿了几口酒，等了一阵，可裴梨依旧没来。

正当她想掏出手机打给裴梨时，电话铃声骤然响起。苏糖走到一处人少的地方，点了接听键，准备安静地接听，那边立刻就传来了裴梨略带愧意的声音。

"小糖糖，不好意思啊，风驰今晚又和他爸吵架了，我得去劝劝他们。"

这段时间以来，因为裴梨的调解，彭风驰和他爸爸的关系缓和了许多。可如今不知他们之间又起了什么争执，毕竟家家有本难念的经，经是永远念不完的，不过只要有爱，一切总能解决。

苏糖悻悻地想，宽慰她道："没事啦，我知道了。你赶紧去调解吧，未来中国好媳妇就是你！"

两人打趣了一番，苏糖挂断电话后，经过喧嚷的人群，将桌上杯子里的酒一饮而尽，随即走出了酒吧。

原以为喝点小酒没什么，可苏糖忘了自己是喝不了多少酒的体质。没过一会儿，后劲立刻就上来了，苏糖只觉得自己头昏脑涨，走路都有些摇摇晃晃。

正当她脚步虚浮地在街上走着S线时，背后有一双手猛地将她拉到了附近

的巷子里。

苏糖瞪大眼睛看向来人,酒立刻醒了一半。只见面前的男人身形高大壮硕,脸上蓄着络腮胡,眸中凶光乍现。

"小姑娘,你还记得我吗?"他抽出兜里揣着的一把小刀,放在手上有一下没一下地拍了拍,嘴里吹起了口哨。

苏糖肩膀一颤,她记得这个口哨声,是那个跟踪犯吹过的口哨。她下意识地后退了一步,可那人却缓缓地朝她走近。

"看来小姑娘记性不太好哇,我帮你回忆回忆,当初在纳米比亚的时候,你们抓了我的一众兄弟,让我弟弟血溅当场。今天,我就要让你血债血偿!"

他的眼睛涨得通红,像是一只囚禁已久、正欲夺门而出的野兽。

苏糖立刻就想起来了,他就是那个逃窜在外、至今警方依旧在通缉的罪犯——王彪。

苏糖吓得杵在原地,可理智告诉她,此时不能自乱阵脚。她抿了抿干涩的唇,目光直直地望向来人道:"我不认识你,也没去过什么纳米比亚。"

"少装了。"王彪甩了一下手里的刀说,"你和那个叫许翊的'条子'是相好吧?我没办法从他那儿下手,但对付你一个小姑娘还是绰绰有余。"

说完,满脸横肉的他蓦地露出一抹奸邪的笑。

苏糖的目光转了转,下一秒,她立刻大声地朝他身后喊:"有警察!"

王彪下意识地顺着她的视线回头望去,此时的巷子里空荡荡的,哪有什么人影。

王彪立即反应过来,他转过身,疾步上前,一把抓住了正想拔腿逃走的娇小身影。

"小丫头,竟敢跟我使这种烂把戏。"他吐了一口唾沫,扬起了手里的刀。

苏糖就势蹲下,双手抱住了自己的头。

尖刀刺下来的那一刻,苏糖听见头顶突然传来一阵剧烈的响动。伴随"嘭"的一声,身旁的人被一股力道踹翻了出去。

苏糖蓦地仰起头,正好看见许翊肃肃而立的挺拔身影。

许翊站在巷子里,攥紧拳头,额上青筋暴绽,侧过脸时,苏糖正好撞上他那双满含关切的眼眸。

刚刚裴梨打电话给许翊,告知他苏糖去了酒吧,他便赶紧从医院跑了出来。经过四处搜寻,许翊听到了巷子里的响动,跑过来时就撞上了这一幕。

此时他眉头深锁,抬脚正欲走向苏糖,可面前的她睁着湿漉漉的眼睛,突然就朝他大喊了一声:"许翊小心!"

下一秒,那个壮汉像猛虎般朝许翊扑了上来,许翊立刻与他展开了激烈的搏斗。

苏糖站在一旁,看着那人手里持着刺刀,朝许翊四下劈砍,而许翊则堪堪躲过他的攻击。

苏糖急得手心冒冷汗,呼吸也变得急促起来。她望向四周,正好瞧见不远处的角落里放着几个被人丢弃的空酒瓶。她心念一转,睁着杏眼,疾速地跑上前去抡起酒瓶。下一秒,苏糖拼尽全力地将酒瓶朝那人的头顶砸去。

玻璃摔碎成片,掉落在地的那一刻,顿时传来了男人吃痛的惊呼声。一时间,路边巡逻的警察闻声赶来。

两个警察扑身上前,将王彪猛地按倒在地,随即将他抓捕,带回了公安局。

至此，一条大鱼落网，周遭恢复了平静。

当许翊从公安局里录完口供，走出门口时，就看见苏糖抱着自己的胳臂，时不时地将目光瞥向自己的右手。

许翊走近一看，竟发现她的右手上有一道鲜艳的血痕，很明显是刚刚砸酒瓶时，无意间割伤了手。

"怎么受伤了也不吭一声？"许翊眉头紧蹙，赶紧带着苏糖去到了附近的药店。

片刻后，他俩坐在车子里，许翊悉心地为苏糖的伤口进行消毒，并轻轻地贴上了止血贴。

苏糖感受到他指尖的凉意，悄悄地抬起头，只见车窗外昏黄的灯光照了进来，浸着许翊低垂的眉眼，染上了一层温暖的颜色。

苏糖的心里不禁涌进了一股暖流，缱绻翻动。可半晌，她听到许翊清冷的声音响起："以后你别逞能，女孩子可以勇敢，但更要懂得自保。"

苏糖抿了抿唇，不禁觉得有些委屈："我是怕你受伤，我不想看你受伤。"她不愿看他一个人对阵抗敌，她想跟他一起并肩作战。

看着许翊沉默不语的样子，苏糖抿了抿唇，思忖许久，终于决定开口："你……是不是讨厌我？"

许翊绷着的脸微微松动，他抬眸看她，眼睛里带着一丝疑惑，说："我没有。"

"你有，不然你为什么不愿意承认你记得我？"苏糖咬着下唇，眉头也深深皱起。

许翊愣怔,他没有想到,她竟然知道了。沉默良久后,许翊叹了一口气,再次重复了一遍:"我没有讨厌你。"

看着她沉默着垂下头,揪着自己的衣角,许翊知道苏糖不信他的话。他不禁将手搭上方向盘,吁出一口气,说:"我们回家,我证明给你看。"

苏糖没想到,许翊一回到家,竟带着她直直地来到了书房。

许翊走到书架旁,从当中的一个书柜里拿出了一本藏在底下的书。

书藏得很深,如果不是许翊自己拿出来,苏糖就算是挖地三尺,可能也没办法将它找出来。

许翊将书默默地递给了苏糖,苏糖定睛一看,竟是当年她借给许翊的那本《神雕侠侣》。

说是借,其实更像是被抢。当初苏糖沉迷《神雕侠侣》无法自拔,每次学画画时都会分神,总想着去偷偷翻看那本书。

无数次的警告无效后,许翊最终将苏糖的书没收了,美其名曰是替她保管。那时苏糖斗不过他,只能咬紧牙关,面上却露出一个笑,道:"算我大人有大量,借给你了!"

可没想到,这一借就是八年。

八年前,苏糖因为母亲的突然离世,跟随小姨一家去了香港定居。那时她匆匆转学,而许翊去了外地参加绘画比赛,她连跟他道别的机会都没有,就这样离开了,这本书也就一直放在他那儿。

苏糖心里唏嘘。她翻开书页,只见里面竟夹着一张照片,那是一张被重新洗过的绘画班集体照。

照片里只有许翊和苏糖两个人,少年将他俩的头像单独剪下,重新贴在了一起,变成了如今的合影。

苏糖握着这张泛黄的照片,看着上面的两人,穿着淡蓝色的校服,笑靥粲然地站在一起。

她的心深深震动,所有情绪像潮水般涌来。她怔怔地看向许翊,眼眶微红道:"是不是因为我当初不告而别,所以你才不肯和我相认?"

许翊垂下头,无声地默认,可眼神却略微有些闪躲。

苏糖忍不住伸手揪住他的衣角,声音软软糯糯的,带着一丝抽噎道:"许翊,我错了。我们和好,好不好?"

许翊抿了抿唇,望向她,眼里带着淡淡的温存,还有几分怜惜:"不,你没有错,是我不好,没有及时跟你相认。"

他伸出手揉了揉苏糖头顶的发,像是和之前一样,但又和以前不太一样,慢慢轻抚,极尽温柔。

苏糖乖乖地站在他的身旁,径自翻看了一下手里的相片。半晌,她倏地抬起眼,眼睛里像是又重新洒满了星光。

苏糖笑着对他说:"那我现在是你的什么?"同学,朋友还是……

苏糖看着许翊的嘴唇翕动,没有给他说话的机会,突然翻到了相片的背面,递到他的眼前。

只见上面赫然写着一句英文,是许翊留下的字迹——My candy。

"我是你的什么?"苏糖舔了舔唇,脸颊露出了浅浅的酒窝。

片刻后,她看着身侧的男人俯身朝她凑近,他的呼吸浅浅地喷在她的耳边,声音清晰地在她的耳郭间回荡——"小糖果,你是我一个人的小糖果。"

他目光如水地望进她的眼里，朝她弯了弯眉："以后小糖果只能我叫，不能让别人叫。"

"可裴梨也这么叫啊，她在微信上会这么叫我。"苏糖乖乖地向他坦白交代。

"那就不准她叫。"许翊挺直身子，宛如下军令般，一派威严的气势，可身旁的女孩却扑哧一声笑了起来："你这是要跟她争宠吗？"

"不是。"许翊矢口否认，"你的后宫只能有我一个。"

"不对，是我的后宫只有你一个。"许翊想了想，又觉得这话不对劲，连忙纠正道，"不对，我不会有后宫。"

苏糖笑得肩膀一颤一颤的，她觉得这样的许翊简直太可爱了。于是，她踮起脚尖，终于忍不住凑上去，在他的脸颊啄了一口，亲了下去。

只一下，苏糖嘴角含笑，立刻收回动作，退了下来。

可她刚站稳，抬头时就看见许翊那漆黑如墨的眼瞳，当中带着些意味深长。

苏糖的心不可抑制地悸动，她仰着头，目光灼灼地与他对视，眨了眨亮晶晶的眼睛道："不可以亲吗？"

许翊敛眉看她，他伸出手一把揽住她的腰，将她的身子全都圈在怀里。

他的声音变得低哑又沉缓，一字一句道："可以，但以后这种事，还是我来做比较好。"

语毕，他抬手蓦地扣上她的后脑勺，俯身低下头，瞬间吻上了她柔软的唇。

苏糖的手抵在许翊的胸膛上，感受着他浑重的气息压向自己，他极尽缠绵地吻着她的唇，舌尖沿着她的唇线缓缓划过，不餍足地轻咬了一下她的嘴角。

"唔——"寂静的书房里突然响起了女孩的低鸣，暧昧的气息瞬间散开，像一张细密的网般，将他俩萦绕在其中。

苏糖下意识地缩了缩身子,睁开圆溜溜的眼睛,面上飞霞地看向他:"你干吗咬我?"

许翊的喉结滚了滚,他盯着她亮如繁星的眼睛,哑着嗓音道:"乖,闭上眼睛。"

他伸手轻轻地摸了摸她的眉眼,苏糖下意识地微微合上眼睛,可眼角余光却偷偷地看向他覆盖下来的浓密眼睫。

好似是注意到她的小动作,许翊垂下头,凑到她的耳边,温热的呼吸喷洒而出,他说:"接吻的时候,专心点。"

语毕,他惩罚性地咬了一下她的耳垂。苏糖的心脏顿时像被电流击中般,一片酥麻。她红着脸,蓦地闭上双眼,任由他抱着自己,再次吻了上来。

他的舌头顺着她的唇缝,吸吮着钻了进来,瞬间抵开她的牙关,向着那片湿润柔软而去,攻城略地,极尽缱绻。

第十一章
等你回家

苏糖从来都不知道,许翊的吻技竟然这么好。

她曾有所怀疑,于是有一天她将双手叉在细腰上,昂首挺胸地问他:"说,这几年你都经历了什么?为什么这么有经验的感觉?"

彼时许翊面色如常,放下手里的茶杯,淡声应道:"你听说过一句话吗?自学成才。"

于是,连续几日,苏糖都在许翊的谆谆教导下,度过昼夜与晨昏。

一天,苏糖坐在办公室的桌前,正认真地干着手头的特化活儿,门蓦地被人一把推开,裴梨熟稔地坐到她面前的沙发上,支起手肘,撑在办公桌面,朝苏糖抬起了下巴。

"小糖糖,你最近怎么都没来找我?"她瞅了苏糖两眼,若有似无地勾起笑道,"我看你现在满面春风,印堂发红,不太对劲喔。"

"哪有,你改行去算命啦?"苏糖心虚地别开视线,佯装认真地拿起桌前的特化材料,细细地查看。

半晌,一阵熟悉的手机铃声突然传至耳畔。苏糖接起了电话,听着那头的

清冽声音,眉眼含笑地一一点头。

等到她挂断电话,裴梨笑着凑上前来,问她:"谁打的电话?"

"许翊。"苏糖知道裴梨向来有着记者人的灵敏感官,于是坦白说,许翊刚刚打电话来,约她今晚去外面吃饭。

"吃什么?"裴梨眨了眨眼睛,好奇又八卦地追问道。

"海底捞啊。"

"那正好,我给风驰打电话,待会儿我们也去,一起聚聚。"裴梨一边说,一边掏出兜里的手机,正准备按键。

苏糖见状,立刻忙不迭地伸手拦住她:"等一下!"

裴梨微微眯起了眼睛,她的手指轻叩了一下自己的手机屏幕,轻吐出声:"不对,你真的有情况耶,小糖糖。"

苏糖微微一噎,默不作声。

裴梨见她不搭话,没想理自己,不禁慢悠悠地说:"苏糖糖,苏小糖,小糖果。"

"别这么叫。"苏糖一听到"小糖果",立刻快速地轻声道。

"为什么?"裴梨瞪大眼睛,面露不解。

"许翊说了,只能他这么叫。"苏糖小声应道。她揪着衣角,眼底藏着细碎的笑意。

那天下午,苏糖被裴梨折腾了好半响,最后她将他俩在一起的事情详细地同裴梨说了之后,才将这尊大佛给送走。

并且苏糖还承诺裴梨,后面找个时间,肯定会带着许翊,去跟她和彭风驰一起聚聚。

当天晚上，苏糖在办公室里整理设计稿。她点开手机屏保看了下时间，原来已经七点多了，可她手头的工作还没做完。

不知道许翊会不会等太久，他现在又在干吗呢？苏糖默默地想。

正在思索间，办公室的门再次被人敲开，苏糖抬眸一看，正好撞上许翊那双琉璃般的眼睛。

他弯了弯眉眼，迈开长腿，走到她的面前，说："我等不及，就上来找你了。"

"还没做完吗？"许翊歪头看了一眼她手里的活儿。

"嗯，还差一点。"苏糖将全部的设计稿摆正，给自己打了打气，"很快就能做完。我爱工作，工作使我快乐！一直工作，一直……"

"快乐？"许翊挑了下眉梢，尝试着抢答。

"不快乐。"苏糖噘起小嘴，从座位上站起身，走到许翊面前，揽上了他的脖颈，"要是一直工作，就不能陪你了，怎么快乐？"

许翊蓦地失笑，伸手轻轻地刮了下她的鼻子，眸中含着宠溺："那我等你。"

"好。"苏糖径自坐回座位上，她伸手拿起桌上的几样翻模材料，按照设计稿进行对比。

正当苏糖思考着这个设计作品，到时该用哪一种特化材质比较好时，她余光就瞥见许翊正坐在不远处的软沙发上，眼神慵懒地注视着自己。

苏糖不禁抿了抿唇，低声道："你别看我了，再看我就没办法专心工作了。待会儿去晚了，我们可就没得吃了。"

许翊一听，笑着朝她走近。他长臂一伸，将她抱进怀里。

她身上温软芳香，他忍不住嗅了嗅，启唇道："要不，就别去外面吃了。"

他顿了顿,"在这儿吃。"

他漆黑的眼瞳灼灼地锁着她,虽然他什么也没说,但苏糖立刻就懂了。

她的脸颊顿时烧了起来,咬着下唇,咕哝道:"你以前还说我不害臊,你更不害臊。"

语毕,她仰起白净的小脸,手微微抬起,掠过他的腰肢,隔着薄薄的衬衣,纤细修长的手搭上许翊的肩。

她满眼调笑,问他:"你告诉我,你忍了多久了?"

"好多好多年了。"许翊哑着嗓子,环着她的手臂蓦地收紧。

他喉结滚了滚,刚想俯下身子去亲吻她,怀里的少女却突然伸手抵了抵他的胸膛。

那一刻,苏糖听到了自己肚子咕咕响起的声音。她捂住脸,朝许翊吐了吐舌头道:"我的肚子饿了,真的饿了。"

皎洁的月光透过落地窗斑斑驳驳地洒进办公室,地面上像铺满了碎玉水银般,而此时苏糖的眼中,也像蓄满了璀璨的光芒。

她的头微微仰着,伸出手摇了摇许翊的手臂,声音软糯又清甜:"我们去吃海底捞吧,好不好?"

许翊吁出一口气,揉了揉自己的眉骨,轻笑出声:"真拿你没办法。"

待到他俩来到海底捞餐厅时,已经将近九点。

许翊帮苏糖用开水烫了碗筷,又细心地为她准备好各种调料,将她喜欢的菜涮好,放进了她的碗里。

可苏糖咬着筷子,突然很想吃肉。于是她伸出手,从锅里夹起了一颗热腾腾的肉丸,刚想放进嘴里,却听许翊的声音响起:"小心烫。"

语毕,许翊从热锅里夹出一颗肉丸,轻轻地吹了几口气。半晌,他才将丸子放进苏糖的碗里。

苏糖笑得眉眼弯弯,一边吃着许翊夹给自己的肉丸,一边有一搭没一搭地跟他聊天:"你知道我为什么喜欢来吃海底捞吗?"

许翊抬眸静静地看她,听她自顾自地说:"因为吃火锅能够吃很慢,这样我就能和你多待一会儿。还有,你知道我为什么点了香菜吗?"

"因为你知道我会吃?"许翊试着回答。

"不是。"苏糖摇摇头道,"因为我想让你知道,我可以吃香菜了。"

似是为了验证自己的话,苏糖抬手夹起几根香菜,放在火锅里涮了涮,没一会儿就放进自己的碗里。

她吹凉香菜,随后拿起碗,就着香菜将碗里的汤一口喝了下去。

喝完,苏糖抿了抿唇,似是回味般,想了一阵才说:"其实……香菜还挺好吃的。"

许翊的心跳突然漏了一拍,他知道,苏糖并不是想告诉他,香菜有多好吃。

她是想让他知道,虽然她到现在依旧很想念爸爸,但因为有他的陪伴,所以她已不再感到孤单,不再畏惧,不再忧伤。

许翊觉得心脏像是有一块地方蓦地塌陷下去,他安静了几秒,伸出手,将刚上的一盘红糖糍粑递到苏糖的面前,启唇道:"你试试?"

苏糖点头,夹起一块糍粑,尝了一口。许翊目光灼灼地看她,问:"甜吗?"

她看着他清俊的脸上露出了淡淡的温存,轻声地回了一句:"甜。"

因为是他给的,所以她觉得格外甜。

正当他俩低头吃着的时候,一个戴着川剧面具的变脸师傅突然走了过来,看样子是准备回去卸妆,收工回家。

可来人在经过他们桌前时,却突然停下了脚步。变脸师傅蓦地笑了两声,像是认出了许翊的样子,朝他打了个招呼:"哎,又来吃饭了?"

许翊闻声抬头,立即认出了是上次跟苏糖猜拳,送给他们糖果吊坠的那个大叔。

许翊朝他微微颔首,大叔立刻笑着说:"你后来把女朋友哄高兴了吗?"

原来,上次苏糖猜拳没能赢得糖果吊坠,许翊就跑去跟变脸师傅讨要。他跟变脸师傅说,自己的女朋友不高兴了,想哄。

于是,大叔就将剩下的最后一条糖果吊坠,送给了许翊。

听着大叔的问话,许翊微微侧过头,目光如水地望向苏糖。下一秒,他扬起了清隽的笑,缓缓开口,声如击玉:"嗯,高兴了。"

那一刻,火锅店里热气蒸腾,人声嘈杂,但苏糖却能真真切切地听到许翊的声音,就像是一颗玉石般"扑通"掉进自己原本平静如湖的心底,激荡起了一圈圈的涟漪,久久无法平息。

连续几天,苏糖干完活后,许翊都会来特化工作室接她,一起下班回家。

然而今天,苏糖提早下班了,便径自来公安局找许翊。可她刚到公安局门口,还未走进门,就看见迎面走出来的萧瑶。

因为恢复得当,萧瑶如今已经痊愈了。

苏糖一见到萧瑶,刚想避让,进去找许翊,却听女生清脆的声音响起:"来找许翊吗?他出任务了,还没回来。"

苏糖"哦"了一声,刚想说自己去里面等等,可萧瑶却抬脚走近她,说:"我们聊聊吧。"

"就在这儿聊。"苏糖淡然地应道。

萧瑶笑了笑,点了下头,表示应允。她倚在门口的柱子旁,双手环胸,朝苏糖扬了扬下巴,说:"其实你不用忌惮我。我就是想跟你聊聊,了解了解对手的实力,想知道……我究竟输在哪里?"

其实自从那天许翊在医院里接到电话,得知苏糖一个人在酒吧,头也不回地跑出去寻她时,萧瑶就知道自己输了。

即便她为他受伤,可他对自己,只有同事之谊、战友之情,就是没有爱。

萧瑶向来为人潇洒,巾帼不让须眉,跌了一次坑的她,坚决不会再栽第二次。于是,她深吸一口气,唇红齿白的面容上显露出几分失落,可还是咧起了嘴角:"天涯何处无芳草,我肯定会找到更好的。"

"希望你能得偿所愿。"苏糖朝萧瑶报以和煦的笑,萧瑶也微笑回应。

半晌,有人将萧瑶叫去问工作的事情。苏糖站在公安局门口,低头看了一眼手表,心想已经这个时间了,不知道许翊还有多久才会回来。

她自顾自地想着,而另一边,许翊和几个同事正好外出归来。几个人一走进公安局,就看见了立在门口的苏糖。

她穿着一袭浅黄色的裙子,披着薄薄的长款开衫,长发飘飘,小脸白皙,窄腰细腿,即便远远地望过去,也能看得出是个引人注目的漂亮女生。

跟在许翊身边的同事不禁"呀"了一声,拍了拍旁边另一个同事的肩,忙

不迭地说:"哎,那不是小糖果吗?"

顺着他手指的方向,许翊望过去,立刻就看见站在不远处,正在乖巧等待的苏糖。许翊眸光微动,默不作声。

他身边有几个同事之前都去过纳米比亚,自然认识苏糖,可其中有一个新来的同事不清楚情况,不禁问:"谁是小糖果?"

"就是我们之前在非洲遇到的一个特效化装师,人长得很甜美,所以我们就这么叫她。"

"对啊,小糖果不仅长得好看,而且人也不错。上次在非洲的时候,就是她主动帮我们执行任务,去当卧底。这个许队比我们都清楚,对吧?"

一个没眼力见的同事咋咋呼呼地说完,侧过头就想找许翊搭话,却见站在自己身旁的队长脸早已微绷,周遭弥漫着一股低气压。

那人不禁身子颤了颤,识相地闭了嘴。

可下一秒,那个新同事听完竟然有些心动,不怕死地说:"看来这个小糖果,真是人美心善又胆大啊。找个机会,我还真想和她认识认识!"

"现在就让你们都认识认识。"一直默不作声的许翊突然开了口,清冷微沉的声音就像潮汐般,顿时漫过众人的头顶。

他面色清峻,迈开长腿就往苏糖的方向走去。众人跟在他的身后,不禁面面相觑。

下一秒,他们就看见一米开外的女孩朝他们这儿笑靥粲然地挥了挥手,扬声道:"许翊!"

而自家队长闻声后,竟跨步上前,蓦地牵起了女孩的手,十指交扣间,他薄唇微启道:"介绍一下,这是我的女朋友。"

顷刻间，众人的下巴都差点惊得掉到了地上。而更令他们意想不到的是，许翊抬起眼皮，静静地扫视了他们一圈，不紧不慢地说："以后，不准再让我听见你们叫'小糖果'这三个字。如若我再听到一次，做三百个俯卧撑。"

语毕，众人皆瞠目。

都说公安局里最骁勇果敢的许警官，工作起来不要命，可这谈起恋爱来，简直就是要了他们的命！

围观群众纷纷表示：惹不起，惹不起！

苏糖发现，许翊这人有挺强的占有欲。

起因缘于某天，她捧着手机发微信，无意间被许翊看见了自己手机里为他取的微信备注，还停留在一开始加微信时的全名上——许翊。

许翊看了苏糖一眼，状似无意地说："我听说……男女朋友之间都会相互起爱称。"

一听这话，苏糖猛然就想起了裴梨和彭风驰到现在都挂在微信上的那两个名字，她不禁摸了摸自己手臂上的鸡皮疙瘩道："好肉麻！"

许翊微微沉吟，随即开了口："我们就自己备注，偷偷的，不让别人知道。"他压低了嗓音，像是在跟她说什么小秘密。

苏糖挑着眉梢瞥了他一眼，见他眼睫微垂，佯装镇定的样子，不禁勾起嘴角道："那你先让我看看你的呗。"

她伸出手去扒拉他的手机，许翊任由她抢了去。苏糖打开微信一看，只见界面上她的头像旁边的昵称，赫然写着三个字——小糖果。

苏糖怔然地张了张嘴，心里生出了几分感动还有心虚。她默默抬眼看向许

翊,只见他径自坐到一张沙发凳上,伸直一双大长腿,抬起眼皮睨了她一眼,露出一副"改不改,你看着办吧"的表情。

"好啦。"苏糖咕哝着低下头,她动了动手指头,将手机里他的微信备注改成了——最爱的许警官。

为了押韵对仗,她眸光转了转,又向许翊讨要了他的手机,做了统一的修改,在"小糖果"昵称前面,加了一个"最爱的"前缀。

"最爱的小糖果和最爱的许警官,会永永远远地在一起。"苏糖一边说,一边扬眉露出浅浅的小酒窝。她问他,"是不是很可爱?"

"有点……幼稚。"

"不是你说要改的吗?!"苏糖瞪大双眼,气得够呛,"不要算了,删了删了。"

话音刚落,攥着手机的手蓦地被人一把握住。下一秒,苏糖感觉到自己整个人也被他一把扯进怀里。

他俯身靠近她,下巴亲昵地抵在她肩胛骨的位置,声音低醇又温柔,轻轻地飘进了她的耳朵里。

他说:"别改,我喜欢。"

苏糖发现,许翊喜欢的事情不多,但总会为她破例。

比如在看电视这件事情上,就能看得出来。原本许翊每天在家里,固定收看的电视频道,除了《新闻联播》就是《直播港澳台》。

苏糖对此曾仰天长叹,感觉自己像是在和一个老古董谈恋爱。可为了不干涉许翊的兴趣爱好,苏糖也只能忍住和他抢遥控器的冲动,径自低头玩手机。

可有一天,他俩躺在客厅的沙发上,苏糖低头看着手机,耳朵里不时地传进新闻联播的播报声,还有激烈的游戏打斗声音。

她正玩得不亦乐乎,突然嘴边有人递过来了一块薯片。她下意识地咬下一口,吃得嘎嘣响。

没过两秒,许翊又给她递了一颗草莓。苏糖吃了一口,还挺甜。可没过一会儿,许翊又给她递了一颗QQ糖。苏糖愣了愣,径自吃下,可还没吞下去,他又往她的嘴边递了一块凤梨酥。

苏糖不禁抬起头,握着手机嘟囔道:"翊翊,你别再喂我了,让我玩完这局好不好?"

许翊眉梢挑了挑,每次听到她这么叫他时,他的心情都会莫名地好。

于是,他倾身凑近她,一把将她抱在怀里,说:"这游戏有那么好玩吗?比我还好玩,嗯?"

他的声音轻挑,懒洋洋的,像是在诱哄:"你陪陪我。"

苏糖弯起嘴角,眸中掺着狡黠的笑:"你不是有电视吗?让电视陪你啊。"

"你不陪我一起看,这电视看起来也没什么意思。"他一边说,一边拿起电视遥控器,一个个频道轮流转。

苏糖听完,毛茸茸的小脑袋不禁往他怀里蹭了蹭,笑得开怀。而后,她见许翊转台跳到了戏曲频道,立刻伸出了手,指向电视说:"停,我想看这个!"

电视里正在播放京剧《锁麟囊》,站在戏台上的旦角穿着辛夷花纹样的刺绣百褶裙,唱着戏词"怕流水年华春去渺,一样心情别样娇"。

苏糖听得入神,自顾自地说:"其实我以前也上过戏台,唱过曲儿。"

那时候,苏妈妈在剧院工作,苏糖放学后,常常背着书包往剧院跑。一到

了那儿,她就帮妈妈给演员们化舞台妆,一边在旁边打下手,一边坐在台下静静地看表演。

那会儿,剧院里的老师傅还教过她一阵。苏糖跟着那些小演员一起上台表演,跟随队伍下腰、摇旗、唱曲儿,嬉笑玩闹,仿若昨日记忆。

"不过自从妈妈去世后,我就没再去剧院了。"苏糖轻声地说,话语中藏着几分落寞。

语毕,许翊轻轻地握住她的手,温热的掌心将她的手圈在其中。他眉目温软地对她说:"下次,我陪你一起去。"

许翊向来说到做到,一言既出,八匹马都追不上他。

苏糖没想到,他行动的速度如此之快,刚过完周末,许翊就拿着两张戏剧院的门票,递到她的眼前。

"今晚把时间空出来,我们好好去看一场昆曲表演。"

苏糖睁着杏眼,高兴地拿起手里的门票,就往上面吧唧亲了一口。

可下一秒,她就听到许翊清冽的声音响起:"你亲错了,应该亲这里。"他的手指点了点自己的脸颊,漫不经心地说,可眼睛灼灼地看向她。

苏糖见状,不禁眉眼一弯,踮起了脚尖。她刚想往许翊的脸上啄一口,可谁知他竟突然侧过脸,刹那间,他的嘴唇准确无误地碰上了苏糖的唇瓣。

苏糖的脸颊噌地红了,旋即,她听到许翊轻轻地发出了一声喟叹:"这就对了。"

片刻后,他俩牵着手来到了戏剧院。现场人潮熙攘,座无虚席,苏糖和许翊认真地看完一整场演出后,迎来了最后一个现场互动的环节。

有主持人上台,邀请台下的观众一起上场学习念白和唱段,体验昆曲表演的魅力。

周遭人声鼎沸,许翊难得地怂恿苏糖举手,说想看她上台唱一曲。最后,苏糖拗不过他,举手示意,随即被邀请到了台上。

片刻后,苏糖在台上人员的指引下,披上了一袭清丽的刺绣服饰。她跟随戏曲老师的动作,甩了甩水袖,站在舞台上与其他观众共同学唱一段《皂罗袍》。

苏糖的嗓音向来悦耳,此时捏着昆曲的唱腔,更像是夜莺啼鸣般清越婉转,同时还带了点轻快甜脆,倒真有几分花旦的韵味和风采。

许翊坐在观众席处,看着站在台上的苏糖身姿轻巧,认真地学走台步,微微勾起了嘴角。

她的身上披着刺绣披风,上面缀着几朵金色的花儿,在舞台灯光的洒耀下,流淌出若隐若现的柔和光泽。伴随她的舞动,粉色裙摆在微风中轻轻地摇曳。

这一幕,真是美轮美奂,足以令人神摇意夺。

待到苏糖重新返回观众席时,就看见许翊正拿着一张纸,微微低着头。

她凑近一瞧,只见他手里正拿着一支笔,捧着一张画纸细细地看着,而上面竟是她站在舞台上表演昆曲的模样。

因为觉得苏糖的表演着实有趣,所以许翊刚刚就向现场的人员借了纸和笔,将她在台上的表现活灵活现地画了下来。

苏糖见状,眼睛蓦然一亮,不禁感叹:"翊翊,你画得好好看,真是宝刀未老!"

许翊一噎,冷眉微挑,掀起眼皮睨了苏糖一眼。

苏糖接收到他略带威胁的眼神,立刻讪笑着改口:"不对不对,我说错了,你真是……鬼斧神工!"

闻言,许翊的面色沉了沉,伸手就想将自己的画收回去。

苏糖立刻眼疾手快地拦住他,堆起笑意道:"我开玩笑的啦,我们家翊翊画的画就是好,我怎么看怎么喜欢,真得赶紧把它裱起来,好好收藏。"

许翊听完,面色终于有了一点松动。他"嗯"了一声,伸出手摸了摸苏糖那头黑色的发,柔声道:"这才乖。"

苏糖抱着他递给自己的画,笑得像一只吃了蜜糖的猫儿。

因为今晚,她不仅圆了自己的戏曲梦,还收到了心上人作的画。

圆满人生,未来可期,不过如此。

几天后,许翊在家收拾行李,准备去小城附近的一个海岛,执行一项上级委派的任务。

苏糖不知道他这次的任务是否凶险,可他不说,她也明白事关机密,便也不问。

她默默地帮他整理衣物,将衣服裤子放进了行李箱。下一秒,许翊修长劲瘦的手握住了她,拦下了苏糖手里的动作。

他伸出臂膀,搂住了她纤细的腰,垂着明亮清澈的眼睛,望向她:"我很快就回来,别担心。"

"我不担心。"苏糖梗了梗脖子说,"你是最厉害的,肯定到哪儿都能所向披靡,谁也伤不了你。"

可是,她说话时,小嘴一直噘着,轻易地出卖了她此刻的心情。

她抿了抿唇，压低了声音道："再过段时间，就是我生日了，你能回来吗？"

"能。"许翊说完，看着她面露忧色的样子，不禁笃定地又跟她重复了一遍，"肯定能。"

于是，自他俩告别后，苏糖每天都数着日子等许翊回来。

她记得他目光灼灼地对自己说"你等我回来"，也记得他低眉浅笑地说"等你生日那天，我要为你做一个特别的生日蛋糕"。

可她等啊等，最终等来了自己的生日，可还是没能等到他归来。

思念就像是枝叶般繁杂生长，某天，苏糖突然接到了陆勇的电话，那一刻，她只觉得所有葳蕤生长的树木，仿佛在一瞬间枯萎。

陆勇说，他们派出去的其他队员都回来了，可唯独没有许翊。

他说，他们几个人完成任务后，在驶离海岛的途中，突然遭遇了大风浪。

当时船上的前帆因为突遭强风从桅杆的上方断裂，球帆也缠绕在一起。船只因此像脱缰的野马般，随时有可能受海浪冲击而掀翻。

许翊有海上经验，立即拉紧绳索，想爬上桅杆解决船只的问题，可最后却被海浪席卷着，掉进了海里，至今下落不明。

当苏糖以最快速度赶到那处海边时，陆勇和其他人都站在海滩上，现场一片消沉低迷的氛围。

苏糖眼眶骤紧，她跑过去扯起陆勇的衣领，肝胆俱裂地朝他喊："许翊在哪儿？我要见他！"

陆勇垂下头，低声地啜泣："搜救队已经四处去寻了，可我们找了一天一夜，还是没找到。"

"对不起。"苏糖听到他这么说。

她看着这个八尺男儿在她面前用双手捂住自己的额头,怯懦悲伤得像是个孩子。苏糖猛烈地摇头,她僵着脖子,笃定道:"我不相信。"

下一秒,她迈开腿想冲向那片幽深的大海,径自去寻找,可陆勇他们却竭力地拦住了她。

此时海上正在涨潮,下水作业的话会很危险。众人将她拦住,可她仍旧奋力挣扎,拼尽全力想要奔上前去。

"我要去找他!"苏糖咬紧牙关,觉得这一切肯定只是一场梦。

他明明告诉自己,他会回来的。他明明承诺自己,会一直像卡戎守护冥王星一样陪着自己,可不到半个月,她却把他弄丢了。

苏糖望着那片浩瀚幽蓝的大海,泪水终于夺眶而出,她双腿发软,跪倒在地上。那一刻,苏糖听见了自己胸腔发出的巨大悲鸣。

如果余生无法和你相守,那即便今后山长水远,我也再看不见一丝的好风景了。

自此,苏糖常常呆呆地待在家里,哪儿也不去,每天都等着许翊的消息。

裴梨来看她时,就看见她站在家里的阳台上,静静地望着窗外,仿佛在思考什么,又仿佛什么都没有想,只是在放空。

裴梨叹了一口气,她将苏糖喜欢的螺蛳粉放在餐桌上,倾身上前将她拉到了桌前,轻声说:"不管怎样,你都得吃点东西。"

苏糖张了张嘴,那句"没胃口"还没说出来,就见裴梨目光灼灼地看向自己:"吃饱了才有力气等他。"

裴梨将筷子递到苏糖的面前，苏糖愣怔，安静了三秒后，她点点头，无声地接过了筷子，默默地吃起碗里的粉。

裴梨望向苏糖，这才短短几日，她原先丰润的脸颊就有些塌陷下去，整张小脸尽显苍白。

裴梨有些不忍，正想开口劝苏糖，须臾间，却见苏糖的眼圈微微泛红，蓦地落下了一滴眼泪。

裴梨不禁起身，抽出放在一旁的纸巾，递给了苏糖，可苏糖却说"我没有哭，是这碗粉太辣了。"

她忍着眼眶里的泪水，将啜泣噎在喉咙里，肩膀一下一下地抽动，说："我不哭，许翊一定会回来的，他说过他会回来。"

"我知道。"裴梨喉咙干涩。她倾身上前，抱了抱苏糖，只为给苏糖传递自己所能给予的温暖。

人们常说，身处前线的战士都是伟大的英雄。他们的心里藏着山海家国，他们的胸腔怀着滚烫的热血。

而在每一个英雄的背后，其实都有着坚强的亲眷。他们看着你远行，看着你投身黑暗的深渊，但依旧坚定地等待，等待你从远方归来，等待着你平安回家。

为了不让自己胡思乱想，苏糖开始工作，她干完手头的特化工作后，又开始打扫起整个屋子。

她不停地拖地、刷马桶、清理厨房、整理客厅，让自己像陀螺般转起来，只为了不让自己停下。因为她知道一旦停下来，她就会想起许翊，不可遏制

地想他。

苏糖走进许翊的房间,开始进行清扫。打扫了没一会儿,扫帚突然碰到了床底下的一个物件。苏糖蹲下身子,发现是一个小木箱。

她将箱子拉了出来,好奇地打开,发现里面竟藏着她以前所作的画。

有几张是苏糖当初上高中时,拿着许翊的画册,在上面随手绘下的;还有一张用精美的画框裱着,竟是她曾经在香港开过的一次画展上,被售卖出的画。

看着那张湛蓝色调、满目都是璀璨星空的画作,苏糖的心扑通狂跳。因为这是她当初向偶像克里斯梅尔致敬画下的画作,也是她第一次尝试的油画作品。

她一直想不到,究竟是谁愿意出高价将它买走,没想到竟是许翊。

这么多年来,原来他都在默默关注着自己吗?

苏糖的心止不住地深深震动,那晚她将那个木箱放在自己的书桌上,看了又看,不想让它离开自己的视线。就像不想再把许翊弄丢似的,想要一直守着它,犹如守护自己最珍贵的宝藏。

隔天下午,火烧云没过了半边天。

苏糖倚在房间的椅子上,刚干完活,她又拿出了那个小木箱里的画,径自看了看。没过一会儿,她就睡着了。

不知过了多久,恍惚间,苏糖像是听到了一阵清洌微沉的声音,在喊她的名字。

又是梦吗?她闭着眼睛想,可下一秒,身子忽然悬空,像是被人一把抱起,随即轻轻地放到柔软的床上。

苏糖迷迷糊糊地醒来，甫一睁开眼，就看见了那一抹熟悉的身影。

"翊翊。"她喃喃地喊，随即揉了揉眼睛，就想起身看看他，确认是不是真的他。因为她已经好几次做梦梦见他了，可醒来却发现一切都是虚幻。

而这一次，许翊的眸中藏着心疼，伸出修长的手，替她掖了掖被子。

苏糖连忙握住他的手，感受他手心的温热，就像一股暖流般涓涓流淌进她的心里。

"你去哪儿了，怎么现在才回来？"她的语气里带着抱怨，但小脸却皱成一团，眼眶红润，眼泪也快掉下来了。

许翊将她冰凉的手圈在掌心，微微握紧，轻声道："对不起，我回来晚了。"

那日溺水之后，他幸运地被海岛上的一户渔民所救。因为昏迷数日，又要养伤，所以到今天才能搭船赶回来。

"苏糖，你知道吗？当时我掉进海里的那一刻，我是真的害怕了。"

"我以前从来都不会怕的。那是我第一次觉得自己离死亡那么近，而离你那么远。我害怕自己再也见不到你了。"

许翊的左手握紧了苏糖的手，右手则伸出来，摸了摸她的脸，内心也随之安定了一些。

苏糖微微抿着唇，目光如水地看着他说："别怕，我在这儿呢，我们都在。"

然后，她突然好似想到了什么，抬起眼问他："你是不是……还有事瞒着我？"

"什么？"许翊微微有些心慌。

看着他眼神闪躲的样子，苏糖不禁扬眉一笑。她指了指自己放在桌上的小木箱说："就那个。我看到了，你买了我之前在香港开画展时展出的画。"

许翊望向那个小木箱,不禁愣怔。他垂下眼睑,轻声道"因为我想留作纪念,毕竟那是你第一次举办画展。"

闻言,苏糖不禁抿了抿唇道:"许翊,你真厌。"

他一直记得她,可他却不来找她。苏糖有些恼,觉得如果他早点来找自己,说不定他们就能更早一点在一起了。

许翊微微吁出一口气,说:"你不知道我费了多大劲,才托人帮我从香港买来,寄到内地给我。"

看着他一副小媳妇般委屈的样子,苏糖不禁从被子里伸出另一只手,摸了摸他的脸颊:"好啦,你不厌,是我傻,这么多年来,一点都没察觉出来。"

许翊坐在苏糖身旁,望着躺在床上的她,眸中的笑意微微漾开。

月光透过窗户倾洒而至,房内寂静清幽,好似有一股暧昧的气息在他俩的四周涌动。

苏糖刚想说话,却见许翊望向她的床头柜处,好奇地问:"这是什么?"

只见柜子上正摆放着一个小盒子,盒盖没盖牢,隐隐约约露出了一点小粉红。

苏糖登时心一乱,因为这是上次裴梨送给她的那几套情趣内衣,这两天大扫除,苏糖就把盒子从床底下拿出来了。

她刚想起身拦住许翊,可他已经眼疾手快地翻开了盒盖。下一秒,许翊的手微微僵住,望着盒子里的东西,眼里泛起了一丝隐晦不明的光。

"那个,你听我解释!"苏糖有些急了,忙不迭地说,"这个是裴梨送给我的,说什么你可能会喜欢,可我都没穿。"

说完,她发现自己语无伦次,好像说错话了,赶紧捂住了嘴。

许翊看向她,眼尾温柔低垂,声音里带着几分暧昧狎昵,说:"试试?"

"……"苏糖的脸噌地就红了,猛地将头埋进了被子里。

沉默了两秒后,她重新将头钻了出来,怯怯地看向许翊,见他正静静地注视自己。

正当苏糖下定决心,想开口说话时,眼前的人却翘起嘴角,眸中的笑意渐浓。他说:"逗你的,好好休息。"

语毕,许翊倾身上前,将手搭在她的枕边,垂下眼睫轻轻地亲了一下她的额头,跟她道了一声晚安。

苏糖看着他身姿颀长,关门而去的背影,不禁郁闷地想:撩了就跑,哪有人这样的!

第十二章
世界黑白，唯有你是彩色的

为了祝贺许翊平安归来，成天除了管理酒店，就是和裴梨相亲相爱的彭风驰终于良心发现，扬言要为哥们儿举行一场特别的欢迎礼。

苏糖原以为彭风驰口中的"欢迎礼"，就是去他家的酒店举行一场欢迎会，可谁知，他竟在微信群里，晒出了自己做的旅游攻略，扬言要组织一场云南自由行，让大伙一起去游山玩水，放松放松。

此时，苏糖咬着手指，盯着手机屏幕，刷了刷彭风驰做的"云南五天游"攻略，撇了撇嘴问："翊翊，彭风驰做的攻略，靠谱吗？"

许翊坐在桌前，手里执着笔，正在为苏糖画画。一听这话，他的手微微一顿，说："应该靠谱吧，虽然他平时吊儿郎当的，但做起事来，还是挺有想法的。"

"可是……"苏糖拿着手机，将搜索到的界面递到许翊的面前，"彭风驰的攻略里写了滇池西山，我查了下，网上好多人说西山是情侣旅游的禁地，一去了那儿就会分手。"

许翊愣了愣，他拿过苏糖的手机，看了一下，随即挑着眉梢问她："你怕吗？"

苏糖想了两秒，抿唇道："有点。"

闻言，许翊放下手里的笔，清澈的眼睛看向苏糖，轻声道"虽然我不信这些，但如果你担心，我们就不去。"

"不过，我觉得没有任何魔咒能把我们分开，所以别怕。"他眼波盈盈，似有薄光流转。

那一刻，苏糖安心地朝他弯起眉眼，点了点头，笑出了酒窝。

她不怕了，只要有他在身边，她就什么也不怕。

几天后，彭风驰在群里发出了最终版的旅行攻略，苏糖发现里面已经没有西山这个行程了。听说是裴梨知道了那个传闻，所以就对路线做了调整。

一切准备就绪后，苏糖带着出游必备的物品，穿上小白鞋，带上行李箱，还往背包里塞满了各种各样的零食。

她原以为这样在旅途中应该就够吃了，可当他们一行人到了高铁站准备候车时，苏糖看见小虎和花花经过麦当劳，吵着要买甜筒，她的脚也不禁停滞在原地。

因为得知苏糖要出门旅行，所以这两个磨人的小家伙便总缠着她说要一起出来玩。于是，为了旅行能够热闹些，苏糖最终就将他俩也带上了。

此时，苏糖看着花花和小虎接过服务员手中的原味甜筒，微微有些心动。她舔了舔唇，下一秒，就听到身旁的许翊对她说："想吃吗？"

苏糖小鸡啄米似的点头。没几分钟，她接过许翊为她买的抹茶冰激凌，开心得眼睛笑成了弯月牙。

许翊垂眸看她，不禁伸出手，揉了揉她头顶的发，眼里藏着宠溺的目光。

片刻后,他们坐上了高铁。苏糖舔了舔手里的冰激凌,许翊坐在她旁边,突然开口道:"苏糖,给我吃一口。"

"不给。"苏糖抿着嘴角,眼珠子转了转说,"除非你叫我糖糖,我就给你。"

这段时间以来,苏糖觉得许翊这人特别像老干部。自从交往之后,她经常叫他翊翊,可他一次都没有叫过她糖糖。

许翊一噎,他对上苏糖那双乌黑明亮的眼睛,看见里面分明写满了期待。他深吸了一口气,安静了几秒后,微微启唇道:"糖糖。"

"什么?我没听清。"苏糖狡黠一笑,伸手放在耳边,示意他大点声。

见状,许翊俯首,温热的嘴唇附在她的耳边,呼吸浅浅地喷洒而出,一字一句道:"糖糖,给我吃一口。"

苏糖的心里顿时一阵酥麻,她顿了顿,随即伸出手,将冰激凌递了过去,脸上露出一丝得逞的笑。

可下一秒,苏糖看见许翊竟将剩余的冰激凌全都吃掉了,她脸上的笑意不禁凝滞。

她立马就想到了网上的一个段子,有人吃东西,对方说只吃一口,可猛地就把他的食物一口吃光了。她原以为许翊不是这种人,可没想到他竟然这样!

苏糖讶然,差点气哭:"你怎么这样啊,我都没吃多少,你赔我!"

她的小鼻子皱了皱,许翊不禁失笑,轻声哄道:"我突然想起来,你不能吃冷的,你过几天……不是有亲戚要来吗?"

苏糖听完一愣,对哦,她自己都疏忽了,难得许翊竟替她记着。

可是,她真的好想吃啊。

苏糖抬眸看向许翊，他的嘴角还残留着一点儿抹茶冰激凌。她心思微动，下一秒，她突然凑上前，朝他的嘴角舔了一口。

许翊怔怔地看她，只见眼前的少女笑容粲然，眸中蓄满了尝到甜头的欢愉。她舔了舔唇道："就要吃。"

许翊喉咙一紧，忍不住想俯下身子，去亲吻她，可身边有小孩子突然跑过来，撞了一下苏糖的肩膀。

苏糖看着车厢里的几个熊孩子撒欢似的到处跑来跑去，还把卡通片外放得超大声，不禁拧起眉，十分郑重地说："以后我们的孩子如果这样，我就胖揍他！"

许翊看着她一本正经的模样，有些失笑："不会的。"

他轻声说："以后我们的孩子不会这样，我会好好教他。"他伸出手，将她的手收拢在自己的掌心，眉眼温软。

苏糖的思绪忽地就飘远了，她想，如果以后他们组建家庭的话，许翊当了爸爸，就会倚在床边，为躺在床上的孩子轻声细语地读睡前故事，那个画面肯定温馨又好看。

她这么想着，不禁将头蹭到他的怀里，眉眼弯弯地笑了："嗯，我相信你。"

列车疾疾地行驶，几个小时后，他们就抵达了目的地——云南。

苏糖他们搭着当地的大巴车，原打算第一站先去建水古城，可途经红河时，看到这里的风景美如画，便下车漫步河岸，打算拍照游览。

可刚走了一会儿，他们几个就发现前面有一群人正僵持着，似乎在争吵着什么。

他们抬脚经过,须臾间,苏糖就看见人群里有一个男人掏出了身上的证件,扬声道:"我们是环保组织的人员,这片红河岸是我国目前唯一的绿孔雀栖息地,你们不能在这儿建私人水电站,会破坏濒危动物的生存环境……"

话没说完,站在他对面的那群人中就有人不耐烦地推了那个男人一把。双方争执不下,眼看就要打起来了。

看着这些环保组织的人员为维护绿孔雀的生存环境努力的样子,苏糖实在憋不住这口气,立刻拧起眉,掏出兜里的手机,扬声道:"你们谁敢动手,我这里可全都会录下证据!"

苏糖原想帮助环保组织的人,让这群自称是当地某建筑公司的员工不敢妄动,可没想到,话音刚落,对面就有一个男人大步上前,伸手想来抢她的手机。

苏糖瞠目,大脑还未反应过来,下一秒,一双修长劲瘦的手立刻扣住来人的手腕,用力一拧,随即伸出长臂,猛地将他推倒在地。

许翊挑着冷眉,厉声道:"你们敢再动一下试试。"

语毕,彭风驰和小虎他们也站上前来。那群人朝他们上下打量,见为首的许翊穿着短袖长裤,脚踩黑色皮靴,笔挺地站立,眸中流露出雄鹰般凛冽的眼神。

见形势有些不对劲,那群人暗自商量了几句,立刻就选择了撤退。

待到他们走远后,周遭的环保人员纷纷朝苏糖他们道谢。

苏糖摇头浅笑:"不客气,路见不平,人人有责嘛!"

三言两语后,苏糖他们与之挥手告别。许翊拉过苏糖,轻声对她说:"以后你别这么逞能,凡事不要冒头,小心谨慎些为好。"

"不是有你在吗?"她看向许翊,见他垂眸睨着自己,不禁低头道,"好啦,我下次不这么冲动了。不过有你在,我什么都不怕!"

她抬眸朝他咧嘴笑,许翊无可奈何地笑了笑,抬手刮了一下她的鼻子,眼神里满是宠溺。"就你机灵。"

当苏糖一行人抵达建水古城时,正值午后。

和煦的阳光洒在蜿蜒的石板路上,像是铺了一地的碎金流萤。他们穿过古香古色的街道,逛了城内有名的文庙和朱家花园后,来到了一条人潮熙攘的老街。

这里街头巷尾摆满了琳琅满目的小食摊,有摊主正卖力地吆喝着,苏糖凑到摊位前,只见老板正往油锅里炸着金黄色的食物,看起来酥脆又可口,锅里冒出的香气也朝她迎面扑来。

苏糖不禁嗅了嗅,好奇地问:"老板,这是什么啊?"

"小姑娘是外地来的吧?这个叫炸竹虫,是我们当地的特色美食,你来几个试试?"

"竹……竹虫?"苏糖睁着杏眼,仔细看向油锅,只见里面的食物有指头般粗细,身子滚滚圆圆的,不就是虫子吗……

苏糖觉得身上立刻起了鸡皮疙瘩,她讪讪地朝摊主笑了笑,刚想往外走,凑上前来的许翊却一把拉住她,问:"怎么了,不买点吃的吗?"

"翊翊,我……我们还是去别处看看吧。"苏糖视线朝着前方,完全不敢看摊位,舌头也有些捋不直。

许翊看了一眼摊位上的食物,立刻心下了然,他嘴角微勾道:"来都来了,试试这儿的特产吧。难道……你不敢?"

"开……开玩笑,有什么是我苏糖不敢的!"她梗着脖子,可话语里明显有些底气不足。

许翊揶揄地看了她一眼,随即笑着向老板要了一小袋食物。随后,他用木签插上一条炸竹虫,递到了苏糖的嘴边。

苏糖郁闷地抿唇,看着许翊朝自己挑了挑眉,心下一横,眼睛一闭,猛地就一口咬了下去。

酥酥脆脆的,唇齿留香,还挺好吃。苏糖睁开眼,感慨道:"还可以啊。"

"是吧。"许翊之前来过云南,对竹虫并不陌生,这下看她吃得开心,不禁也弯起了笑。

可下一秒,他见面前的少女眸光转了转,像是在密谋什么似的,与他咬耳朵:"我去拿给小虎他们吃,看看他们的反应。"

语毕,她屁颠屁颠地就跑去别的摊位找小虎他们了。许翊笑着摇摇头,他走到附近的一个摊位前,准备给苏糖买甜甜的鲜花饼吃。

另一边,苏糖提着那袋竹虫凑到小虎跟前,却见他的眼睛正直勾勾地盯着许翊。

苏糖望了望,不禁拍了一下小虎的肩头,蛾眉微挑道:"你干吗?觊觎我男朋友啊?"

"没有!"小虎忙不迭地摇头,顺势还伸手拍了拍自己的胸脯,以示清白,"我可是纯爷们儿。"

"我只是看许哥……感觉他特别眼熟,好像之前不止在小巷子里见过他。"

苏糖回忆起她当初带着小虎那群小屁孩,在学校附近巷子堵许翊的画面,不禁嗤笑:"那就是在学校其他地方见过呗。"

毕竟许翊以前在学校里挺有名的,低年级的学生记得他,并不为过。

苏糖漫不经心地摊开手里的袋子,递给了小虎:"别想了,喏,请你吃的。"

"糖姐真好!"小虎笑得露出小虎牙,可等到他吃完后,却见苏糖在一旁扑哧笑起。他发觉有些不对劲,不禁小声问,"这是什么啊?"

"竹虫。"

"虫子啊?!"小虎立刻呸了两声,满脸恶寒道,"糖姐你怎么这样啊?许哥你快点管管她!"

刚好许翊走上前来,他面色如常,牵起苏糖的手,十指相握,淡声道:"竹虫含有丰富的蛋白质和氨基酸,吃了可以长身体,你糖姐这是为你好。"

站在旁边的花花和裴梨一听,不禁笑了。连彭风驰也"啧"了一声,摇头道:"这护妻狂魔,我若认第二,许翊肯定是第一,因为他太不要脸了。"

话音不大,可苏糖却真切地听到耳朵里了。所以那个下午,彭风驰被拿着那袋竹虫的苏糖追着满街跑。他誓死都不肯吃,可最终还是被许翊摆平,一口吃了下去。

正所谓"夫妻同心,其利断金",小虎觉得自己又上了一课。

待到他们逛完所有的景点,来到下榻的酒店时,夜幕早已降下。

他们将行李安置好,刚想登记拿房卡上楼,却听服务员说,他们的订单只预订了三间房,而现在基本没有空房了。

"哎呀,我搞错了,应该是四间才对。"

彭风驰急得挠头抓耳,花花和小虎也不禁面面相觑,因为如果三间房的话,

他们两对小情侣各住一间,剩下的就……

小虎挠了挠头,有些尴尬地说:"要不,彭哥你今晚跟我睡一屋?"

语毕,彭风驰立刻抱住裴梨的胳臂,状似委屈道:"不行,我没有裴梨睡不着觉。"

众人:"……"

大伙安静了一秒,随即不约而同地将目光投向许翊。如果彭风驰不跟小虎睡,那就只有许翊了。

苏糖看向他,她知道许翊绝对没办法像彭风驰那样耍无赖,说出那种话。

她想了想,刚想说那就让花花和自己睡吧,这样许翊也能直接和小虎睡一间屋子。可下一秒,苏糖却听到许翊问前台的服务员:"你们这儿真的一间空房都没有了吗?"

"还有一间,是豪华总统套房,不过太贵了,所以很少有人订。"

"那就这间吧,麻烦帮我们安排一下。"许翊打开钱包,毫不犹豫地将卡递了过去。

那一刻,裴梨站在苏糖的身边,伸手搭上她的肩,眉眼勾笑,小声道:"斥巨资也要坚守住和你的美好夜晚,你家许警官可以啊!"

语毕,苏糖的脸立刻涨得通红,她伸出手肘点了一下裴梨,可嘴角却微微弯出一个弧度。

一进到房间里,苏糖就惊得瞠目结舌。

只见地面铺着华丽的红地毯,偌大的屋子采用了欧式宫廷风的设计。

四处布置着各式各样的壁画和古董花瓶,沁人的玫瑰花香氤氲进鼻尖,让人放松舒畅。

许翊牵着苏糖走过客厅、小厨房，又绕过影音室和健身房，最后来到了卧室，入目的是一张摆满了红玫瑰花瓣的柔软大床。

苏糖抿了抿唇，搓着双手有些不知所措。一看见许翊将行李箱放下，她立刻朝他道："我先去洗澡。"

语毕，她拿出行李箱里的换洗衣物，手脚麻利地跑进了浴室里。

浴室大得惊人，有干蒸淋浴、湿蒸，还有浴池，划分出了几个区域，可此时的苏糖实在是无心观赏。

她躺在浴缸里，任由温热的水漫过自己的身子。她抬眸望着头顶悬挂的蘑菇形状的金色小灯，静静地发了一会儿呆。

总之这一次，比她平时洗澡的时间要久得多。等到她洗完澡出来，许翊就径自去浴室了。

苏糖躺在床上，抱着怀里的枕头，默默地开始胡思乱想。待会儿自己应该怎么做，她不会被许警官吃干抹净吧？哦不对，是她不会忍不住将他扑倒吃掉吧？！

她紧张得将头埋进枕头里，半晌抬起头，便看见许翊从浴室里走了出来，他洗得好快！

苏糖悻悻地想，可是再往他那边看过去时，她的脸立刻就红了，还不禁咽了咽唾沫，感觉自己的血槽仿佛瞬间被清空。

只见许翊穿着浴袍，浴袍的带子没有绑牢，好看的腹肌若隐若现。

他的头发乌黑明亮，因为用了花洒，发上沾着几滴水珠，有一滴顺着他精致的额角落下，滑过他的喉结，"啪嗒"一声滴落在地。

苏糖用余光偷偷地看许翊,见他缓缓地走近,伸手掀开了白色的床被,径自上了床。

苏糖的心扑通一跳,她还未反应过来,来人就倾身上前,朝她伸出了手。

"等一下!我还没准备好。"苏糖闭上眼睛,鼓起勇气说。

过了半晌,她见许翊没说话,悄悄地睁开了眼睛,正好撞上他似笑非笑的眸子。

"我们明天六点就得起床赶去下一个景区,你在想什么?"

"我……我就是想早点去景区啊。"苏糖顿了顿说,"所以得好好准备,早点休息。"她抿着唇垂下头,羞赧得好想现在就挖个洞,把自己埋了算了。

许翊垂眸看着她,眼中的笑意更胜。他拉过苏糖的手,抱着她就躺到了床上。

陷入那片白色柔软的一瞬,许翊将头埋在她光洁的脖颈处,滚热的鼻息喷洒在她的耳边,他喃喃地叫她:"糖糖。"

苏糖一听,软绵绵的身子动了动,许翊不禁加了几分臂膀的力度。他喉结滚了滚,抱着她,闭上了双眼,满足地喟叹一声道:"这样就很好。"

那一刻,苏糖嗅着他身上好闻的沐浴露味道,突然就明白了许翊的意思。

只要跟她同睡在一间房,有她在身边,就很好。

隔天早上。

苏糖他们在酒店用完早餐后,直接搭车去锦屏山游玩。

刚爬到山上,天空就下起了淅淅沥沥的小雨。许翊一手撑着伞,一手牵着苏糖的手,一刻也不肯松。

因为怕路滑,怕她走得急会摔倒,所以他全程牵紧了她。

苏糖一边走,一边笑嘻嘻地说:"翊翊你就是离不开我,一分钟都不想和我分开,所以才把我抓得牢牢的。"

许翊没说话,听她自顾自地说:"放心啦,我那么爱你,怎么舍得丢下你一个人。"

语毕,许翊的嘴角还未勾起,就见苏糖被一片花园吸引,想快步走到那边去看。

许翊猛地拉住她的手:"不是说怎么都不会丢下我一个人的吗?"

"我没打算放开你的手啊。"苏糖眨了眨眼睛,抬起他俩牵着的手,郑重其事地说,"我就是想摘那个给你。"

她的左手指向林木间,只见那儿伫立着一棵玉兰树。以前苏糖喜欢向日葵,而许翊喜欢的就是这种素净的花儿,所以她想为他摘一朵。

许翊握紧她的手,眸中流露出淡淡温存:"花就不用了,心意到了就好。在这儿摘花,你就不怕被抓住吗?"

"是哦。"苏糖愣了愣道,"我这不是爱人心切吗?想把这世界上所有美好的东西都给你!"

她笑得眉眼弯弯,随即掏出手机说:"我们来自拍吧。这么好看的景色,不拍照真是可惜了。"

许翊原本想说还在下雨,可看苏糖正在兴头上,不禁点点头,将她的手机设置成三秒自动拍照模式。

他俩背靠五彩绚烂的花园美景,将雨伞放下,迅速地对准镜头微笑,"咔嚓"一声,照片记录了他们的共同回忆。

即便是雨天,苏糖嗅着花香,牵着许翊的手,心情也超好,她忍不住说:

"再帮我拍一张吧。"

"好。"许翊说。

只不过,他怕苏糖淋到雨,硬要让她拿着伞拍照,自己则跑到一米开外,替她拍下了几张美照。

不久后,他们走到山下,苏糖刷起了微信朋友圈,突然就看到了许翊发的消息。

只见他的朋友圈里,是那张她撑着五彩雨伞,站在花园中笑靥粲然的照片。上面的文字写着:世界像是黑白的,唯有你是彩色的。因为你在我心里,就是这世上最美好的宝贝。

无论是锦簇的花团,抑或耀眼的繁星,你说你想将这世上最好的东西给我,但于我而言,这世间最宝贵的,就是你。

苏糖看着朋友圈,心里美滋滋地想,她家许警官真是人帅话不多。

情话要不就不说,要不就说得比树上的百灵鸟的叫声还好听,比米其林西餐厅的顶级甜点还要甜。

她开心得一路傻笑,可当回程经过红河岸边时,苏糖脸上的笑意不禁凝滞。

因为她看见,上次遇到的那群环保组织人员,竟跟那些修建水电站的建筑工再次起了冲突。

苏糖他们租的是小包车,她原本想着要不要喊停,下车帮忙解围,许翊就轻轻拍了拍她的手。他笃定的目光落在她的眼里,说:"别担心,我下去看看,你们坐在车上等等。"

语毕,他跨步下车,彭风驰和小虎也一起下了车,和他一同上前查看。

苏糖望向车窗外，只见许翊径自走到那群建筑工的面前，三言两语后，他掏出了怀里的警察证件，勒令他们离开。

为首的人是建筑公司的经理，他见状，不禁摆了摆手，抽吸了两下鼻子。不一会儿，那人就带着身后的人一齐离开了。

可直至他们走远，苏糖的目光仍旧盯着那群人离开的方向。

回到车上的许翊有些不解，正待询问，就见苏糖抿了抿干涩的唇说：“刚刚那个经理，面色暗黄，眼神涣散，总是不自觉地吸鼻子，像是个瘾君子。”

许翊怔然，他看着苏糖的身子微微颤抖，眉梢不禁紧皱。他知道，苏糖是想起了自己的妈妈。

因为当年，苏妈妈就是被一群逃亡的毒贩开车撞倒，才离开了人世。

云南境内常年有暗流涌动。许翊看着苏糖面带忧色，露出一副惊慌失措的模样，不禁有些心疼。

他思忖再三，轻声地抚慰苏糖后，便联系了当地警方，为他们提供相关的线索。

果不其然，接到许翊的报案后，当地的警察告诉他们，最近确实听闻有一伙毒贩来到云南境内，可因未找到其窝点，所以他们只能待命，等待上级下达任务再做行动。

许翊他们将自己知道的线索全都配合说出后，就离开了此地，前往洱海。

在去洱海的路上，小虎坐在车子里，注视着许翊。

终于，他想起了一件事情，他将自己的回忆全盘告诉苏糖，可苏糖听完后，却沉默了。

"糖姐,你没事吧?"小虎有些担忧地看向她。

"没事。"苏糖顿了顿,说,"这件事以后就别再提了,你也不要和别人说。"

小虎点点头,可看苏糖的脸色,却一直不太好。

苏糖的心里有些阴郁,这份阴郁直至他们接到消息,得知警方找到了毒贩的窝点,将那群人一网打尽后,才逐步消散。

而且,他们后来还听说,环保组织的人向环保部发出了建议函,请求终止红河流域的水电站项目,最终通过。

绿孔雀的栖息地得到了保护。

一切都有好的结局,可许翊却发现,苏糖自从从云南回来后,就有些闷闷不乐。而且每次看见他时,她总露出一副欲言又止的样子。

有一天吃饭时,许翊忍不住放下了手里的筷子,他目光直直地看着苏糖,问:"你最近怎么了?你如果遇到什么事可以跟我说。"

"不对,你有什么事,一定要跟我说。"许翊笃定地改口。

苏糖看着他,嘴唇翕动,半响也放下了筷子道:"翊翊,情侣之间是不是应该坦诚相待?"

许翊怔松,他不知道她竟会这样问,喉咙一紧,道:"是。"

"那……你有什么要和我说的吗?"苏糖目光灼灼地看向他。

许翊眸光颤了颤,他沉默了一会儿,刚打算开口,兜里的手机却突然响起铃声。

苏糖见他接起电话,不禁叹了一口气,可半响,当她听到许翊说"我妈让我们周末去家里吃饭"时,她的脑袋顿时就像爆米花般炸开了。

许翊说，他妈妈很少让外人去家里的，这一次，她应该很重视。

那一刻，苏糖心里的忧虑像被海水淹没，随之而来的是"紧张"的浪潮。

她没有想到，自己这么快就要正式见家长了！

时间过得飞快，眨眼间就来到了周末。

许翊带着苏糖，提着水果和茶点上了家门。刚从电梯里走出来时，苏糖的脚步微微顿了顿。

"紧张吗？"许翊垂眸看她，轻声问。

"嗯。"苏糖点点头道，"我是第一次这么正式地见家长。"

许翊扬眉笑道："凡事都有第一次。别紧张，有我在。"

他将她的手圈在温热的掌心，苏糖顿时微微松了一口气。她跟着许翊敲开了门，门后立刻露出了王静如眉开眼笑的面容。

"小糖来了，快进来坐！"

王静如拉着苏糖，给她换上一双粉色的女式拖鞋，随即带着她坐到了沙发上。

许翊将水果和茶点放在茶几上，王静如立刻"啧"了一声说："来就来了，带那么多东西干什么？"

"要的，阿姨。"苏糖弯起眉眼，浅浅地笑道。

许翊坐在沙发上，双手交叉搭在腿前，不禁问："妈，你今天把我们叫过来，是……"

他抬眼看向王静如，坐等她的回答，却见她抿了抿唇说："还不是因为你李阿姨。"

许翊愣了愣,他知道王静如说的那个李阿姨是她的老同事,以前总爱和她攀比,近到比工薪比样貌,远到比家世比子女,李阿姨样样都爱跟王静如比,还总不服输。

"她说什么,她家儿媳妇有多优秀,又贤惠又漂亮,打着灯笼都找不着那么好的姑娘,却被她儿子给找到了。

"而且还酸溜溜地说,要给你介绍对象,说你这么多年来,连一个女性朋友都没有。我呸,她那儿媳妇也叫漂亮,比起我们家小糖可差远了!还说什么贤惠,上次我去他们家,看见她那儿媳妇连菜都不会择。"

王静如一边说,一边气得转着自己手上的珍珠戒指。"我跟她说,我家小翊有女朋友了,不劳她费心。可她偏偏不信,说什么我就不用跟她说这些场面话了。还说她能帮忙安排相亲,会尽力帮我们的。"

一听到"相亲"两个字,苏糖的脸不禁皱了皱。许翊望向她,笑着伸手轻轻拍抚她的手背。

王静如也注意到他俩的小细节,心情立刻放了晴,笑着说:"相亲是不会去相的,这辈子都不会去相。谁需要她帮,我家的孩子个顶个地好。她那儿媳妇是打着灯笼才找到的,那我们家小糖就是搭上火箭才能找到的!"

一听这话,苏糖和许翊都被逗笑了。王静如也喜笑颜开,拉着苏糖就开始说着家长里短。

正值饭点,许翊深知她俩的厨艺,无奈地笑了笑,就径自进了厨房。刚想开始入庖厨、做羹汤,苏糖却突然钻了进来,眉眼弯弯地对他笑:"我来吧,让我展现一下我的厨艺。"

"你确定你可以?"许翊挑起眉看她。

苏糖缩了缩脖子,有些犯尻道:"你帮帮我呗。"

于是,当天晚上,许翊给苏糖打下手,两人一起做了一顿丰盛的晚餐,与王静如一起品红酒、吃美食。

待到酒足饭饱后,苏糖逛到了许翊的房间。

一进门,就看见他铺着蓝色被褥的床。

苏糖感慨了一声:"这床好小哇。"一看就是以前学生时代买的床,跟上大学那会儿的单人床差不多大。

可下一秒,好似捕捉到了什么信息,许翊俯身靠近她说:"小吗?两个人睡也绰绰有余。要不要试试?"

他的手臂揽上她的腰肢,亮如繁星的眼睛锁着她。苏糖不禁垂下眼睫,羞赧地说:"你妈妈还在家呢。"

"那我们……待会儿早点回家,换个大的?"许翊的眸中蓄着笑,试探性地问。

"流氓。"苏糖一听,软软糯糯地回了一句。

"这就流氓了?还有比这更流氓的。"

许翊的眼睛漆黑深邃,他抬起手指,落在她红润的唇瓣上,眸中的光亮了一瞬,又立刻如墨夜般压下。

顷刻间,他收手搭在她的腰肢上,手臂加了点力度,将她整个人圈进怀里。他俯下身子,吻住她的唇瓣,灼热柔软的触觉立刻像火般将他点燃。

许翊的喉结滚了滚,重重地吻下去,一阵湿润的缠绵后,他顺着她纤细的下颌线,一路往下吻,落到她光洁的脖颈上。

苏糖的皮肤本就白皙又水嫩，此时在白炽灯的照耀下，更显清晰透白。许翊不餍足地吮着那片光滑的肌肤，直至吻出了浅浅的痕迹。

他的双手在她的身上游移，极尽爱抚。半晌，他的手掐了掐她的腰肢，缓缓地将她的上衣向上推，细嫩的皮肤裸露在空气中的那一刻，带着凉意的风钻了进来，连同他滚烫的手掌一起滑了进来。

苏糖不禁"唔"地发出一声嘤咛，脸上立刻泛起了浅浅的红晕。

下一秒，他们就听到门口发出了一阵响动。

他俩赶紧从彼此的怀里退了出来，苏糖拉下自己的上衣，理了理自己被撩乱的发，抬眼望去，就看到王静如正捧着一盘水果，脸上堆着难以言喻的笑，揶揄地看了他俩一眼道："那个……我就是来送水果的，你们继续，继续。"

她一边说，一边往门外退。许翊揉了揉眉心，喊了她一声："妈。"

苏糖咬着下唇，眼睛里含着羞赧的水光，正想跟着许翊走近王静如，可她却立刻将他俩往房间里面推，忙不迭地说："你们别理我，就当我不存在。无论发生什么，我都不会吵你们的！"

语毕，门哐当一声合上了。

他俩："……"

狭窄的房间里，空气中好似还弥漫着刚刚还未消散的旖旎气息。

苏糖面上飞霞，抿了抿唇，望向四周，决定转移一下话题。她目光流转，立刻就看到了摆放在许翊书桌前的相框。

那是一张全家福，属于许翊一家的三人合影。

苏糖走上前去，正想一看究竟，许翊却蓦地拦在她的面前，将照片挡在了背后。

"你让我看看。"苏糖启唇,声音里不带一点情绪,有些清清冷冷的。

许翊微微思忖,最终,他移开身子,将那个嵌着全家福的相框递给了苏糖。

只见照片里,男人穿着一身挺立的警服,头戴镶着国徽的警帽,牵着自己的妻儿,扬起清浅的笑靥。

苏糖在那一刻,肩膀不禁一颤。因为她认得这个叔叔,当初她妈妈被送到医院,宣告抢救无效时,就是这个叔叔一直陪在她身边,轻声地安慰她。

"你其实根本不用瞒我,我都知道的,小虎已经告诉我了。"

那天,他们在云南遇上了毒贩事件,小虎立即回忆起,为何一直觉得许翊如此眼熟。因为当初他跟随苏糖赶到苏妈妈的事故现场,目睹苏糖陪着苏妈妈上救护车时,有一个穿着校服的男生突然跑了过来,朝其中一名警察叫爸爸。

那个男生,就是许翊。

那天晚上,许翊原本想去苏糖家找她,却在她家附近目睹了这场事故。

许翊向爸爸哭诉,为什么不能救苏妈妈,许爸爸无能为力的模样让他觉得实在有愧于苏糖。

于是,不知道如何面对苏糖的许翊,在当年苏糖离开小城时,放弃了去参加绘画比赛的机会,偷偷去送她。而且,甚至后来爸爸英勇牺牲后,许翊也毅然决然地决定要当一名人民警察。

他做这一切,都是为了弥补当初那场祸事留下的遗憾,为了消弭罪恶、伸张正义,让这个世界的光明能够照亮黑暗的角落。

许翊垂下头,心里生出了深深的无力感。他说:"我一直不知道该怎么跟

你说,不知道该如何面对你。我从来没想过竟然还能在非洲和你重逢,你不知道我那时候,心情既忐忑又高兴……"

"糖糖,你知道真相后,为什么不主动来问我?"许翊眸中带着淡淡的忧伤,轻声问。

"因为我不想我们之间产生矛盾,我怕问了之后,会出现什么糟糕的情况。我宁愿假装不知道,也想和你在一起。"

"而且,我相信你。这件事情,归根结底都不是你的错,不是叔叔的错,是因为那些犯罪分子不可饶恕的罪行导致的。翊翊,其实你不必隐瞒。"

许翊对上她乌黑明亮的眼睛,深吸一口气道:"但因为是你的事,无论大小,我都会很在意。"

"你真傻。"苏糖伸出手,轻轻地抚上他的眼睛,说,"你总说我傻,你才是傻傻的那一个。"

许翊注视她,不禁扯起嘴角。既然命运将他们重新牵到一起,让他们有机会重逢,那他决定,这辈子都不再将她的手放开。

许翊蓦地伸出臂膀,将苏糖揽入怀中。她的头靠在他的胸前,听着他怦怦的心跳声,还有郑重其事的允诺:"糖糖,从今往后,我会保护你。"

"我相信。"苏糖蓦地笑了,她踮起脚尖,仰起小脸,往他的嘴唇啄了一口。

他亮如繁星的眼睛眨了眨,微风缱绻地拂过他们的脸颊,月光也透过窗户洒在他们的身上。

苏糖觉得,今晚的风是甜的,月亮也是甜的,好似所有的一切都带着温柔的眷恋。

第十三章
一见你，就钟情

苏糖的特化工作室最近接了一场特别的活动，在市里的文化馆，举办一场特效化装的宣传讲座。

作为主讲人，苏糖为了这次活动做了充足的准备。她在现场采用了视频解说与现场化装的形式，让观众近距离地了解特效化装，领略特效化装的魅力。

经过一系列的演讲后，苏糖让小虎他们将事先准备好的机械象搬上了舞台。

许翊坐在观众席上，一看见那头大象，嘴角微微勾起。下一秒，他看见站在舞台上的苏糖朝他投来了盈盈目光，眸中泛起笑意。

"这头大象是我花了五个月的时间制作而成的，原本它只能通过机器的遥控，动动眼珠、摇摇耳朵，但后来我对它进行了改进。现在的它能够通过各种面部管理和肢体控制，来展现它的状态，例如喜悦、难过、愤怒等。"

语毕，苏糖通过机器遥控，向众人进行了展示，现场观众纷纷发出赞叹。

分享过后，讲座迎来了最后的提问环节。

第一个举手的是一个六七岁的小女孩，小女孩接过工作人员递过来的话

筒,毫不怯场,用脆生生的声音问:"请问苏糖姐姐,这头大象为什么看起来那么逼真,是用什么做的呀?"

苏糖握着手中的话筒,微笑着回答她:"这头大象的表皮是用发泡乳胶材料制成的,它的毛发则是用了现在普遍的纤维毛,采用静电的手法制成。"

"什么是静电手法?"小女孩睁着圆溜溜的眼睛问。

苏糖笑了笑,解释道:"就像是离子烫,我们去理发店烫头发那样。"

"哦,那我明白了!"小女孩恍然大悟道,"我妈妈也经常烫头发,原来大象和我妈妈一样,也爱美!"

语毕,周遭响起了欢笑声。坐在她附近的一个少年立刻也举起了手,他站上来提问道:"那苏糖姐姐,请问这头大象有名字吗?"

苏糖微愣,随即点点头道:"有的。"

"它叫小翊翊,是我心上人的昵称。"她落落大方地站在台上,笑靥粲然地望向观众席处的许翊,眸中像是泛起了璀璨的光。

"因为一心一意,你是唯一。"

话音刚落,观众席上静静坐着的许翊倏地举起了手。周遭众人立刻齐刷刷地望向他,苏糖的眼睛也灼灼地与他对视。

下一秒,许翊从座位上款款起身,他拿起话筒,身姿挺拔,声音清冽得像山涧清泉般,汩汩流进苏糖的心里。

他说:"请问苏小姐,你愿意送我一颗小糖果吗?"

苏糖愣怔,心想自己今天身上没有带糖果啊。

正思索间,身后就传来了一阵轻音乐,苏糖下意识地回头,只见台上的屏幕此时竟开始播放一段音乐视频。

苏糖望向幕侧,正想上前询问控制电脑屏幕操作的小虎是怎么一回事,却见他朝自己会心一笑。

苏糖:？

就在她摸不着头脑之际,抬眼时就看见了屏幕的视频里,忽地映现出了无数张画像。

那是许翊这些年来,一笔一画为苏糖所作的画像。

她穿着淡蓝色的校服,捧着一本《神雕侠侣》细细翻看的样子;她噘着嘴,坐在校园林荫道的石凳上,将画笔搭在唇上的搞怪画面;她穿着刺绣服饰,站在舞台上挽着水袖,唱昆曲的姿态;还有她身着白雪公主的裙子,化着精致的特效妆容,甜美微笑的模样。

继续往后翻,视频里就流转出了苏糖和许翊的合影。

他们在绘画班的集体合照;他们在海底捞吃火锅时,店员为他们拍下的照片;还有他们在云南花海中,不顾落雨,也要留下共同回忆的自拍。

苏糖的心深深震动,她杵在原地,还未反应过来,就看见台下的许翊捧着一束向日葵,身姿翩翩地缓步走到台上。

他将那束鲜艳明亮的花朵捧到苏糖的面前,苏糖望进他清澈晶莹的眼睛里,不禁伸手接过了花。

下一秒,许翊垂下头,附在苏糖的耳边,和她说悄悄话:"我要的小糖果,就是你。"

语毕,他单膝跪到地上,伸手从兜里掏出了一枚精心准备的莹白钻戒。

那一刻,苏糖的脑袋里像有一个粉色气球嘭地炸裂,顿时无法思考。她嘴

唇翕动,支支吾吾地说:"我……我还没想好。"

"可我一刻也等不及了。"许翊目光灼灼地注视她。

我想娶你,今生今世,余生漫漫,你就是我的唯一,我想和你在一起。

周遭观众席响起了欢呼和起哄声,站在幕旁的小虎和花花也屏息期待,兴奋焦灼地看着眼前的这对璧人。

苏糖的心跳像擂鼓般怦怦直跳,呼吸也变得急促起来。她望进许翊的眼里,看着他的眼神中流露出希冀,还有几分紧张。

下一秒,苏糖听见自己低低的声音:"好。"

话音落下,周遭立刻响起震耳欲聋的掌声。苏糖注视着许翊,看着他眸中瞬间像铺满星辰般,烁光闪耀。

他轻轻牵起她的手,向来征战前线,上刀山下火海,眼睛都不眨一下的许警官,此时的手却微微有些颤抖。

他深吸一口气,将那枚莹白戒指戴到了她的无名指上。

随即,许翊站起身,伸出长臂将苏糖抱在怀里。

他的声音清洌低醇,随风缱绻地飘进她的耳畔,他说:"糖糖,我爱你。"

宣传讲座结束之后,许翊牵着苏糖的手走出了文化馆。

刚走了一会儿,苏糖不禁停下脚步,仰起白皙的小脸看他,佯装嗔怒道:"翊翊,原来你蓄谋已久,连同小虎他们一起瞒着我。"

许翊目光宠溺,低下头,亲了亲她的嘴角,而后挽起了她的手。那枚莹白戒指此时就戴在她的指间,在阳光下泛着晶莹斑斓的光。

他说:"对啊,所以你这辈子都跑不掉了。"

他是蓄谋已久,很久很久以前,就想把心心念念的女孩拐回家。

有金色的阳光透过路旁的棕榈树叶间隙,斑斑驳驳地倾洒而下,落在他们的身上。

苏糖和许翊十指交握,相视而笑。忽然间,他们就想起了经年之前,那个盛夏的好时节。

那一天,也如今天这般,阳光熹微,明朗夺目。

那是苏糖和许翊的第一次真正见面,比之前在学校附近小巷的初次争锋,还要更早一点。

彼时,正值午后时分,苏糖独自一人跑到了学校的后操场,上树去摘果子。

正当她手脚麻利地跳下树,捧着果子,嗅着香味时,正好有两个男生朝她的方向而来。

其中一个男生身姿挺拔,眉眼清冷。他直直地朝前走,随行的男生却突然伸出手肘点了一下他,小声道:"许翊,我看前面那个女生长得挺漂亮的,你觉得呢?"

"不怎么样。"许翊迈着长腿,状似熟视无睹地从旁边径自走过。

他的声音很低,但那一刻,却猝不及防地钻进了苏糖的耳朵里。

她愣怔地抬头,正好看见前方径自行走的挺拔少年,忽地转过头来,正好对上了她乌黑明亮的眼睛。

那一刻,她看到了他清隽的脸上带着镇定,但眸中明显流露出了一丝慌乱,像是被人当场抓到了什么小秘密,她蓦地笑了。

有明媚的阳光倾洒而下,苏糖背靠一棵葳蕤的果树,捧着果子与许翊静静地相视而望。

原来,早在那个时候,一见你,就钟情。

番外
从此岁岁长相见

01.

为了筹备许翊和苏糖的婚礼,苏糖的小姨和姨夫专程从香港飞过来,来到许翊家,和许妈妈谈谈两个孩子的终身大事。

苏糖原以为这场见面,可以成为载入双方家庭史册的历史性会晤,可谁知到了许家后,竟发现还有其他人在场。

此时,苏糖和许翊大眼瞪小眼,规规矩矩地坐在客厅沙发上,看着面前的长辈间生起了"无硝烟"的战争。

那个传说中总爱和王静如攀比的李阿姨,此时正带着自己的儿媳妇,端正地坐在一旁,话是对着王静如说的,可余光却不时地瞥向苏糖,道:"静如啊,我们不请自来,你们不会见怪吧?"

"你来都来了,还说什么呢。"王静如转了转自己手上的珍珠戒指,抿嘴勾起了一抹不失礼貌却略显淡漠的微笑。

李婉微微一噎,鞠起笑容道:"我不也是好奇,你家未来儿媳妇长什么样

吗?"

她侧头看了苏糖一眼,抿了抿唇道:"这姑娘长得确实……挺标致的,听说是给人化装的?"

"我们家小糖是开工作室的,自己当老板。"苏糖的小姨冷不丁地说。

王静如也挺直身子,搭腔道:"是啊,我们小糖可优秀了。她不仅会化装,还会设计、会画画,我们家小翊能够娶到她,是非常幸运的事情。"

"小翊也很优秀,听说以前在学校就是稳坐年级第一的优等生,后来考入警校,毕业没多久就当上了特警队长,真是前途不可限量。我们小糖能找到这么好的姻缘,也是幸福。"

苏糖看着自家小姨和王静如一致对外,朝着那位李阿姨展开唇枪舌剑,微微有些蒙了。

可谁知,坐在她身旁的许翊,竟突然开了口:"还有,能够娶到苏糖,是我三生有幸。"

他伸出手,将她的手圈在温热的掌心里,漾起和煦温柔的笑,看起来既俊朗又迷人。

苏糖有些看呆了,默默地垂下头,耳尖泛起了一抹红晕。

半晌,许翊望向墙上的钟表,见是临近吃午饭的时间,便起身,刚走向厨房,苏糖就倾身上前,拉住他的手,怯怯地说:"我跟你一起吧。"

许翊蓦地笑了,与她咬耳朵:"你是不是不敢一个人待着,面对长辈们紧张了?"

"不是。"苏糖噘起嘴说,"我就是想和你在一起,一刻也不离开你。"

许翊最近经常出任务,每天早出晚归,苏糖是真的舍不得他,想每时每刻都和他待在一块。

她仰起小脸，眨了眨亮晶晶的眼睛，说："你就多陪陪我嘛，我那么乖，那么听话。"她凑上前，抱着他的手臂，小脸蛋蹭了蹭他的毛衣，可又怕不远处的长辈们会看见，蓦地停下动作，和他拉开了一点点距离。

许翊觉得这样子的她特别可爱，刚想开口，却见客厅里的几个长辈朝他们走了过来。

特别是李婉，她凑上前来，双手环胸，嗤笑了一声说："你们家还得男人煮饭啊，这像什么话？"

闻言，王静如的脸不禁拉了下来，她刚想反驳，却见苏糖径自走到厨房的水槽边，将菜筐里的菜倒进去，随即打开了水龙头。

她刚想伸手去洗菜，许翊却倾身上前拦住了她："我来就好，女孩子少碰冷水，你帮我把蒜头拿出来吧。"

许翊自顾自地说，苏糖点了点头，乖乖地去置物架上拿蒜头，又帮他将锅碗瓢盆准备好。

看着他俩一派郎情妾意，恩爱和睦的样子，苏糖的小姨和姨夫都露出了欣慰的笑容，而王静如也是欣喜不已。

李婉看着眼前的景象，不禁抿了抿唇，脸微微有些垮。而下一秒，她竟听到身旁的儿媳妇呆呆地看着面前的这对璧人，声音低低地说："好羡慕啊。"

声音不大，但周遭的众人都听见了。

李婉立刻瞪了她儿媳妇一眼，随即听到许翊清冽温醇的声音缓缓响起："李阿姨，时候也不早了，要不一起留下吃顿便饭？"

感受到周围众人齐刷刷投注过来的目光，李婉的面子登时有些挂不住，她

忙不迭地摆手道:"不了,不了。我们也该回去了。"

语毕,她抱着胳臂,带上跟在她身后唯唯诺诺的儿媳妇,急匆匆地就离开了。

看她的样子,哪还吃得下饭,估计气都气饱了吧。苏糖悻悻地想。

她突然就想起,陆勇他们曾和自己说过一句话。

他们说她家许警官,很多时候都不用亲自出马,只要运筹帷幄,挑挑手指头,就能将对手瞬间"击毙"。

现在想来,此话不假呀。

02.

苏糖和许翊的婚礼定在一个阳光和煦的春日。

这天,苏糖穿着洁白的婚纱,坐在房间里,花花拿着化妆刷,认真地帮她化着妆。

彼时,许翊西装革履,被众人折腾了一番后,大伙仍旧不肯让他进去接新娘。

许翊看了一眼手表,朝对面的彭风驰眼神示意了一下,发出了"求救信号"。

彭风驰讪讪地笑开,不禁扬声道:"差不多就行了,咱们还得赶着去婚礼现场呢,快让新郎官进去吧!"

"不行,今天是我家小糖糖大喜的日子,你要敢放水,我跟你急!"裴梨穿着伴娘礼服,双手叉腰,露出一副"大义灭男朋友"的阵势。

站在一旁的小虎也扬声应和道:"对!没错!"

许翊抬手揉了揉眉骨,不禁笑着问:"那你们还想怎么样?"

裴梨清了清嗓子,拿出提前准备的问题卡,挺直身板,笑着说:"你得回答我的几个问题,如果都答对了,就算你过关!"

"可以。"许翊微微颔首,而后就听到裴梨自顾自地说道:"请问,苏糖最喜欢吃的食物是什么?"

"螺蛳粉。"她不仅喜吃,而且最喜欢里面的腐竹和萝卜干,每次叫外卖的时候,都会让老板多煮些给她。而且她还很体贴,从来不在办公室等公众场合吃螺蛳粉,说是怕熏到别人。毕竟螺蛳粉的独特味道,不是所有人都能接受得了的。

裴梨满意地点点头,又开口问:"那苏糖最喜欢玩的游戏是什么?"

"云霄飞车。"许翊弯起嘴角道。他想起自己每次带苏糖去游乐场约会时,她都会拉着自己陪着玩机动设施。她最喜欢玩云霄飞车,可每次飞到顶点时,她又会害怕得攥紧他的手,恨不得缩到他的怀里。那一刻,是人类娱乐极限的顶端,也是许翊最快乐欢愉的时刻。

连续问了几个关于苏糖的问题,许翊都答上来了。

裴梨在问题卡的答案处一一打上勾,可接下来,她的眸子里划过一丝意味深长,悠悠开口道:"那请问,苏糖最喜欢的人是?"

"我。"许翊淡声回答,脸不红,心不跳,露出一副坦坦荡荡的自然模样。

周遭众人不禁发出了一阵阵起哄声。

许翊嘴唇翕动,刚想说"这样总可以了吧"。他还等着赶紧把他心心念念的女孩娶进门呢。可下一秒,裴梨却拦在他面前,抬起手,绽放笑容道:"最后一题,最后一道附加题!"

"请现场想一个你们未来孩子的名字,限你十秒作答。"

裴梨原以为许翊肯定会冥思苦想一阵,可谁知,他竟毫不犹豫地开口道:"男孩子就叫许倾堂,女孩子就叫许慕果。"

许倾堂,许慕果——倾慕我的小糖果。

原来他早就想好了。

苏糖隔着门缝偷听,脸颊不禁泛起了一抹红晕。她的耳朵凑上去,正想继续细细地听,可一旁的花花却忙不迭地过来拉住她:"糖姐,你都快踩到你的婚纱裙摆了。快过来坐好,今天你是新娘,得矜持点!"

"矜持能吃吗?"苏糖转过头,朝花花眨了眨眼睛道,"我家翊翊比什么都重要。"

花花听完一愣,心想这坦坦荡荡的姿态,是夫妻传染吗?还是什么夫妻间的共同特质?

花花磨不过她,只能任由她覆在门旁偷听。下一秒,她的耳朵里就传进了外面的声响。

裴梨扬声道:"那小名呢?孩子的小名你取好了吗?"

"叫作小飞象。"许翊咧起嘴角道,"因为苏糖喜欢小飞象。"

裴梨摸了摸下巴,眉眼一挑道:"这像是个男孩的小名啊。如果生的是女孩呢?"

"也叫小飞象。"许翊清隽的眉眼舒展开,露出和煦的笑。

苏糖站在他的对面,隔着一道门,不禁陷入沉思。

翊翊,如果我们的女儿知道了,她会恨你的……

时光飞逝,不久后的某个夜晚。

苏糖穿着睡衣,躺在床上,径自拿着特化设计稿细细查看。许翊洗完澡后,上床坐到她的身旁，拆开了床头柜上放着的一个礼品盒。

苏糖好奇地凑上前问："这是什么？"

"彭风驰他们酒店举办二十周年庆，说是送给 VIP 贵宾的。"

"那我为什么没有？"苏糖噘起嘴问。

许翊不禁失笑："因为我们现在是夫妻了啊。夫妻一体，同声同气。"他伸手刮了下她的小鼻子，眸中溢出宠溺的光，轻声道，"小傻瓜。"

苏糖抿了抿唇，眼睛弯成弦月。她看着许翊将礼品盒打开，里面装着的原来是一个白色的智能音箱。

许翊将它的开关打开，微笑道："我让它播放《小飞象》睡前故事给你听吧。"

许翊正想同智能音箱说话，下一秒，苏糖突然想到了什么，立刻抱住他的胳膊，往他怀里蹭了蹭说："翊翊，我们以后孩子的小名，如果生的是女孩子的话，别叫她小飞象好不好？"

"为什么？你不是最喜欢小飞象吗？"许翊不解地问，"而且小飞象很可爱啊。"

苏糖："……"直男式审美这么可怕的吗？她忍不住在心里默默吐槽了一声。

可随即，她听到许翊清冽的声音缓缓响起："要不，如果是女孩的话，就叫飞天小女警吧。"

苏糖愣愣地看向他，蓦地撞进他明亮清澈的眼睛里，当中透着认真："小飞象和飞天小女警，一个随你，一个随我，怎么样？"

向来正经严肃的许警官，现在为了她，竟会开始琢磨这些听起来既幼稚又可爱的昵称。

苏糖突然觉得心里暖暖的，她扬起眉眼，伸手和他击了个掌，道："成交！"

她甜甜的酒窝陷进粉嫩的脸蛋里,细长的睫毛眨了眨,眼睛里像是蓄满了万千星辰。

许翊垂眸看她,喉结不禁滚了滚。他伸手抱住她,哑着嗓音道:"既然孩子的名字想好了,那我们是不是得……快点实施具体行动?"

苏糖的脸蓦地红了红,她扯起床上的被子盖住自己的半张脸道:"不行,我明天还得给甲方爸爸交设计稿呢。"

她记得非常清楚,每次和许翊在一块儿,都会被折腾一整个晚上,工作什么的瞬间就变成浮云。所以,她今晚得誓死捍卫,拿甲方爸爸出来挡一挡。

可下一秒,许翊却扯开她身上的被子,长臂一伸,握住了她的手腕,将她往自己怀里带。

他的手扣住她的后脑勺,温热的嘴唇瞬间覆了上来。苏糖被他吻得意乱情迷,恍惚间,他已经将她压在身下。

她睁着杏眼凝视他,只见面前的许翊双眸深邃炽热,嘴唇丰润饱满,透着诱人的红。

他的声音低哑沉缓,带着一丝专情的霸道:"今晚叫谁爸爸都没用,得听老公的。"

语毕,他伸手一把按下床榻旁的关灯按钮。夜幕暗下来的那一刻,满室的旖旎气息氤氲而出。

自此,彻夜未散。

03.

某天,许翊回到家时,就听到客厅里传来苏糖嘤嘤哭泣的声音。

他连忙脱下皮鞋，快步走到苏糖的身边，却见她正坐在沙发上，拿着纸巾，抽抽搭搭地一边哭，一边看他们的婚礼录像。

此时电视画面里，身着西装革履的许翊微笑着朝苏糖说出那句"我愿意"，苏糖站在他面前，哭成了泪人，两人拥抱在一起。

苏糖擦了擦眼角的眼泪，看到这一幕时，蓦地又哭了出来。

许翊站在她身边，有点蒙，刚想问她"是不是还沉浸在当时婚礼的感动中"，谁知面前的女生却将纸巾扔进垃圾桶，抽噎着说："我当时哭得也太丑了吧。就算再感动，也不能哭得那么丑啊！"

语毕，苏糖又想哭了。

虽然不太合适，可许翊听见她说的话，忍不住失笑。他坐到她的身边，伸出修长的手，轻轻地擦拭她脸上的眼泪。

他的眸中满含温存，轻声细语道："你在我心里，怎样都好看。"

苏糖的心像是瞬间浸在一桶甜甜的糖浆里，可她还是忍不住抽噎，肩膀一颤一颤地说："要不，我们再结一次婚吧。"

闻言，许翊竟认真地思考起来。苏糖忙不迭地改口道："不了不了，操持一个婚礼实在太累了，难度系数太高，我们还是算了。"

她像拨浪鼓般摇摇头，许翊看到她面露纠结的小表情，笑着伸手揉了揉她头上的碎发。

他目光如水地对她说："只要你想要的，我都会去做。再难再累，我也为你而做。"

苏糖愣怔，感觉心里像是飘起了粉色的氢气球。于是，她终于弯了弯眉眼，漾起笑道："那……要不我们试试中式婚礼吧？上次我们举行的是西式婚礼。"

许翊眉梢微挑,刚想应好,下一秒,他就看见苏糖站起身,将他从沙发上拉了起来,旋即伸手环上他的腰,眸中闪烁出晶莹璀璨的光,高兴得像是一个吃到糖的孩子。

她说:"我们就在这儿办。"她抬手抚上他结实的胸膛,顺势而上,钩起他的下巴,旋即踮起脚尖,吻了吻他的嘴角。她的小动作不断,笑着轻声说,"我们现在就办。"

许翊的喉结滚了滚,声音有些低哑:"怎么办?"

苏糖牵起他的手,十指交握的那一刻,许翊听到女生清甜软糯的声音响起:"就像古代的婚礼那样办,先一拜天地。"

她牵着他,径自跪倒在地上,许翊顺着她的姿势,跟随她的动作,低头一拜,旋即直起身子,宠溺地看了她一眼:"然后呢?"

"二拜高堂。"苏糖摸着下巴想了想,目光流转后,她侧过头,伸手指向了旁边的阳台,"你不是说我们的亲人就像明媚的太阳吗?那我们就拜太阳。"

许翊抬头望去,只见落地窗外日光乍泄,仿若太阳一直停留在他们的身边,和煦温暖。

他弯了弯嘴角,应声说好。他俩面向阳台,跪地再拜了一拜。

然后,苏糖学着古人作揖的模样,笑着对许翊说:"那夫君,我们现在就夫妻对拜吧。"

"好的,娘子。"许翊的眼里泛着宠溺的光芒,他脊背挺得笔直,顺着她的动作,郑重地与她相互一拜,两人随即抬头,相视而笑。

起身时,苏糖嘴唇翕动,刚想开口,就被许翊的话咽了回去:"接下来是不是该送入洞房了?"

他勾唇一笑，伸手解开了自己衬衫的第一颗纽扣，随即伸手一捞，将她抱在了怀里。

许翊刚想将苏糖打横抱起，可下一秒，怀里的女生却伸手抵了抵他的胸膛，垂着眼帘，声音软糯清甜道："翊翊，我觉得还缺了点什么？"

"什么？"许翊的嗓音哑了哑说，"我觉得我现在缺你。"

苏糖的脸一红，可还是仰起白净的小脸，笑得像只狡黠的猫儿："你再等等嘛，我们先定个誓言，我发现我们还缺、个誓言。"

"古代的那种誓言？"许翊抿了抿唇，眉头微微皱起，露出了一副委屈的表情，"糖糖，你别为难我好吗？"

他垂首，将下巴抵在她的肩胛骨上，嘴唇吻了吻她耳后的肌肤，嗅着她纤颈上的牛奶味道，声音沉缓又带着浑厚的磁性道："我们快入洞房吧，嗯？"

苏糖抿着笑，眸光灿然地对他说："不行，你得说两句，生活总得有点仪式感嘛。"

许翊：我恨仪式感……

他吁出一口气，在脑海里思索了一会儿，随即薄唇弯起，终于扬起清隽的笑道："君当作磐石，妾当作蒲苇。蒲苇韧如丝，磐石无转移。"

我就像磐石，你就像蒲苇，蒲苇坚韧如丝不可断，磐石永远坚定不会改变。

"任何的山盟海誓，都抵不过我爱你。糖糖，我爱你。"

"我也爱你。"苏糖一字一句地轻声道。

他俩目光灼灼地注视对方，温暖旖旎的气息萦绕在他们的左右，许翊刚朝苏糖伸出手，却听见客厅里的智能音箱突然响起："好的，小爱音箱为您播放《山盟海誓》。"

许翊和苏糖:"……"

下一秒,苏糖反应过来,蓦地笑了:"这智能音箱有点抽风啊!"

许翊捏了捏眉骨,摇头轻叹道:"彭风驰果然不靠谱。"

语毕,他长臂一伸,终于将面前的女生打横抱起。他抱着她一步步地走向房间,苏糖听着自己心脏扑通跳动的声音,还有音箱里传来古诗《春日宴》的朗诵声。

"一愿郎君千岁,二愿妾身常健,三愿如同梁上燕,岁岁长相见。"

窗外的春日阳光正好,微风缱绻地吹进屋内,轻轻地拂过他俩的身影。

苏糖默默地想,这一切真好。

从今往后,他们可以共享流岚红霓,共度余生漫漫,一起携手相伴,岁岁长相见。

本书由洛艺湘委托长沙大鱼文化传媒有限公司正式授权花山文艺出版社,在中国大陆地区独家出版中文简体版本。未经书面同意,本书的任何部分不得以图表、电子、影印、缩拍、录音和其他任何手段进行复制和转载,违者必究。

『全书完』

大鱼文化 & 小花阅读
面向全国招聘兼职签约作者
长期有效哦！

公司介绍：

　　大鱼文化是中国一线青春文学图书策划公司，多年来与数十家国内出版社深度合作，每年向市场推出三百余个品种的青春类畅销图书，每年签约推出新人作者近百名。

　　其中公司子品牌"小花阅读"立足传统纸质出版，引导青年休闲阅读风向，主力打造和发掘新人创作者，采用编辑指导创作模式，创作出适合市场的优质阅读产品。

　　现面向全国各高校招聘兼职新作者。

我们的工作说明：

　　还未毕业？有其他正式工作？看清楚了，我们这次招的就是兼职！
　　从未有过发表史？国内一线青春编辑亲自教你点滴成文！
　　想要出版一本属于自己的图书？国内一线出版公司专业签约护航！
　　想要一份收入稳定岁月静好的兼职工作？做做白日梦写写小说最适合不过。

兼职的要求及待遇：

　　年龄不限，学历不限；爱看小说，想要创作。
　　每天只要2~3个小时，日过稿只要三千字，宅在室内，风雨不惊，月兼职收入不低于三千元！

我们需求的题材　　清新恋爱，青春校园，都市言情，甜宠萌文，古风言情，悬疑推理，奇幻武侠，科幻冒险……

应聘的流程：

　　1. 上网下载一份标准简历模版，按自己的真实情况填写。
　　2. 自行构思一个自己最想创作的长篇故事内容，撰写三百字内容简介，将故事分为12~20个章节，每个章节用100字以内说明本节讲述的主要情节（内容简介和章节内容加起来不超过2000字）。
　　3. 将上述内容用WORD文档整理好，格式清楚，一起发送到以下邮箱：dayuxiaohua@sina.com （两周内百分之百回复，如两周内未收到回复则可视为发送途中邮件丢失，可再次投递）。
　　4. 简历和创作大纲如有合作可能，公司将于两周内派出专业编辑一对一联系，进行下一步沟通，指导创作、签约等流程。如暂时不符合合作条件，则可再次努力。
　　5. 一经签约，作品将按国家出版规定签订标准出版合同，成为正式出版物，所有程序遵守国家法律法规要求。

其他说明：

　　了解大鱼文化图书产品风格类型，有助于提高签约成功率。

了解途径：

　　公司产品广布于全国各大新华书店青春文学专架、全国各大网络书城、淘宝大鱼文化图书专营店及各大天猫书店
　　微信公众号"大鱼文学"和"大鱼小花阅读"均有签约作者作品试读。
　　关注新浪微博官方号"大鱼文学"，有每月产品即时消息发布。